LE CRI DU HÉRON

DU MÊME AUTEUR
CHEZ LE MÊME ÉDITEUR

La Poussière des corons
Le Vent de la haine (épuisé)
Le Pain rouge (épuisé)
La Courée
— La Courée, tome 1
— Louise, tome 2
— Benoît, tome 3
La Maîtresse d'école
La Cense aux alouettes
Nouvelles du Nord
L'Enfance perdue
Un bouquet de dentelle
Au bonheur du matin

DANS LA COLLECTION OMNIBUS

La Poussière des corons
La Poussière des corons ♦ Le Vent de la haine ♦ Le Pain rouge

La Courée
La Courée ♦ Louise ♦ Benoît

Marie-Paul Armand

LE CRI DU HÉRON

Production Jeannine Balland

PRESSES DE LA CITÉ

ISBN 2-258-06415-5

LE CRI DU HÉRON

Cette année-là, je venais d'avoir douze ans. C'était le début de l'été. Le marais avait revêtu sa parure verdoyante. Les aulnes et les saules ombraient de fraîcheur notre maison et, le soir, dans notre cour ouverte directement sur le marais, j'écoutais les concerts des grenouilles vertes tandis que les libellules volaient gracieusement autour de moi.

Mon père appartenait à une longue lignée de maraîchers. Comme son père et, avant lui, son grand-père, il cultivait les choux-fleurs qui avaient fait la réputation du marais audomarois et qu'il récoltait tout au long de l'été. L'hiver, ils étaient remplacés par des poireaux, des pommes de terre, des choux, et surtout des endives. Mon père vendait tous ces légumes, et je connaissais par cœur l'histoire que ma mère nous racontait souvent, à mon frère et à moi :

— La première fois que j'ai vu votre père, disait-elle, c'était au marché de Saint-Omer. Il vendait des choux-fleurs, et j'ai voulu en acheter un. Non seulement il m'a choisi le plus beau, mais, en plus, il m'a dit : « Pour vous remercier d'avoir un aussi joli sourire, je vous offre un deuxième chou-fleur ! »

Elle ajoutait en riant :

— Heureusement qu'il n'agissait pas ainsi avec toutes ses clientes ! Il aurait fait faillite rapidement ! Mais il m'a toujours assuré que j'avais été la seule !

Je connaissais la suite de l'histoire. Lorsque ma mère avait annoncé à ses parents qu'elle voulait épouser un maraîcher, ceux-ci avaient accueilli la nouvelle avec réticence. Quant à sa sœur, notre tante Jeanne, elle n'avait pas hésité à exprimer son désaccord :

— Tu ne t'habitueras jamais dans ces lieux pleins d'humidité, grouillant d'insectes et d'araignées...

Mais, contrairement à cette sombre prédiction, ma mère s'était parfaitement adaptée au marais et à la vie des maraîchers. Elle aimait la nature et, comme moi, s'émerveillait d'apercevoir les canards-colverts, les martins-pêcheurs, les grèbes huppés et les sarcelles d'été. Ma tante Jeanne ainsi que sa fille, ma cousine Françoise, nous considéraient comme des paysannes, et affichaient à notre égard un dédain qui ne nous touchait pas.

— Elles me font rire avec leurs grands airs ! remarquait mon père. En tout cas, elles sont bien contentes de manger mes choux-fleurs et mes endives !

Il était fier à juste titre de ses légumes, et il plaignait Oscar, le mari de Jeanne, obligé de travailler huit heures par jour enfermé dans un bureau. Il lui fallait la vie libre, le grand air, la proximité de la nature et des animaux. Je le comprenais et je l'approuvais.

A huit ans, mon petit frère déclarait qu'il serait lui aussi maraîcher. Comme nous nous déplacions souvent en barque à travers le marais – dans les canaux que nous appelions *watergangs* –, mon père lui avait appris à se servir de la perche ; en prenant appui sur le fond, elle permettait de faire avancer le bacôve, la grande barque à fond plat qui était utilisée pour transporter les marchandises. Mon frère voulait tout apprendre et savoir tout faire, très vite. Mon père riait de son impatience, mais je voyais bien qu'il était ravi d'avoir un fils décidé à continuer le métier qui était dans notre famille depuis des générations.

Mon frère voulait aussi égaler notre cousin Michel qui, du haut de ses dix ans, le toisait avec supériorité :

— Tu n'es qu'un bébé, Claude, lui disait-il avec ironie.

— Ce n'est pas vrai, rétorquait mon frère. Bientôt, je ferai aussi bien que toi.

Et il s'appliquait davantage, dans son désir de supprimer les deux ans qui les séparaient.

Notre grand-mère habitait Saint-Omer. Sa maison était située dans la « ville haute », non loin de la cathédrale. Nous y allions de temps en temps, le dimanche. Nous prenions l'escute, l'autre barque que nous possédions et dans laquelle nous nous déplacions. Après avoir suivi le canal, nous accostions le long du quai, et nous terminions le trajet à pied. A chaque fois, c'était un plaisir pour moi de marcher dans les rues. Je regardais avec curiosité les ruines de l'abbaye Saint-Bertin, le musée, l'hôtel de ville. J'admirais la fontaine Sainte-Aldegonde. Et, en passant devant l'ancien bailliage, Claude et moi ne manquions jamais de relever la tête pour observer, tout en haut, les statues représentant les quatre vertus cardinales, que nous reconnaissions : la Force, la Prudence, la Justice, la Tempérance. Je jetais également un coup d'œil aux vitrines des magasins, et je ne comprenais pas ma cousine Françoise qui affirmait ne pas pouvoir vivre loin d'eux. Cela ne me manquait pas.

Parfois, lorsque nous avions le temps, nous faisions un détour par le jardin public. J'en étais ravie. La verdure et les grands arbres me rappelaient notre marais. Nous allions jusqu'aux cascades, jusqu'à l'étang aux cygnes. Puis nous revenions vers la cathédrale et la maison de ma grand-mère.

J'aimais beaucoup ma grand-mère. Elle s'appelait Marie, comme moi. Elle affirmait que notre prénom était le plus beau de tous, puisque c'était celui de la mère de Jésus. Elle était très croyante et se rendait souvent à la cathédrale pour prier. Elle disait que ces visites l'aidaient à mieux supporter sa solitude.

Mon grand-père – qui se nommait Alphonse, mais que nous appelions grand-père Fons – était décédé subitement, l'année précédente, d'une crise cardiaque. Sa mort nous avait causé beaucoup de peine, à mon frère Claude et à moi. Nous étions très attachés à lui. Il avait été instituteur, et il savait nous captiver en nous racontant des histoires, ou en nous expliquant le pourquoi des choses. Sa culture était immense, et nos questions recevaient toujours grâce à lui une réponse satisfaisante.

Il avait aidé mon frère lorsque celui-ci, à six ans, avait appris à écrire. A l'école, l'instituteur obligeait tous les élèves à utiliser leur main droite. Or, Claude était gaucher. Et, comme il prenait machinalement son crayon de la main gauche, le maître, à chaque fois, donnait un violent coup de règle sur les doigts de Claude :

— Pas cette main-là ! criait-il. L'autre !

Claude, récalcitrant, s'obstinait. Il ne le faisait pas par désobéissance ; il agissait instinctivement. Cela dura plusieurs semaines. L'instituteur s'énerva, devint féroce. Il se mit à traquer Claude dès que celui-ci prenait son crayon. Les coups de règle pleuvaient. Mon pauvre frère finit par en être traumatisé. Il se mit à bégayer. Des tics parcouraient son visage ; il clignait des yeux sans arrêt. Et il ne parvenait toujours pas à utiliser sa main droite.

Ce fut alors que mon grand-père intervint. A force de patience, de douceur, de persévérance, sans jamais brusquer l'enfant ni crier sur lui, il parvint au résultat désiré. Et Claude réussit enfin à écrire comme il le fallait.

Les vacances scolaires étaient arrivées, ce qui nous laissait beaucoup de temps libre pour jouer. Michel et Claude m'entraînaient parfois dans leurs jeux de garçons. Mais je préférais observer les oiseaux. J'admirais la finesse des grèbes, je regardais les grands cormorans plonger pour attraper les poissons. Parfois, Claude et Michel me conduisaient dans des endroits où l'eau était particulièrement claire, et nous essayions d'apercevoir des ablettes, des perches, des sandres. A la longue, je parvenais à les reconnaître. Notre cousin Michel prenait sa *puchette* – l'épuisette qu'il avait eue en cadeau au dernier Noël – et il tentait d'attraper une anguille. Mais elles étaient vives et rapides, et il y parvenait rarement.

Ses parents vivaient également dans le marais, pas très loin de chez nous, et nous étions souvent ensemble. Ma tante Elisabeth, nous avait-on dit, prévoyait d'« acheter » un bébé pour l'été. Il lui faudrait pour cela aller très loin, à moins qu'elle n'en trouve un dans les choux que nous cultivions dans les « terres rouges ». En ce temps-là, les enfants croyaient ce genre de choses. Claude et Michel avaient admis ces explications sans problème. Pour ma part, à douze ans, je commençais à me poser des questions. J'avais bien remarqué que le ventre de ma tante s'était arrondi, jusqu'à devenir très volumineux. Je le fis remarquer à ma cousine Françoise, qui me sourit avec supériorité.

— Ne devines-tu pas pourquoi ? me demanda-t-elle ironiquement.

Elle m'expliqua alors d'un air condescendant que, si le ventre de ma tante était si gros, c'était tout simplement parce que le bébé se trouvait à l'intérieur. Cette révélation me choqua. Dans mon ignorance, je n'avais jamais eu une telle pensée. Je ne pus que balbutier stupidement :

— Mais alors... les bébés ne se trouvent pas dans les choux ?

Françoise haussa les épaules avec un sourire moqueur.

— Bien sûr que non, grosse bête ! s'exclama-t-elle.

Vexée, je n'insistai pas, me promettant d'éclaircir ce mystère dès que je le pourrais.

Je me mis à écouter les conversations entre ma mère et ma tante Elisabeth, ce que je ne faisais jamais auparavant. Lorsqu'elles parlaient du bébé, je tendais l'oreille. Ma tante, le plus souvent, se plaignait de malaises, de lourdeur dans le ventre. Elle disait :

— Il doit naître le mois prochain, et je le sens à peine remuer. Ce n'est pas normal. Lorsque j'attendais

Michel, vers la fin, il me donnait de tels coups de pied que je ne parvenais plus à dormir.

Ma mère tentait de la rassurer :

— C'est un bébé plus calme, voilà tout. Moi, j'ai eu deux enfants, et mes grossesses ont été différentes. Claude, par exemple, remuait beaucoup plus que Marie. Probablement parce que c'était un garçon. Peut-être auras-tu une fille, cette fois-ci.

Je savais que c'était le souhait de ma tante. Elle hochait la tête et ne disait plus rien, mais son expression demeurait préoccupée. Ces conversations ne m'apprenaient aucun élément nouveau, mais elles confirmaient les révélations de Françoise. Je savais maintenant que les bébés se formaient dans le ventre de leur mère, et qu'ils bougeaient en donnant des coups de pied. Et je guettais la moindre occasion d'en apprendre davantage.

A quelque temps de là, notre oncle Oscar nous fit cadeau d'un hamster. Son frère, qui était représentant, l'avait ramené d'un de ses voyages pour l'offrir à ses enfants. Mais sa femme avait refusé l'animal, disant qu'il ressemblait à un rat et qu'elle détestait ce genre de rongeurs. Ma tante eut la même réaction, et ma cousine Françoise regarda la petite bête avec une moue dégoûtée. Mon frère et moi, au contraire, nous fûmes ravis de récupérer ce joli animal aux yeux vifs, aux oreilles rondes et au museau rose.

Claude s'attacha particulièrement à lui, le baptisa Bob, et prit l'habitude de l'emmener partout en le glissant dans sa poche. Tous les deux, ils devinrent une paire d'amis. Je riais de voir Bob grimper jusqu'à l'épaule de mon frère, afin d'aller lui mordiller l'oreille. Nous le nourrissions des restes de nos légumes, qu'il prenait entre ses pattes de devant et qu'il grignotait avidement, assis sur son derrière. Parfois, il emmagasinait la nourriture dans ses joues, ce qui lui donnait un air cocasse. C'était un amusement pour nous de le regarder manger.

Michel nous l'enviait, et mon frère était ravi d'avoir, pour une fois, une supériorité vis-à-vis de son cousin. Ce dernier se vengeait en critiquant Bob :

— Il est sale, affirmait-il. Il fait ses besoins n'importe où, même dans ta poche. Et puis, ça doit être une véritable corvée de nettoyer sa cage tous les jours. Je te plains, mon pauvre vieux !

Lorsque Michel traitait Claude de « pauvre vieux », mon frère était furieux. Mais je prenais son parti :

— Ce n'est pas une corvée, disais-je sincèrement. En même temps, nous jouons avec Bob, et nous sommes bien contents de lui faire une belle cage propre.

Michel nous lançait un regard jaloux et s'obstinait :

— En tout cas, je vous plains ! répétait-il.

Nous ne l'écoutions plus. Les facéties de notre petit hamster nous intéressaient davantage que ses commentaires déplaisants.

J'avais encore une année d'école à faire, au terme de laquelle je passerais mon certificat d'études. Et puis, que je l'obtienne ou non, mon avenir était déjà tout tracé : je travaillerais avec mes parents. Mon père m'avait promis que je pourrais aller faire les marchés avec lui. Mais, en attendant, comme je me trouvais en vacances, j'aidais mes parents dans la récolte des choux-fleurs.

Nous partions le matin très tôt, au lever du jour. Nous nous rendions jusqu'aux champs en bacôve. Ceux-ci n'étaient pas toujours proches de notre domicile. Parfois, nous devions aller assez loin, les choux-fleurs étant cultivés sur les « terres basses », contrairement aux autres légumes – endives, poireaux, pommes de terre, choux pommés – qui, eux, étaient cultivés dans les « terres hautes ». J'aimais ce trajet en barque à travers le marais qui s'éveillait. Notre bacôve glissait silencieusement sur l'eau, et je guettais l'envol des oiseaux que notre passage dérangeait. Mon père me les signalait, et je savais les reconnaître : la bécassine au long bec fin, le pluvier doré, la sarcelle. Mais celui que je préférais pardessus tout, c'était le héron cendré. J'aimais le voir s'envoler de son allure majestueuse, et, lorsque nous avions la chance d'en apercevoir un, je le suivais longtemps des yeux.

Puis nous arrivions à notre parcelle. Nous nous mettions aussitôt au travail. Mon père, à l'aide d'une serpette, coupait les choux-fleurs avec une adresse et une rapidité que j'admirais et que j'enviais. Ma mère et moi, nous nous servions d'un couteau. Elle travaillait plus lentement afin de me montrer en même temps comment procéder. Je m'appliquais. Ensuite, nous prenions les choux-fleurs un par un et nous les effeuillions, ne laissant que les feuilles intérieures, celles qui les enrobaient étroitement. Puis, six par six, nous les placions dans les caisses que nous avions amenées. Je les disposais avec soin, en faisant très attention de ne pas heurter le dessus blanc et tendre de la fleur.

Nous travaillions ainsi plusieurs heures. Vers le milieu de la matinée, lorsque le soleil commençait à devenir plus chaud, nous nous arrêtions quelques instants, et nous mangions les tartines et le fromage que ma mère avait apportés. Ensuite, nous chargions les caisses dans le bacôve et nous revenions.

Parfois, lorsque la récolte était abondante – mon père parlait alors de « foule à choux-fleurs » –, nous y allions une seconde fois, en fin d'après-midi. Notre retour s'effectuait alors que le soleil se couchait ; ses derniers rayons embrasaient l'eau et teintaient de pourpre le marais, lui donnant une beauté irréelle. Lorsque nous approchions de notre maison, j'apercevais au loin, dans une brume rose, les ruines de l'abbaye Saint-Bertin et la ville de Saint-Omer. Je pensais alors à ma cousine Françoise, qui me méprisait de vivre comme une paysanne. Et je me disais une fois de plus que je n'aurais pas échangé mon sort contre le sien.

Vers le milieu de l'été, nous apprîmes un matin que ma tante Elisabeth avait eu son bébé pendant la nuit. C'était un petit garçon. Nous voulûmes aller le voir, mais ma mère nous arrêta :

— Attendez. Vous irez plus tard. Pour le moment, il est encore trop petit.

Pendant plusieurs jours, j'entendis mes parents chuchoter. Ma mère soupirait et secouait la tête avec désolation. J'appris la vérité le dimanche suivant lorsque, chez ma grand-mère, je rencontrai ma cousine Françoise. A un moment où nous étions seules, elle m'annonça de son air supérieur :

— Tu sais, le petit garçon de ta tante Elisabeth ? Eh

bien, j'ai entendu grand-mère dire à maman qu'il avait des malformations cardiaques. Le docteur pense qu'il ne vivra pas.

Je demeurai abasourdie, mais je ne la crus pas tout à fait. Il lui arrivait souvent de travestir la vérité pour se donner de l'importance. Et pourtant, cette fois, elle n'avait pas menti. Quelques jours plus tard, le bébé mourut.

Cela nous toucha à peine, Claude et moi. Nous ne l'avions jamais vu, et nous n'étions aucunement attachés à lui. Michel lui-même n'en parut pas affecté. Par contre, ma tante Elisabeth tomba dans une profonde dépression.

Elle se désintéressa de tout, ne s'occupant plus ni de son foyer, ni de son mari, ni de son fils. Avec ma mère, j'allais laver sa maison, préparer les repas pour mon oncle et mon cousin. Ma tante nous parlait à peine. Elle nous regardait d'un air absent, ne répondait que par oui ou par non à nos questions – quand encore elle nous répondait. Ma mère constatait tristement :

— C'est la mort de son bébé qui la rend malade. Elle est malheureuse. Il faut lui laisser le temps de se remettre.

Mais les jours passaient, et l'état de ma tante demeurait identique. Ma mère entreprit de la raisonner :

— Allons, Elisabeth, réagis ! Tu ne peux pas rester toujours comme ça ! Regarde ton mari et ton enfant. Tu dois t'occuper d'eux.

Ma tante, les yeux vides, ne semblait pas entendre. Son mari, lui aussi, fit plusieurs tentatives, et n'eut pas plus de succès.

Notre cousin Michel, au début, profita de l'indifférence de sa mère pour courir partout et s'absenter de chez lui des journées entières. Mais, bientôt, il se plaignit d'être délaissé. Ses vêtements étaient sales et déchirés. Il ne pensait même plus à critiquer Bob, notre hamster. Il nous disait :

— Maman ne me parle pas, ne me regarde pas. On dirait qu'elle ne me voit plus.

Je répétais les paroles de ma mère :

— C'est parce que son bébé est mort et qu'elle est malheureuse. Elle va finir par guérir.

Mais les jours passaient, rien ne changeait, et Michel trouvait que la guérison était bien longue à venir. Un après-midi, alors que nous étions ensemble, il nous dit :

— J'ai eu une idée. Si maman est malade parce qu'elle n'a plus son bébé, je vais lui en apporter un autre. Je vais aller voir dans nos choux si je ne peux pas en trouver un.

— Oh oui, quelle bonne idée ! approuva mon frère. Allons-y tous les deux. Je t'aiderai à chercher.

A ce moment-là, j'aurais dû les arrêter. J'aurais dû leur dire que c'était inutile, que les bébés ne naissaient pas dans les choux, et le drame ne serait pas arrivé. Mais je n'ai rien dit. Une pudeur m'empêcha de leur avouer que les bébés se trouvaient dans le ventre de leur mère. Soudain excités, ils décidèrent de se rendre sans attendre jusqu'à notre parcelle de choux la plus proche.

Claude sortit Bob de sa poche et le remit dans sa cage. Puis il rejoignit Michel, et tous deux coururent jusqu'à la berge où était amarrée notre escute. J'essayai quand même de les arrêter. Je criai :

— Attendez ! Que vont dire papa et maman ?

Nos parents étaient partis faire une seconde récolte de choux-fleurs et ne rentreraient que le soir. J'étais restée pour laver la maison de tante Elisabeth et y mettre de l'ordre, et aussi pour surveiller les garçons et les empêcher de faire des bêtises. Mais ils ne m'écoutèrent pas. Ils sautèrent dans l'escute, et Claude se saisit de la ruie, la longue rame qui permettait de faire avancer la barque à la manière des gondoliers. Il savait s'en servir depuis peu et ne manquait pas une occasion de l'utiliser. Mais Michel ne l'entendit pas ainsi :

— Donne-moi ça, ordonna-t-il.

Il saisit la ruie à deux mains et voulut s'en emparer. Claude refusa de la lui laisser. Ils se mirent à tirer, chacun essayant de faire lâcher prise à l'autre. La barque tangua dangereusement. Ils luttèrent ainsi quelques instants. A la fin, Michel, qui était plus grand et plus fort, réussit à prendre la ruie d'un coup sec, qui déséquilibra mon frère. Celui-ci bascula et tomba à l'eau. Je hurlai :

— Claude !

Plus loin, un héron cendré s'envola avec un grand cri. Je m'agenouillai et me penchai afin d'aider Claude à sortir de l'eau. Nous savions nager tous les trois, et je ne pensai pas un instant qu'il pût se noyer. Mais il ne remontait pas. Michel m'expliqua, inquiet :

— Il est peut-être assommé. En tombant, il s'est cogné contre le bord de l'escute. Je l'ai vu.

Je ne perdis pas de temps. Je courus chez notre voisin, le cœur battant d'affolement. Je craignais la sorcière des marais, et je me souvenais des récits terrifiants selon lesquels elle tirait les enfants, à l'aide de son crochet, pour les emmener tout au fond de l'eau, où elle les retenait à jamais.

Je trouvai Gaston dans sa cour, occupé à nourrir ses lapins. D'une voix entrecoupée, je l'appelai :

— Gaston !... Vite !... Claude... Il est tombé à l'eau... et il ne remonte pas...

Il me suivit aussitôt et, tout en courant derrière moi, il ôtait sa chemise. Michel nous attendait sur la berge, le visage blanc de peur. Gaston plongea immédiatement, disparut sous l'eau, ramena mon petit frère inanimé.

Il le déposa sur l'herbe et s'agenouilla près de lui. Je savais qu'il avait été infirmier pendant la guerre et qu'il connaissait les gestes à effectuer pour sauver une vie. Il se mit à masser la poitrine de Claude, à souffler dans sa bouche, à lui faire faire des mouvements des bras. Michel et moi, inquiets, nous observions la scène sans oser parler. Cela dura d'interminables minutes, puis Gaston se releva :

— Son cœur bat. Il vit. Mais il ne revient pas à lui. Je me demande...

— Il s'est assommé en tombant, dit Michel d'une voix étranglée.

Gaston se pencha de nouveau sur mon frère, toucha avec précaution le côté de sa tête.

— Oui, ici, il y a un coup. C'est peut-être ça qui... Il va falloir appeler le médecin. En attendant, il faut le coucher.

Il souleva Claude et l'emmena vers notre maison. Nous le suivîmes. Henriette, la femme de Gaston, accourut. Elle m'aida à déshabiller Claude, à l'essuyer, à lui mettre des vêtements secs.

En même temps, elle m'interrogeait sur les circonstances de l'accident. Je lui expliquai ce qui s'était passé, tout en me retenant de pleurer. Allongé sur son lit, très pâle, les yeux clos, mon frère ne bougeait toujours pas.

Pendant ce temps, Gaston était allé prévenir mes parents. Ils arrivèrent, le visage affolé. Ma mère se précipita sur le corps de son fils, lui palpa le visage, lui caressa les cheveux. Il ne réagit pas.

— Claude ! appela-t-elle. Mon petit Claude !

— Je suis passé chez le médecin, annonça Gaston. Il ne va pas tarder.

Les heures qui suivirent ressemblèrent à un cauchemar. Le médecin arriva, déclara qu'il ne pouvait rien faire et que Claude devait être transporté à l'hôpital.

Michel, qui se sentait coupable, se mit à pleurer. Je ne trouvai pas de mots pour le consoler.

Vers le soir, mes parents revinrent de l'hôpital, effondrés. Claude avait été placé dans une chambre particulière, et le médecin qui s'était occupé de lui avait déclaré qu'il était dans le coma. Mais, avait-il ajouté, il ne fallait pas perdre espoir. Claude pouvait revenir à lui à tout moment.

— Il a peut-être dit ça seulement pour nous rassurer, se lamenta ma mère. Quel malheur ! Ah, quel malheur !

Je ne savais que dire. Moi aussi, je me sentais coupable. J'aurais dû être capable de mieux les surveiller. Dans ce qui était arrivé, j'avais ma part de responsabilité. Je savais ce que signifiait « être dans le coma ». C'était quelque chose de grave. C'était presque comme si on était mort.

Un jour passa, puis deux. Dès qu'elle était libre, ma mère se rendait à l'hôpital, au chevet de Claude. Il ne reprenait toujours pas conscience. Je la remplaçais pour aider mon père, pour faire le ménage, les repas. Je nourrissais Bob et, en même temps, je lui parlais. Je lui expliquais que Claude était absent, mais qu'il allait bientôt revenir. Ce que j'espérais de toutes mes forces.

Le drame avait réussi à faire sortir ma tante Elisabeth de sa léthargie. Elle s'occupait de nouveau de son fils et, en voyant combien il était malheureux, elle avait renoncé à le gronder. A chaque retour de ma mère de l'hôpital, notre espoir se trouvait déçu : l'état de Claude ne changeait pas.

Le surlendemain, qui était un dimanche, nous allâmes chez ma grand-mère. Elle passait ses journées à prier pour la guérison de son petit-fils. Elle m'emmena jusqu'à la cathédrale. Pour la première fois, je ne m'attardai pas à regarder les statues ni les tableaux. Pourtant, j'aimais les admirer, surtout la *Descente de Croix* peinte par Rubens. Le cœur gros, je suivis ma grand-mère jusqu'à la statue de Notre-Dame des Miracles. Les mains jointes, je la suppliai de rendre la santé à mon petit frère. Ma grand-mère, près de moi, remuait silencieusement les lèvres, les yeux clos.

— Viens, me chuchota-t-elle.

Elle me conduisit jusqu'au tombeau de saint Erkembode qui, disait-elle, était vénéré pour la guérison des enfants. Grand-mère racontait qu'il avait sauvé son petit frère atteint de convulsions. Nous adressâmes au bon saint une prière fervente. Je sortis de la cathédrale avec un peu plus d'espoir au cœur.

Le lendemain, ma mère revint de l'hôpital, découragée.

— Rien de nouveau, annonça-t-elle. Il ne bouge pas, ne m'entend pas si je lui parle...

J'osai poser la question qui me brûlait les lèvres :

— Est-ce que je pourrai aller avec toi demain ?

— Je demanderai si c'est permis, promit ma mère.

Le médecin qui s'occupait de mon frère accepta. Il affirma que tout ce qui était susceptible de faire revenir Claude à lui était bienvenu. Ce fut ainsi que, le lendemain après-midi, je me préparai à accompagner ma mère. Au moment de partir, alors qu'elle était déjà dehors, j'eus une impulsion en passant devant la cage de Bob : je l'ouvris, je pris le petit animal et le glissai tout au fond de ma poche. Puis je rejoignis ma mère en courant.

A l'hôpital, je me sentis le cœur serré. Lorsque j'entrai dans la chambre où se trouvait Claude, je m'immobilisai. Il était entouré d'appareils compliqués, mais je ne les regardai pas. Je ne voyais que lui, mon petit frère, immobile dans le lit. Très impressionnée par sa pâleur, je m'approchai lentement. Je ne parvenais pas à réaliser qu'il s'agissait bien de Claude, que j'avais toujours connu vif et remuant. Ma mère se pencha sur lui :

— Il est toujours pareil. Où est donc l'infirmière qui le surveille ? Reste là. Je vais la chercher.

Elle sortit. J'avançai tout contre le lit, je chuchotai :

— Claude ! Tu m'entends ? Claude !...

Mon frère n'eut aucune réaction. Je continuai :

— Réveille-toi, Claude. Il faut que tu reviennes à la maison. Michel a dit qu'il te laisserait conduire l'escute autant que tu voudras. Tous les deux, on s'ennuie sans toi. Et Bob aussi.

Comme s'il avait compris mes paroles, le hamster, qui avait dormi depuis notre départ, s'agitait et tentait de sortir de ma poche. Je le pris et le déposai sur le drap, près de l'oreiller. Sans hésiter, le petit animal se dirigea vers le cou de Claude et se mit à lui mordiller l'oreille, ainsi qu'il le faisait souvent. Je guettai sur le visage de mon frère une réaction. Il me sembla voir ses cils bouger, comme s'il voulait ouvrir les yeux.

J'attendis impatiemment, mais je fus déçue. Rien d'autre ne se produisit. Le visage de Claude conserva sa pâleur et son immobilité.

J'entendis des pas dans le couloir et, rapidement, je saisis Bob et le remis dans ma poche. Ma mère entra.

— L'infirmière va venir. Elle a été appelée ailleurs. Mais... que fais-tu ?

Je tentais de retenir Bob qui, maintenant qu'il avait vu Claude, refusait de rester dans ma poche. Il parvint à sortir sa tête, et ma mère l'aperçut :

— Tu as apporté cet animal ici ? C'est interdit. Tu n'es pas raisonnable, Marie.

— Mais... je pensais que...

— Cache-le. Il ne faut pas qu'on le voie. Si l'infirmière arrivait...

J'obéis. Je dissimulai Bob tout le temps que dura notre visite, mais je ne regrettai pas de l'avoir amené. J'étais sûre que, là où il se trouvait, mon frère avait été sensible à sa présence.

Le lendemain, j'eus la confirmation d'avoir bien agi. Ma mère revint de l'hôpital, radieuse :

— C'est merveilleux ! Claude est revenu à lui ! Il m'a reconnue, il m'a parlé ! Le médecin dit que, si tout continue ainsi, il pourra bientôt rentrer à la maison.

Il fallut encore attendre plusieurs jours, mais l'état de Claude s'améliora rapidement. Lorsqu'il revint, nous étions tous là pour l'accueillir. Michel et ses parents, ma grand-mère, Gaston et sa femme, et même ma tante Jeanne et ma cousine Françoise... Je retrouvai mon frère d'avant, mais encore pâle et encore dolent. Je lui tendis Bob, qui immédiatement se précipita pour aller lui mordiller l'oreille. Tout le monde éclata de rire. Ma grand-mère, les larmes aux yeux, me confia :

— Mes prières ont été exaucées.

Moi, j'étais persuadée que l'intervention de Bob, à l'hôpital, avait aidé mon frère à guérir. Je n'avais pas rêvé le frémissement qui avait parcouru son visage.

Le soir même, alors que nous étions couchés, chacun dans notre lit, Claude m'avoua :

— Tu sais, Marie, pendant tout le temps où je suis resté à l'hôpital... eh bien, une fois, j'ai rêvé de grand-père Fons. Il était debout devant une porte, et il me regardait. Et moi, je voulais aller avec lui. J'en avais très envie, et j'avançais pour le rejoindre. Mais, en même temps, je t'entendais. Tu m'appelais, tu me disais de revenir. Et je sentais Bob qui grignotait mon oreille. Alors, je me suis arrêté. Je ne savais plus quoi faire. Et grand-père Fons m'a fait signe « non », de la tête, en souriant. Tu sais, comme il faisait quand on lui demandait quelque chose et qu'il ne voulait pas ?...

— Oui, dis-je. Je me souviens.

— Alors, grand-père Fons a disparu, et je me suis réveillé.

Les années ont passé, nous avons grandi, nous sommes devenus adultes. J'ai épousé, moi aussi, un maraîcher, et j'ai pu continuer à vivre dans ce marais que j'ai toujours aimé. Claude, quant à lui, a pris la succession de notre père. Le progrès a tout modernisé : les tracteurs ont remplacé les chevaux de mon enfance, et les bacôves comme les escutes sont motorisés.

Je suis une vieille femme maintenant. Mais je n'ai rien oublié. Certains soirs, lorsque j'entends le cri du héron cendré, je me trouve reportée en arrière, et je repense à cet accident qui aurait pu se transformer en drame. Et, tout au fond de moi, je garde la conviction que notre petit hamster a aidé Claude à revenir parmi nous.

SŒURS ENNEMIES

Henriette tournait et retournait la lettre dans ses mains. Elle venait de rentrer de son travail et avait pris, comme chaque jour, le courrier dans la boîte aux lettres. Seule parmi des publicités, l'enveloppe avait tout de suite attiré son attention, à cause de la mention « par avion » d'abord, et aussi à cause de l'écriture à la fois large et pointue dont elle se souvenait parfaitement.

— On dirait l'écriture d'Aurore, avait-elle murmuré avec surprise.

Aurore, sa sœur installée en Amérique depuis si longtemps... Que voulait-elle ? En fronçant les sourcils, Henriette décacheta l'enveloppe. Une simple feuille apparut, où figuraient quelques lignes tracées de la même écriture :

J'ai décidé de quitter Scott. Je reviens en France. Je serai là mercredi prochain. Peux-tu m'offrir l'hospitalité ? Je n'ai nulle part où aller. Ce sera amusant de se revoir après toutes ces années, ne crois-tu pas ?

Henriette soupira, à la fois contrariée et exaspérée. Elle n'avait même pas à répondre, à donner son avis. Aurore arrivait et allait s'installer chez elle. Avec amertume, Henriette constata que sa sœur n'avait pas changé. Toujours, il avait fallu que tout le monde soit à sa disposition...

Henriette alla jusqu'au salon, s'assit dans un fauteuil, relut la lettre. Mercredi prochain... C'était dans cinq jours. Il fallait qu'elle prévienne Jérôme et les enfants. Comment réagiraient-ils ?

De nouveau, Henriette soupira. Sans qu'elle puisse l'en empêcher, le passé l'assaillit subitement. Ses premiers souvenirs la ramenèrent à l'âge où, petite fille, elle vivait seule avec sa mère.

Elle n'avait jamais connu son père. Il avait quitté sa mère après l'avoir mise enceinte, à une époque où les mères célibataires étaient encore montrées du doigt. Dans le petit village du Nord où elles vivaient, la mentalité était étroite. Henriette ne comprenait pas les chuchotements et les regards lourds de sous-entendus qui la suivaient. Elle ne comprenait pas non plus pourquoi sa mère se montrait souvent dure avec elle, dure et injuste. De sa faute, elle rendait l'enfant responsable. De plus, elle éprouvait un féroce ressentiment envers celui qui l'avait abandonnée le jour où elle lui avait avoué qu'elle attendait un bébé, et elle faisait retomber ce ressentiment sur sa fille. Souvent, lorsque Henriette levait les yeux vers sa mère, celle-ci lui intimait durement :

— Ne me regarde pas comme ça ! Tu ressembles à ce salaud qui m'a laissée tomber.

La petite fille baissait les yeux et ne comprenait pas. De qui s'agissait-il ? Et que faisait-elle de mal ? Elle éprouvait un confus sentiment de culpabilité qu'elle ne s'expliquait pas et qui contribuait à la rendre méfiante, repliée sur elle-même, malheureuse.

Dans sa toute petite enfance, la seule tendresse qu'elle avait connue avait été celle de ses grands-parents. Eux, au moins, étaient suffisamment sages pour ne pas rendre l'enfant responsable de la situation. Pendant que sa mère était à l'usine, ils gardaient Henriette. Elle avait aimé les pigeons de son grand-père, qu'il attrapait et lui donnait à caresser, elle avait aimé les câlins avec sa grand-mère, moments emplis de douceur et d'amour au cours desquels elle s'endormait en suçant son pouce... Lorsque sa mère, ensuite, venait la rechercher, Henriette pleurait et s'accrochait à ses grands-parents, exprimant par cette attitude son refus de les quitter. Sa mère, furieuse, la grondait, parfois n'hésitait pas à la frapper, malgré les reproches des deux aïeux.

— C'est ma fille, répondait-elle durement. Je l'élève comme je veux. Vous, vous la gâtez trop. Vous la rendez impossible.

Henriette avait appris à se taire, à ne plus protester. Mais elle n'en était pas moins malheureuse. Lorsqu'elle avait eu cinq ans, sa vie avait semblé s'éclairer. Cette année-là, sa mère avait épousé Maurice, qui était contremaître à l'usine où elle travaillait. Elles avaient déménagé et étaient allées s'installer avec Maurice dans une maison spacieuse et agréable. Henriette avait eu une chambre pour elle toute seule. Quant à Maurice, il aimait les enfants. C'était un brave homme qui avait tout de suite bien accepté Henriette.

— Tu peux m'appeler papa, lui avait-il dit. A partir de maintenant, c'est ce que je serai pour toi.

Grâce à lui, l'existence d'Henriette avait trouvé l'équilibre qui lui manquait. La petite fille avait constaté avec soulagement que sa mère se montrait beaucoup moins dure. Lorsqu'il lui arrivait de réprimander l'enfant injustement, Maurice intervenait. Il prenait la défense d'Henriette, raisonnait sa femme avec douceur et patience. Il était bon, et la petite fille l'aimait autant que s'il avait été son véritable père.

Cette accalmie n'avait pourtant duré qu'une année. Peu de temps après l'anniversaire de ses six ans, un matin à l'aube, Maurice était venu chercher Henriette dans sa chambre.

— Tu as une petite sœur, lui avait-il annoncé. Viens la voir.

Il avait un air fier et ému, qu'Henriette ne lui avait jamais vu. Elle l'avait suivi dans la grande chambre, et sa mère, dans le lit, avait la même expression heureuse et fière. Maurice avait poussé Henriette vers un berceau :

— Regarde, avait-il chuchoté. N'est-elle pas jolie ? C'est ta petite sœur. Elle s'appelle Aurore.

Henriette avait regardé le bébé rose et blond qui dormait. Elle l'avait comparé au baigneur en celluloïd que lui avait offert sa grand-mère pour son anniversaire. Elle avait avancé la main et, avec précaution, avait touché la joue du nouveau-né, puis ses cheveux aussi doux qu'un duvet.

— Ne la touche pas, avait protesté sa mère d'une voix sèche. Elle est fragile. Ce n'est pas un jouet.

Se sentant prise en faute, Henriette avait vite retiré sa main. Elle n'allait pas tarder à découvrir que sa vie allait désormais être jalonnée d'interdits, et que ce bébé qu'elle était toute prête à aimer allait la reléguer au second plan et faire d'elle, de nouveau, une enfant malheureuse.

Il y eut, tout d'abord, les biberons, les langes, la pesée journalière, le bain de chaque soir. Henriette fut délaissée. Sa mère ne s'occupait que du bébé, ne permettant jamais à la petite fille de le toucher, encore moins de le prendre dans ses bras. Henriette la regardait câliner Aurore, embrasser son petit corps plein de fossettes, lui murmurer des mots doux. Avec surprise, elle découvrait une mère qu'elle ne connaissait pas, débordante d'amour, mais cet amour n'était pas pour elle. Il était uniquement réservé au bébé rose et blond, et Henriette se prenait à envier ce petit être qui obtenait si facilement ce qu'elle n'avait jamais eu.

— C'est ma petite princesse, répétait sa mère en couvrant Aurore de baisers. Comme elle est jolie ! Une vraie petite princesse !

Maurice approuvait. Lui aussi était en admiration devant sa fille. C'était vers elle qu'il se précipitait chaque soir en rentrant de son travail. Henriette souffrait de ce qu'elle considérait comme une trahison. Elle avait l'impression que Maurice l'aimait moins, et son cœur d'enfant était lourd d'un chagrin inavoué.

Au fil des semaines, des mois, Aurore devenait un bébé potelé et ravissant. Avec ses boucles dorées et ses yeux bleus, elle ressemblait à un ange. Mais son caractère n'avait rien d'angélique. Elle hurlait lorsqu'elle voulait quelque chose, jusqu'à ce qu'elle l'obtînt. Henriette constatait que sa mère ne lui refusait jamais rien et satisfaisait tous ses caprices. Elle en était surprise, car jamais elle ne s'était comportée ainsi envers elle. La petite fille avait fini par comprendre qu'Aurore était la préférée, peut-être même la seule aimée. Chaque fois qu'elle s'approchait de sa sœur, sa mère l'écartait.

— Laisse-la, disait-elle d'un ton sans réplique. Ne la touche pas avec tes mains sales.

Malheureuse, l'enfant reculait. Elle se sentait rejetée. De nouveau, elle éprouvait un sentiment de culpabilité, sans comprendre ce qu'elle avait pu faire de mal.

Lorsque Aurore eut un an, ses parents décrétèrent qu'elle était suffisamment grande pour avoir sa propre chambre et ne plus dormir dans la leur. Henriette entendit un jour sa mère déclarer :

— Aurore aura dorénavant la chambre d'Henriette. Il faut simplement la repeindre et changer le papier peint. Je veux que ma petite princesse ait un cadre agréable.

Maurice, comme toujours, approuva. Pourtant, il s'aperçut de l'air inquiet d'Henriette, qui n'osait pas poser de question mais qui avait entendu qu'on allait lui prendre sa chambre.

— Mais... interrogea-t-il, et Henriette ? Où dormira-t-elle ?

Henriette vit sa mère se tourner vers elle avec une surprise nuancée de dédain, comme si cette question l'avait offusquée par son peu d'intérêt :

— Oh ! Henriette, répondit-elle en haussant les épaules. Elle dormira dans la petite pièce qui donne sur l'arrière. Il suffira d'y transporter son lit et sa commode.

Henriette sentit monter en elle une houle de protestations, mais elle ne dit rien. Elle savait d'ailleurs que tout ce qu'elle aurait pu dire était inutile. Les larmes aux yeux, elle regarda Maurice déménager le mobilier de sa chambre et le transporter dans la pièce où elle dormirait désormais. C'était un petit réduit qui, jusque-là, avait servi de débarras. Il n'était éclairé que par un vasistas haut placé, qui dispensait une lumière parcimonieuse. Les murs étaient nus, le sol était recouvert d'un linoléum jaunâtre. Maurice vit le visage consterné d'Henriette :

— Ne t'inquiète pas, lui dit-il avec affection. Nous irons choisir ensemble un joli papier peint, et je te ferai une belle petite chambre où tu te plairas bien.

Un peu consolée, Henriette ravala ses sanglots. Mais les jours passèrent et Maurice oublia sa promesse. Aurore eut une chambre de vraie princesse, toute rose et blanche, qu'Henriette ne pouvait s'empêcher d'admirer et d'envier en secret.

Les problèmes commencèrent vraiment lorsque Aurore apprit à marcher. Elle se révéla vite curieuse, voulant toucher à tout, hurlant dès qu'on tentait de l'en empêcher. De plus, elle semblait animée d'un esprit de destruction qui la poussait à démolir, non seulement ses propres jouets, mais également ceux d'Henriette. Si cette dernière protestait et voulait reprendre l'objet qui lui appartenait des mains d'Aurore, celle-ci résistait et attirait l'attention de leur mère par ses hurlements. Immanquablement, Henriette se faisait gronder :

— Tu n'es qu'une égoïste. Prête ce jouet à ta sœur, voyons !

Les larmes aux yeux, Henriette ne pouvait que regarder Aurore détruire ce à quoi elle tenait. Là encore, ses pleurs lui attiraient les remontrances de sa mère :

— Arrête de chialer, ça m'énerve ! Tes affaires ne sont pas en or, après tout !

Le jour où Henriette eut huit ans, ses grands-parents lui offrirent, en cadeau d'anniversaire, une magnifique poupée qui possédait de véritables cheveux bouclés et qui fermait les yeux quand on la couchait. Vêtue d'une robe rose garnie de volants, chaussée de petits souliers vernis, elle était ravissante. Henriette en prenait un soin extrême. Maurice lui avait confectionné, dans un vieux tiroir, un petit berceau où chaque soir elle couchait avec amour sa poupée. Grâce à elle, elle ne se sentait plus solitaire. Elle avait une confidente à qui elle chuchotait ses petits secrets, qui l'écoutait sans se lasser et qui comprenait tout ce qu'elle éprouvait.

Un après-midi, en rentrant de l'école, Henriette trouva sa poupée dans les bras d'Aurore. Son cœur fit un bond d'indignation. Elle s'écria :

— Maman ! Aurore a pris ma poupée !

Sa mère, qui était occupée à coudre, releva à peine la tête. Sur un ton de réprimande, elle dit :

— Aurore n'a rien pris du tout. Elle voulait jouer avec ta poupée, et je la lui ai prêtée.

Henriette, avec affolement, regarda sa « fille », sa Blondine comme elle l'appelait, entre les mains maladroites et destructrices de sa sœur. Des larmes dans la voix, se sachant vaincue d'avance, elle tenta néanmoins de protester :

— Mais, maman, elle va l'abîmer !

Aurore serrait contre elle la poupée, et toute son attitude disait son refus farouche de la rendre. Henriette savait que dès qu'on ferait mine de la lui reprendre, elle se mettrait à hurler.

— Maman... répéta-t-elle comme un appel.

Avec un serrement de cœur, elle vit sa mère froncer les sourcils et secouer la tête. Les reproches habituels ne tardèrent pas à suivre :

— Henriette, tu n'es qu'une égoïste. J'exige que tu laisses ta petite sœur jouer avec ta poupée.

Malheureuse, Henriette cessa de protester. Et elle ne put qu'assister, impuissante, à la destruction progressive de sa poupée. Chaque soir, en rentrant de l'école, elle remarquait un nouveau dégât. C'était, un jour, la robe qui avait été déchirée ; un autre jour, Aurore avait enlevé et égaré l'un des souliers vernis, qui demeura introuvable ; une autre fois, elle avait voulu coiffer la poupée, et les jolies boucles n'étaient plus qu'un magma de fibres informes ; puis l'autre soulier disparut. Henriette regardait avec désespoir sa jolie poupée se transformer peu à peu en une pauvre Cendrillon lamentable. Parfois, elle protestait, pleurait, comme le soir où elle rentra de l'école et trouva sa Blondine barbouillée de peinture, méconnaissable. Là encore, les reproches inévitables se mirent à pleuvoir :

— Arrête de pleurnicher pour si peu. Elle n'est pas en or, ta poupée.

Aurore, sûre de l'impunité, prenait un malin plaisir à détruire tous les jouets de sa sœur. Elle découvrit un jour les livres d'images d'Henriette, que celle-ci adorait lire et dont elle prenait grand soin. Elle les prit et les déchira, visiblement ravie. Lorsqu'elle découvrit le saccage, Henriette pleura. A dater de ce jour, lorsqu'on lui offrait un livre d'images, elle évitait qu'il ne tombe aux mains d'Aurore. Mais sa mère lui ordonnait :

— Prête donc ce livre à ta sœur !

Aurore, avec application, déchirait chaque page du livre, et si Henriette protestait, c'était encore elle qui se faisait gronder. De toute son enfance, elle ne put garder ni un jouet ni un livre. Aurore, avec l'approbation de leur mère, détruisait systématiquement tout.

Parfois, Henriette se plaignait auprès de Maurice, car elle savait qu'il se montrait bon envers elle. Mais ce dernier, lorsqu'il s'agissait de choisir entre sa propre fille et l'enfant qui n'était pas la sienne, n'hésitait jamais bien longtemps. Poussé par sa femme, qui insistait sur l'égoïsme d'Henriette, il finissait lui aussi par prendre la défense d'Aurore. Henriette prit l'habitude de souffrir en silence, et se résigna à accepter le fait que sa sœur était la petite préférée de ses parents.

L'année de ses onze ans, Henriette entra en sixième. Ses grands-parents, fiers d'elle, lui offrirent pour son anniversaire une superbe bicyclette rouge vif. Henriette fut ravie. Elle passa ses moments de liberté à sillonner les rues de son quartier à vélo. Elle prenait grand soin de ce cadeau précieux, en ôtait la moindre trace de poussière, l'astiquait jusqu'à ce qu'il fût rutilant. Ainsi il demeurait superbe et paraissait toujours neuf.

Aurore n'avait pas tardé à comprendre que sa sœur possédait un jouet qui, cette fois-ci, n'était pas à sa portée. En effet, elle n'avait que cinq ans, et elle était bien trop petite pour prétendre rouler sur ce beau vélo trop grand pour elle. Malgré tout, elle se mit à trépigner en exigeant d'avoir, elle aussi, une bicyclette. Et un jour, en rentrant de l'école, Henriette put voir sa sœur arborer un sourire de satisfaction en roulant, dans les allées du jardin, sur une jolie petite bicyclette verte que deux petites roues, placées de chaque côté de la roue arrière, équilibraient.

— Tu as vu le vélo d'Aurore ? lui demanda sa mère avec fierté. Nous l'avons acheté cet après-midi, et elle sait déjà s'en servir.

Henriette acquiesça distraitement. Elle pensa avec soulagement que ses propres jouets connaîtraient un moment de répit puisque Aurore semblait se passionner pour sa nouvelle bicyclette. Celle-ci, bientôt, exigea de Maurice qu'il enlève les deux petites roues et qu'il lui apprenne à rouler « comme une grande ». Après plusieurs leçons et quelques chutes, Aurore parvint à se sentir en équilibre, et se mit à suivre Henriette dans toutes ses promenades.

Comme elle ne prenait aucun soin de son vélo, celui-ci fut bientôt abîmé et rouillé. Alors elle se mit à regarder avec envie celui d'Henriette, qui était resté impeccable.

Et la scène qui s'était tant de fois produite pour d'autres jouets se produisit cette fois encore : un après-midi, en revenant de l'école, Henriette aperçut sa sœur qui roulait sur la bicyclette rouge vif beaucoup trop grande pour elle. Incapable de s'asseoir sur la selle trop haute, la petite fille pédalait en danseuse, le visage au niveau du guidon. Henriette ne put s'empêcher de protester avec indignation :

— C'est mon vélo. Rends-le-moi. Toi, tu as le tien.

Aurore fixa sa sœur avec défi :

— Maman m'a donné la permission.

Avec un sentiment de catastrophe parce qu'elle se savait, là aussi, vaincue d'avance, Henriette courut jusqu'à la maison. Elle entra comme une tornade, cria :

— Maman, maman, Aurore a pris mon vélo !

Comme une scène réglée d'avance, Henriette constata le changement d'expression de sa mère : les sourcils froncés, les lèvres serrées, l'air réprobateur.

— Apprends, Henriette, qu'Aurore n'a rien pris du tout. Elle m'a demandé l'autorisation de rouler sur ton vélo, et je la lui ai donnée.

— Mais, maman, il... il est trop grand pour elle. Et puis, elle va l'abîmer.

De nouveau, les sourcils se froncèrent :

— Quel mal y a-t-il si elle l'abîme un peu ? Ce vélo n'est pas une pièce de musée ! Quand donc cesseras-tu, Henriette, d'être aussi égoïste ?

Comment Henriette aurait-elle pu expliquer que c'était une véritable souffrance, pour elle, de savoir que la jolie bicyclette à laquelle elle tenait tant allait être détériorée sous ses yeux, comme l'avait été la poupée Blondine ? Elle savait bien que sa mère refuserait de comprendre, et la traiterait une fois de plus d'égoïste. Alors elle ne dit rien et se résigna, le cœur déchiré, à regarder sa sœur abîmer un peu plus chaque jour son joli vélo.

Ce fut d'abord la sonnette, dont Aurore dévissa et perdit le couvercle. Ensuite, les poignées de caoutchouc, sur le guidon, furent déchirées, et un jour elles disparurent elles aussi. La pompe devint à son tour introuvable. Les garde-boue furent cabossés, et Aurore parvint même à dévisser les pédales. Il ne resta pour poser le pied qu'une tige de fer ronde et glissante. A chaque nouvelle découverte, Henriette, effondrée et en même temps sidérée par une telle volonté de destruction, interrogeait sa sœur :

— Aurore, pourquoi fais-tu cela ?

Aurore ne répondait pas. Elle se contentait de regarder Henriette avec un sourire narquois et victorieux, comme si elle était satisfaite de la voir malheureuse. Quant à Henriette, chaque fois qu'elle roulait sur son pauvre vélo mutilé, elle se retenait de pleurer. Les paroles de sa mère la poursuivaient malgré elle : « Egoïste ! Tu n'es qu'une égoïste ! » Pourtant, Henriette savait bien que ce n'était pas vrai. Si Aurore n'avait pas possédé cette tendance systématique à tout démolir, Henriette lui aurait volontiers prêté ses jouets. Sa mère était-elle incapable de le comprendre ? C'était une question qu'Henriette se posait sans jamais lui trouver de réponse.

L'adolescence d'Henriette coïncida avec les années 60. Elle se passionna pour les chanteurs que l'on baptisait « idoles » et dont elle fredonnait inlassablement les refrains. Contrairement à ses amies, elle ne possédait pas d'argent de poche et ne pouvait s'acheter *Salut les Copains*, la revue qui s'adressait aux jeunes « dans le vent ». Heureusement, Marielle, sa meilleure amie, lui prêtait fidèlement chaque numéro. Henriette prenait bien soin de le laisser dans son cartable et de le lire en cachette, le soir dans sa chambre. Elle avait trop peur que, là aussi, Aurore n'intervînt et ne subtilisât la revue qu'ensuite on risquait de ne plus retrouver.

Chaque soir, dès son retour de l'école, et davantage encore le jeudi ou pendant les vacances, Henriette adorait écouter, à partir de dix-sept heures sur Europe 1, l'émission intitulée *Salut les Copains* qui, parallèlement à la revue du même nom, parlait des « idoles » à la mode, présentait leurs dernières chansons, transmettait des interviews. Or, il n'y avait qu'un seul poste de radio dans la maison. C'était un transistor qui se trouvait dans la cuisine, et sur lequel Maurice écoutait les informations ou les émissions sportives.

Henriette, qui prenait le bus pour se rendre au lycée de la ville voisine, rentrait plus tard qu'Aurore qui, elle, revenait directement de l'école primaire. Et, à chacun de ses retours, elle ne trouvait plus le poste de radio qui avait été « emprunté » par Aurore et emmené dans sa chambre. Là encore, soulevée par une juste indignation, Henriette protestait. Elle entrait dans la chambre de sa sœur avec colère :

— Aurore, tu le fais exprès ! Chaque fois que je veux écouter *Salut les Copains*, tu prends la radio.

Aurore lui lançait un regard plein d'un défi ironique et provocateur :

— Ce n'est pas vrai ! Je fais mes devoirs et j'ai besoin d'entendre de la musique. Ça me permet de mieux travailler.

— Alors, écoute *Salut les Copains* avec moi.

— Cette émission ne me plaît pas. Je préfère écouter autre chose. Laisse-moi tranquille, Henriette, ou je dirai à maman que tu m'embêtes.

La révolte amenait des larmes dans les yeux d'Henriette. C'était chaque soir la même chose : Aurore accaparait le poste de radio et le rendait à dix-neuf heures à Henriette en lui disant avec magnanimité :

— Tiens, je veux bien te le donner maintenant. Je l'ai gardé assez longtemps.

Mais, à cette heure-là, l'émission était terminée, et le poste n'offrait plus aucun attrait pour Henriette. Un jour, excédée, celle-ci essaya de faire entendre raison à sa mère :

— Maman, j'aimerais pouvoir écouter *Salut les Copains*, et Aurore emmène toujours le poste de radio dans sa chambre. Comme par hasard, elle le prend de cinq heures à sept heures, justement au moment où j'en ai besoin.

Henriette reçut en réponse l'habituel regard réprobateur, ainsi que ces paroles :

— Aurore a, autant que toi, le droit d'écouter la radio. Pourquoi veux-tu l'en empêcher ? Tu peux bien lui laisser ce plaisir. Cesse de toujours penser à toi, Henriette. Tu n'es qu'une égoïste.

Henriette, à force de se l'entendre répéter, finissait par le croire. N'était-elle vraiment qu'une égoïste ? Devait-elle tout accepter, laisser Aurore imposer ses caprices pour le simple plaisir d'ennuyer sa sœur aînée ? Elle en parlait souvent à Marielle, sa meilleure amie et sa confidente. Marielle aussi avait une sœur cadette, de deux ans plus jeune, avec qui elle s'entendait parfaitement. Outrée par les récits d'Henriette, elle affirmait :

— Moi, à ta place, je ne me laisserais pas faire. Ou alors, je lui rendrais la pareille. Ça lui servirait de leçon.

— Oh ! non ! répondait Henriette avec amertume. Elle irait se plaindre à notre mère, qui prendrait automatiquement sa défense, et je me ferais punir.

— Ma pauvre Henriette ! disait Marielle, apitoyée.

La compréhension et l'affection de Marielle aidaient Henriette à supporter l'ostracisme dont elle était victime. C'était Marielle qui lui prêtait *Salut les Copains*, ainsi que la revue jumelle qui s'adressait aux filles :

Mademoiselle Age Tendre. Dans cette revue, chaque année, un concours était organisé. Les lectrices devaient envoyer leur photo et répondre à un questionnaire. Celle qui finalement était élue gagnait une voiture et des tas d'autres lots passionnants, comme par exemple passer une journée avec le chanteur de son choix. Marielle s'enthousiasmait :

— Je vais le faire ! On ne sait jamais. Toi aussi, Henriette, tu devrais essayer.

Henriette eut le tort d'en parler chez elle. Elle s'attira les sarcasmes de sa sœur et de sa mère.

— De toute façon, dit celle-ci, tu ne gagneras pas. Il y aura bien trop de candidates. Tu n'as aucune chance.

— D'autant plus qu'il faut être jolie, ajouta sournoisement Aurore. Et toi, tu ne l'es pas du tout !

Blessée, Henriette ne répondit pas. Ce soir-là, seule dans sa petite chambre, elle interrogea son miroir. Etait-elle donc si laide ? Elle vit un visage de seize ans, des cheveux bruns, des yeux noirs en amande, un nez droit, un bouche petite, des dents régulières.

— Rien de tout cela n'est laid, pensa-t-elle, et pourtant, je ne suis pas jolie. Aurore l'est bien plus que moi.

Elle refusa, malgré les instances de son amie, de s'inscrire au concours. Marielle, de son côté, envoya sa photo et sa réponse au questionnaire, mais ne fut pas retenue. Henriette pensa que le résultat aurait été identique pour elle si elle avait participé. Et cela la consola un peu.

Le chanteur préféré d'Henriette était Claude François, et Marielle, qui le savait, offrit un jour à son amie un superbe poster en couleurs, représentant le chanteur en tenue de scène. Ravie, Henriette l'installa le soir même en face de son lit afin que, chaque matin en s'éveillant, elle aperçût tout de suite son idole. D'autres posters, plus petits, ornaient les autres murs et égayaient la pièce. Il y avait les chanteurs qu'Henriette aimait, Frank Alamo, Cliff Richard, Adamo, Elvis Presley. Mais celui qu'elle adorait, Claude François, occupait maintenant tout un pan de mur.

C'était la première chose qu'Henriette apercevait en entrant dans sa chambre, et cette vue lui réchauffait le cœur. Il lui semblait que son chanteur préféré était là, qui l'attendait et l'accueillait en souriant lorsqu'elle arrivait.

Quelques jours plus tard, en ouvrant la porte, Henriette se figea sur place, atterrée. En face, le mur était nu. Le poster avait disparu.

Avec affolement, elle entra et regarda autour d'elle. Rien d'autre n'était changé ; seul manquait le poster. Une pensée fulgura dans l'esprit d'Henriette : Aurore, une nouvelle fois, lui avait pris ce qu'elle aimait. Qu'en avait-elle fait ?

Frémissante d'appréhension, Henriette gagna rapidement la chambre de sa sœur :

— Aurore ! Où est mon poster ?

Aurore, penchée sur son bureau, se retourna. Ses yeux brillaient d'une joie mauvaise, mais son visage prit un air faussement angélique tandis qu'elle interrogeait :

— Ton poster ? Quel poster ?

En suffoquant d'indignation, Henriette répliqua :

— Tu le sais très bien. Le grand, celui de Claude François. Il était sur le mur en face de mon lit. Il n'y est plus.

Aurore se détourna avec un air de reine outragée.

— Je me fiche pas mal de ton Claude François et je n'ai pas touché à ton poster.

Mais Henriette était trop furieuse pour en rester là. Refusant de s'avouer vaincue, elle se pencha sur Aurore, lui prit l'épaule et la secoua en criant :

— Menteuse ! C'est toi qui l'as pris, je le sais bien. Qu'en as-tu fait ? Rends-le-moi, tu m'entends ? Je t'ordonne de me le rendre !

Devant la colère de sa sœur, Aurore prit peur. Elle se mit à hurler d'une voix perçante :

— Maman ! Au secours, maman !

Henriette vit sa mère accourir immédiatement, le visage à la fois inquiet et mécontent. Elle ordonna durement :

— Henriette, lâche ta sœur ! Que te prend-il ? Tu es folle ?

Avant que la jeune fille ait pu prononcer un mot, Aurore s'écria précipitamment :

— Elle m'accuse d'avoir pris son poster. Ce n'est pas moi ! Ce n'est pas moi !

Henriette fit un geste vers sa chambre, tenta d'expliquer :

— Mon poster de Claude François... Il n'est plus là...

Le regard sévère de sa mère l'arrêta. D'un ton sec, elle dit :

— Henriette, tu es insupportable ! Faire une histoire pareille pour un bout de papier ! Tu te rends compte ? De plus, pourquoi tout de suite accuser ta sœur ? On n'accuse pas sans preuves, sache-le, et si elle te dit qu'elle ne l'a pas pris, c'est qu'elle ne l'a pas pris. Est-ce une raison pour la secouer comme tu le faisais lorsque je suis entrée ?

Aurore renifla, fit semblant de s'essuyer les yeux :

— Elle m'a fait mal, gémit-elle d'une petite voix plaintive. Elle est méchante.

Henriette voulut se défendre, mais sa mère ne lui permit pas de parler :

— Retourne dans ta chambre, Henriette, et ne recommence jamais une scène comme celle-ci. Est-ce pour le plaisir de faire punir ta sœur ? Sache que je n'approuve pas une telle attitude.

La jeune fille, les larmes aux yeux, retenant les sanglots qui menaçaient d'exploser, courut s'enfermer dans sa chambre. Là, elle pleura longtemps. L'injustice de la situation, plus encore que la perte de son poster, la rendait profondément malheureuse. Elle resta persuadée qu'Aurore le lui avait pris, mais elle ne sut jamais si sa mère était complice du larcin ou si elle avait simplement voulu défendre son enfant préférée, ainsi qu'elle le faisait toujours.

Et jamais elle ne retrouva son poster.

Au lycée, Henriette était une bonne élève. L'année de ses dix-huit ans, elle obtint son bac. Elle eut de la peine en constatant que sa mère ainsi qu'Aurore affichaient une superbe indifférence. Maurice fut le seul à la féliciter :

— Parlons de ton avenir, ma fille, lui dit-il le soir même. Qu'envisages-tu de faire plus tard ?

— J'aimerais bien être professeur d'histoire, avoua Henriette.

— Alors, il faudra t'inscrire en faculté à la rentrée. Il y aura plusieurs années d'études à faire, mais je sais que cela ne te fait pas peur. Tu es sérieuse, intelligente, et travailleuse. Tu réussiras sans aucun doute. Tu pourras même aller jusqu'à l'agrégation, qu'en penses-tu ? Je t'en crois tout à fait capable.

Henriette fut émue par ces paroles et se jura de réussir ses études, ne serait-ce que pour ne pas décevoir la confiance de Maurice. Mais elle n'eut pas le loisir de tenir sa promesse. Elle venait à peine de s'inscrire à la faculté que Maurice mourut subitement, terrassé par une crise cardiaque.

La jeune fille éprouva une peine sincère. Elle avait aimé cet homme qui toujours s'était montré bon pour elle. Il avait même parfois pris sa défense lors de disputes avec Aurore où l'injustice était trop flagrante, à tel point qu'Aurore, par la suite, avait toujours pris soin d'agir lorsque Maurice était au travail, sûre de l'appui de sa mère. Comme Henriette n'avait rien d'une rapporteuse, ce brave homme ne s'était jamais douté de ce qui se passait réellement lorsqu'il n'était pas là.

Le jour de l'enterrement, Aurore sanglota éperdument. Toutes les personnes présentes la regardèrent avec sympathie, apitoyées par cette enfant de douze ans qui se retrouvait sans père du jour au lendemain. Près d'elle, Henriette, pâle et rigide malgré son immense peine, se sentait incapable de verser une larme. Elle avait l'impression que les gens du village qui défilaient devant le cercueil lui lançaient des regards à la fois étonnés et réprobateurs, choqués par son apparence froide et indifférente.

Pourtant, Maurice fut regretté davantage par Henriette que par sa propre fille. Aurore, après quelques jours, oublia rapidement son chagrin.

L'absence de Maurice créa des difficultés financières. Il avait heureusement souscrit une assurance-vie dont le montant, assez important, fut versé intégralement à la veuve. Un soir, celle-ci parla à ses deux filles :

— J'ai placé cet argent à la banque. J'en ai réservé une partie pour toi, Aurore, afin que plus tard tu puisses faire les études que tu aurais faites si ton père avait vécu. A partir de maintenant, il faudra faire attention, et dépenser le moins possible. Heureusement, ce pavillon nous appartient. Quant à toi, Henriette, il serait souhaitable que tu travailles. L'argent que tu gagnerais serait le bienvenu. Maintenant que Maurice n'est plus là, je ne peux plus te payer des études longues et coûteuses.

Henriette ne songea même pas à répliquer que, si une somme était prévue sur l'argent de l'assurance pour les études d'Aurore, pourquoi ne pouvait-il en être de même pour elle ? Elle était tellement habituée à ce qu'Aurore soit privilégiée qu'elle ne dit rien. Elle eut, malgré tout, un sursaut de révolte. Mais se sachant, là aussi, vaincue d'avance, elle se résigna avec fatalisme à la situation.

Elle annula son inscription en faculté. Comme son baccalauréat lui en donnait le droit, elle fit une demande pour être institutrice. Dès la rentrée, elle fut nommée comme remplaçante, un peu partout dans les environs. Elle faisait, au gré des absences de ses collègues titulaires, trois jours ici, quinze jours ailleurs. Dès qu'elle commençait à s'habituer à ses élèves, elle devait les quitter pour aller en retrouver d'autres, sans savoir à l'avance où elle serait nommée à la fois suivante. Elle devait parfois jongler avec les correspondances – train, autobus – pour arriver à l'heure à son travail. Après plusieurs mois de ce régime, elle avança timidement un soir la possibilité de s'acheter une voiture d'occasion.

— Cela me ferait gagner beaucoup de temps, conclut-elle. Et puis, ce serait bien plus pratique.

Henriette constata immédiatement que sa mère pinçait les lèvres avec désapprobation :

— Les leçons de conduite coûtent cher, rétorqua-t-elle. Je n'ai pas d'argent pour cela, Henriette, ni pour t'acheter une voiture, même d'occasion. Economise sur ton salaire et débrouille-toi pour tout payer toi-même.

Henriette, qui donnait déjà une bonne partie de son salaire à sa mère afin de participer aux dépenses, dut économiser sur le peu qui lui restait. Et lorsque, chaque mois, elle avait prélevé l'argent nécessaire pour payer le train et le bus ainsi que les repas à la cantine scolaire, le midi, il ne lui restait plus grand-chose.

— A ce rythme-là, pensa-t-elle avec découragement, je mettrai des années avant d'y arriver.

Néanmoins, elle continua avec obstination à économiser sou par sou. Elle mettait de côté la moindre petite somme. Quelquefois, l'une ou l'autre de ses collègues, en rentrant chez elle le soir, après la classe, acceptait de la déposer à la gare, lui évitant ainsi la dépense d'un ticket de bus. D'autres fois, elle se privait de manger le midi, se contentant d'un sandwich qu'elle avait emporté, afin de gagner le prix du repas. Très lentement, ses économies grossissaient.

Deux années passèrent ainsi, et Henriette eut vingt ans. Elle aimait son métier, elle aimait les enfants qui lui étaient confiés. Ceux-ci lui rendaient bien son affection. Ils se montraient désolés quand elle partait. Certains, parmi les plus jeunes, versaient parfois quelques larmes. Henriette rêvait du jour où elle serait enfin titulaire et où elle aurait sa propre classe pour toute l'année scolaire.

Au printemps de cette année-là, elle fut nommée en remplacement d'un congé de maternité. Elle en fut ravie. Ainsi, pendant plusieurs semaines, elle était assurée de garder les mêmes élèves au lieu de changer de classe au bout de quelques jours. C'était presque un emploi stable. Elle compta qu'elle l'occuperait jusqu'aux vacances. De plus, l'école où elle devait enseigner n'était pas très loin de chez elle, ce qui aurait l'avantage de réduire les frais de voyage.

Elle eut davantage de temps également pour faire la connaissance de ses collègues, et noua de solides amitiés. L'un d'eux, un jeune homme d'environ vingt-cinq ans, sembla s'intéresser plus particulièrement à elle. A plusieurs reprises, il lui proposa de la raccompagner le soir. Elle refusait toujours. Pourtant, Alain lui plaisait beaucoup. Mais, par une sorte de fierté ridicule, elle ne voulait rien lui devoir.

Le jeune homme, sans se laisser décourager, insistait toujours. Un soir où Henriette avait mal à la tête et se sentait fatiguée, elle accepta son offre. Arrivée chez elle, par politesse, elle l'invita à entrer. Elle pensait qu'il allait refuser, mais il n'en fit rien. Il la suivit à l'intérieur de la maison. Henriette le présenta à sa mère, puis à sa sœur. Elle remarqua que son ami paraissait ébloui en découvrant Aurore.

A priori, cela n'avait rien de surprenant. Aurore, qui allait sur ses quinze ans, était ravissante. Grande et mince, elle avait un visage parfait, des yeux d'un bleu saphir superbes, une abondante chevelure blonde qu'elle laissait libre sur ses épaules. Mais, sous cette apparence angélique, Henriette savait que sa sœur cachait un cœur sec et un égoïsme féroce. Habituée depuis son enfance à satisfaire tous ses caprices, elle ne pensait qu'à elle. Elle suivait avec nonchalance la classe de troisième, au collège, et pensait davantage à s'amuser qu'à travailler. Elle sortait beaucoup, allait au cinéma avec des copains ou des amies, ne ratait pas une surprise-partie. Sa mère, là comme ailleurs, ne s'opposait pas à ses désirs. Aurore le savait et en profitait.

Lorsqu'elle aperçut le collègue d'Henriette, elle le jugea à son goût. Elle pensa qu'il la changerait agréablement des adolescents maladroits avec qui elle sortait habituellement, et lui adressa un sourire enjôleur. Elle remarqua qu'Henriette posait sur le jeune homme des regards enamourés, et elle se dit qu'il serait d'autant plus amusant de le séduire. Avec une timidité parfaitement jouée, elle l'interrogea sur son métier, multipliant les exclamations admiratives, pendant qu'Henriette servait des rafraîchissements. Complètement sous le charme, Alain n'avait d'yeux que pour Aurore. Lorsqu'il prit congé, Henriette le reconduisit jusqu'à sa voiture. En guise d'au revoir, il dit, comme un reproche :

— Je ne savais pas que tu avais une sœur aussi charmante. Tu ne m'as jamais parlé d'elle.

A partir de ce jour, il insista pour raccompagner Henriette chez elle tous les soirs, afin de rencontrer Aurore. C'était le mois de juin, il faisait beau et chaud.

Sur le seuil, Aurore attendait leur arrivée. Dès qu'Alain arrêtait la voiture, elle courait jusqu'à lui, déployant des trésors de séduction. Henriette constatait, le cœur serré, qu'il se détachait d'elle et ne s'intéressait plus qu'à Aurore.

Un soir, il proposa à celle-ci de l'emmener faire un tour en voiture. La jeune fille accepta immédiatement. Cette promenade se répéta le lendemain, le surlendemain et les jours suivants. Une fois, Henriette essaya de protester lorsque Aurore revint, les joues roses et les cheveux décoiffés par le vent de la course. Ignorant le regard victorieux et ironique de sa sœur, elle lui dit :

— Aurore, tu ne devrais pas encourager Alain. Songe qu'il est beaucoup trop âgé pour toi. Il a dix ans de plus que toi. Qu'attends-tu de lui ?

— Rien d'autre que ce qu'il fait. Il me distrait, il m'emmène en promenade dans sa voiture. Aucun de mes copains, au collège, n'est capable d'en faire autant Ce ne sont tous que des gamins.

— Mais... s'il t'aime sincèrement ? Y as-tu pensé ?

De la main, Aurore fit un geste désinvolte :

— Alors, tant pis pour lui. S'il devient trop encombrant, je saurai bien l'envoyer promener. Ne t'inquiète donc pas !

Henriette ne répliqua pas. Elle savait bien qu'il était inutile d'essayer de raisonner sa sœur. Elle constata simplement qu'un soir, Aurore rentra de sa promenade le visage mécontent. Le lendemain, à l'école, elle remarqua avec tristesse qu'Alain l'évitait soigneusement. Les jours suivants, il fit de même. Jamais plus il ne lui proposa de la raccompagner, et il ne lui adressa pratiquement plus la parole. Henriette ne comprit pas. Bien qu'elle fût peinée, sa fierté, là aussi, l'empêcha de demander des explications. La fin de l'année scolaire arriva, et elle ne revit jamais Alain.

Cette histoire fut la première de plusieurs autres, toutes identiques. Au fil des mois, des années suivantes, chaque fois qu'Henriette s'intéressa à un jeune homme, Aurore s'interposa et s'amusa à « piquer » le soupirant de sa sœur. Et, à chaque fois, ledit soupirant se laissait séduire, littéralement ébloui par Aurore. Henriette tentait de se consoler en pensant : « Après tout, je n'ai rien à regretter. Il ne m'aimait pas vraiment. S'il m'avait vraiment aimée, il ne m'aurait pas laissée tomber pour Aurore. »

Aurore qui collectionnait, en plus, des soupirants bien à elle parmi les garçons du lycée qu'elle fréquentait. Libre, sûre d'elle, toujours prête à s'amuser, elle était tout le contraire d'Henriette qui ne sortait jamais, préférait lire, et se consacrait entièrement à son travail.

— Ma pauvre Henriette, lui disait quelquefois Aurore avec mépris, tu vas devenir vieille fille !

Henriette ne répondait pas. Elle continuait à économiser pour s'acheter une voiture, et rêvait d'un petit studio où elle pourrait enfin vivre seule. Depuis quelque temps, cette idée se précisait dans son esprit, et elle cherchait le moyen d'en parler à sa mère. Elle se doutait que celle-ci tenterait de la retenir, ne serait-ce que pour ne pas perdre la partie de son salaire qu'elle lui remettait chaque mois.

Ce projet se réalisa d'une manière inattendue l'année où Aurore passa son baccalauréat. Bien que travaillant très peu, elle réussit à l'obtenir. Elle fut félicitée et refélicitée par sa mère, qui reprocha à Henriette de ne pas couvrir sa sœur de compliments :

— Vraiment, tu exagères, Henriette. On dirait que le succès de ta sœur te laisse indifférente. N'es-tu pas contente pour elle, au moins ?

Henriette eut envie de répliquer que le jour où elle-même avait eu son bac, Aurore ne lui avait pas adressé la moindre parole de félicitations. Mais elle se tut, sachant que cette réplique ne servirait qu'à lui attirer de nouveaux reproches.

Pour fêter son succès, Aurore organisa une surprise-partie à laquelle elle invita la plupart des élèves de sa classe. Elle ne demanda pas à sa sœur d'y participer, et celle-ci n'en fut pas surprise. De toute façon, elle n'aurait pas accepté. Elle jugeait les amis d'Aurore trop délurés et trop exubérants à son goût.

Toute la soirée et une bonne partie de la nuit, la maison retentit de musique, de cris et de rires. Aurore se coucha à l'aube. Lorsque Henriette se leva, peu de temps après, elle fut effarée en voyant le désordre : des mégots jonchaient le sol, des verres étaient posés n'importe où, des bouteilles encombraient les meubles, des disques s'empilaient à côté des pochettes vides, des serviettes chiffonnées traînaient un peu partout. De la cuisine, une voix autoritaire cria :

— C'est toi, Henriette ? Dépêche-toi de venir m'aider. Il faut tout remettre en ordre. Apporte-moi les verres, je vais les laver. Ensuite, tu ramasseras les mégots et tu balaieras le sol.

La jeune fille rejoignit sa mère qui, penchée au-dessus de l'évier, lavait les plats qui avaient contenu petits fours et sandwiches. Elle tenta de protester :

— Pourquoi est-ce à moi de ranger le désordre causé par Aurore ? Elle pourrait le faire elle-même.

En réponse, Henriette reçut un regard offusqué :

— Aurore s'est couchée tard. Elle dort. Ne peux-tu la laisser se reposer et ranger pour elle ? Quand donc cesseras-tu, Henriette, d'être aussi égoïste ?

C'était toujours la même litanie... Etouffant un soupir, Henriette passa la matinée, avec sa mère, à ranger et nettoyer. Quand Aurore se leva, à midi, la maison avait repris son aspect habituel et étincelait de propreté.

Elle n'eut pas un mot d'approbation. Au contraire, elle se précipita vers sa pile de disques :

— Henriette, tu n'as pas touché à mes disques, j'espère ?

— Tout est là, dit Henriette. Tu n'as plus qu'à les remettre dans leur pochette.

Aurore eut un signe de tête satisfait :

— Je préfère m'en occuper moi-même. Je ne tiens pas à ce que tu les abîmes.

Avec amertume, Henriette songea à tous les jouets, tous les livres auxquels elle tenait et qu'Aurore, systématiquement, s'était amusée à détruire. Elle ne répondit pas et sortit de la pièce.

Henriette n'oubliait pas le petit studio qu'elle s'était promis d'acquérir. Elle était maintenant titulaire, ayant passé et obtenu le CAP d'institutrice. Dans la petite ville où elle venait d'être nommée, de nouveaux immeubles avaient été construits. L'un d'eux n'était pas très éloigné de l'école où elle enseignait. Des appartements et des studios étaient à louer. Henriette avait calculé qu'elle pourrait, de là, se rendre à pied à son travail, bien qu'elle possédât enfin une voiture d'occasion, obtenue grâce à de sérieuses économies.

La jeune fille décida de parler de ce projet sans tarder. Elle le fit un soir, après le repas, et fut surprise de voir sa mère approuver :

— C'est une très bonne idée. Justement, je voulais te mettre au courant de ma décision. Aurore va rentrer en faculté et, à mon avis, elle ne peut faire de brillantes études qu'à Paris. Voici plusieurs mois que j'y pense. Maintenant qu'elle a son bac, nous allons pouvoir activer les choses. Je vais partir avec elle. Nous allons louer un petit appartement, et mettre en vente ce pavillon. Tu peux dès maintenant chercher un studio pour toi, Henriette.

Avec un enthousiasme qu'elle n'avait jamais ressenti, la jeune femme choisit un studio et passa les semaines suivantes à l'aménager. Il était neuf, clair et ensoleillé. Elle pensa avec soulagement qu'il la changerait agréablement du petit réduit où elle avait dormi depuis la naissance d'Aurore. Elle se sentait libérée à l'idée de pouvoir enfin vivre seule, loin des exigences d'Aurore et des reproches incessants de sa mère.

A la rentrée, elle les vit partir sans regret. Elle éprouva même quelque chose comme un sentiment de délivrance, qui la fit se sentir coupable. Comment pouvait-elle se réjouir alors qu'elle se séparait de sa mère et de sa sœur ? Etait-il vrai qu'elle n'était qu'une égoïste ?

Mais, bientôt, elle n'y pensa plus. Pour la première fois de sa vie, elle pouvait faire ce qu'elle voulait quand elle le voulait ; c'était si agréable qu'elle ressentait une sorte de griserie qui lui donnait envie de rire et de chanter.

Ce fut dans cet état d'esprit qu'elle rencontra Jérôme. Un soir d'octobre, après la classe, elle rentrait chez elle en flânant, son cartable sous le bras. Le soleil d'automne dorait les feuilles des arbres, qui frémissaient doucement dans le vent. Henriette se sentait bien. A un feu rouge, elle attendit pour traverser, puis suivit le flot des piétons. En plein milieu de la rue, soudainement, le talon de sa chaussure droite cassa. Henriette trébucha, faillit tomber. Un bras solide la soutint, tandis qu'une voix virile s'exclamait :

— Je vous tiens, ne craignez rien. Appuyez-vous sur moi.

Henriette se retourna, vit un jeune homme au visage agréable, aux yeux sérieux derrière des lunettes. Il lui plut, et elle accepta son aide. Accrochée à son bras, elle clopina jusqu'au trottoir opposé, où ils s'arrêtèrent tous deux. Victorieusement, comme s'il brandissait un trophée, le jeune homme sortit de sa poche le talon cassé et le lui tendit :

— Ceci vous appartient, lui dit-il. Si vous voulez faire réparer votre chaussure, il vous sera utile.

Elle remercia et le regarda mieux. Son sourire découvrait des dents très blanches, une étincelle amusée brillait dans ses yeux gris. Brusquement, sans raison, elle se sentit heureuse et éclata de rire :

— Vous êtes très aimable, mais pour le moment je n'ai plus qu'à boiter jusqu'à mon studio.

— Habitez-vous loin ? Si oui, ma voiture est à deux pas. Je peux vous reconduire.

De nouveau, elle accepta. En chemin, il se présenta : il s'appelait Jérôme, travaillait dans une banque, avait vingt-cinq ans et était célibataire. A son tour, Henriette parla d'elle, expliqua qu'elle vivait seule depuis que sa mère et sa sœur étaient parties habiter Paris.

Il la déposa devant l'entrée de son immeuble. Elle eut envie de l'inviter à boire un verre, mais une timidité la retint. Elle ne voulait pas qu'il la jugeât peu sérieuse, prête à faire entrer chez elle le premier venu. Elle lui tendit la main et, de nouveau, le remercia chaleureusement. Ce fut lui qui proposa :

— J'aimerais vous revoir. Que faites-vous dimanche ? Accepteriez-vous de déjeuner avec moi ? Qu'en pensez-vous ?

Elle n'hésita pas un instant. Ils se donnèrent rendez-vous pour le dimanche suivant. Il lui promit de venir la chercher à midi. Et ce fut le cœur en fête qu'elle clopina jusqu'à son petit studio.

Cette première rencontre fut suivie de beaucoup d'autres. Plus ils apprenaient à se connaître, plus Henriette et Jérôme se plaisaient. Au fil des semaines, l'attirance qu'ils éprouvaient l'un pour l'autre se transforma en un amour sûr et profond. Lorsque, quelques mois plus tard, Jérôme demanda à Henriette de l'épouser, elle répondit oui, émue jusqu'aux larmes.

Il la présenta à ses parents, qui aimèrent tout de suite cette jeune fille sérieuse et douce dont leur fils paraissait tellement épris. Henriette, de son côté, écrivit à sa mère et à sa sœur afin de leur annoncer la nouvelle, ainsi que la date fixée pour le mariage, au début du mois de juillet, moment où Henriette était en vacances.

Elle reçut en réponse un mot très court de sa mère lui expliquant qu'Aurore avait rencontré un jeune étudiant américain qui, très épris, désirait l'épouser et l'emmener dans son pays.

Scott est un beau parti, disait-elle. *Il a vingt-quatre ans et se destine à être avocat. Il va reprendre le cabinet de son père. Il veut épouser Aurore le plus vite possible. Nous allons partir dès la fin de cette année scolaire, et nous ne serons plus en France au moment de ton mariage. Nous ne pourrons donc pas y assister.*

Encore une fois, sa mère lui préférait sa sœur... Henriette en fut peinée. Mais, grâce à l'amour de Jérôme et à l'affection de ses parents, elle oublia vite sa déception.

A partir du jour où elle devint la femme de Jérôme, elle fut parfaitement heureuse. Ils firent bâtir, à la sortie de la ville, un petit pavillon entouré de verdure. Les enfants naquirent, et leur présence apporta à Henriette un surcroît de bonheur : Stéphane d'abord, puis, un an plus tard, Béatrice, et six ans après, Laurence. Henriette, qui n'oubliait pas les injustices dont elle avait souffert tout au long de son enfance, s'efforçait toujours de se montrer impartiale lorsque des disputes éclataient entre ses trois enfants. Elle avait gardé son métier, qu'elle aimait toujours autant, et menait une vie équilibrée entre sa famille et son travail.

De loin en loin, elle recevait des nouvelles d'Aurore, qui avait épousé Scott et habitait les Etats-Unis. Un jour, elle avait ainsi appris la mort de sa mère. Elle avait ressenti, malgré tout, une certaine tristesse, qui était plutôt un regret de n'avoir pas connu l'amour maternel qu'elle avait toujours souhaité. Jérôme et les enfants l'avaient consolée, et elle avait fini par ne plus penser à Aurore.

Elle n'en avait plus reçu aucune nouvelle, jusqu'à cette lettre qu'elle tournait et retournait entre ses doigts.

L'air contrarié, Henriette posa la missive sur le meuble de la cuisine, avec le courrier du jour. En rentrant de l'école, les enfants l'aperçurent tout de suite.

— C'est un timbre américain, remarqua Stéphane. Pourrais-je l'avoir pour ma collection ?

— Qui peut nous écrire d'Amérique ? interrogea Béatrice, avec une curiosité bien féminine.

— C'est votre tante Aurore, dit Henriette, crispée. Vous ne la connaissez pas, mais je vous ai déjà parlé d'elle.

Laurence hocha la tête d'un air entendu :

— Je sais. C'est la petite sœur qui démolissait tous tes jouets, n'est-ce pas, maman ?

— Oui, c'est elle. Cela fait des années qu'elle ne m'écrivait plus. Elle m'annonce qu'elle a quitté son mari et qu'elle revient en France. Comme elle ne sait pas où aller, elle me demande de lui offrir l'hospitalité. Elle sera là mercredi prochain.

Si Henriette s'attendait à une protestation de la part de ses enfants, elle fut déçue :

— Chic ! s'écria Stéphane avec enthousiasme. Ça, c'est super ! Une tante américaine chez nous ! Quand je vais raconter ça à mes copains, ils vont tous verdir de jalousie !

— Je suis sûre qu'elle aura ses valises remplies de vêtements à la mode, continua Béatrice. Peut-être accepterat-elle de m'en prêter quelques-uns. Ça me changera agréablement de ce vieux jean que je traîne tout le temps !

— Si Aurore est toujours pareille, je ne pense pas qu'elle te prêtera quoi que ce soit, rétorqua Henriette, sceptique. Et puis, tu n'as que quatorze ans. Ses vêtements ne te conviendront certainement pas.

— Nous verrons bien, dit Béatrice avec insouciance. En tout cas, ça me fait plaisir qu'elle vienne. Je vais lui demander comment on vit en Amérique. Je suis certaine que c'est bien mieux qu'ici.

Henriette ne put s'empêcher de remarquer, acide malgré elle :

— Si c'était mieux, Aurore ne reviendrait pas en France.

— Ça ne veut rien dire, objecta Stéphane, l'air docte. Si elle a des problèmes avec son mari, ça n'a rien à voir avec le pays dans lequel elle vit.

— Cela, de toute façon, ne vous regarde pas, reprit Henriette, plus sèchement qu'elle ne l'aurait voulu. Dépêchez-vous de goûter et d'aller faire vos devoirs.

Ils obéirent, s'en allèrent dans leur chambre respective, tout en parlant de la nouvelle qu'ils venaient d'apprendre et qui, pour eux, changeait agréablement leur train-train quotidien. Leur tante allait venir ; comment se comporterait-elle envers eux ? Bien sûr, leur mère avait toujours parlé d'elle comme d'une enfant insupportable. Mais ce qu'elle leur avait raconté s'était passé il y avait bien longtemps. Cela n'avait plus d'importance maintenant.

Lorsque Jérôme rentra à son tour, Henriette lui montra la lettre. Il la lut, posa sur sa femme le regard grave de ses yeux gris :

— Ça te contrarie ? demanda-t-il immédiatement.

Henriette soupira, soulagée de voir que son mari la comprenait et devinait ce qu'elle ressentait.

— Oui, avoua-t-elle. Je crains qu'elle n'ait pas changé. Elle a empoisonné, par ses caprices et ses exigences, mon enfance et mon adolescence. Ce sont des mauvais souvenirs. J'espérais ne jamais la revoir.

Elle avait déjà raconté à Jérôme les chagrins qu'elle avait connus à cause d'Aurore. Celui-ci l'avait embrassée et lui avait dit : « Oublie tout. A partir de maintenant, tu seras heureuse. » Elle avait suivi cet avis mais, aujourd'hui, en recevant la lettre, le passé qu'elle croyait enfoui au plus profond de sa mémoire était remonté à la surface et mettait, au creux de sa poitrine, comme une appréhension qu'elle ne parvenait pas à dominer.

Pendant les jours qui suivirent, elle demeura tendue, crispée, sur le qui-vive. Le mardi soir, elle prépara la chambre d'amis pour Aurore, alla dans le jardin cueillir quelques fleurs et les disposa dans un vase, sur la table de nuit.

Cette nuit-là, elle dormit mal. Le lendemain matin, Jérôme regarda ses yeux battus et ses traits tirés :

— Si ça t'ennuie à ce point, Henriette, il fallait dire à ta sœur de ne pas venir.

— Elle ne m'en a même pas laissé la possibilité. Tu as vu sa lettre. Elle m'a annoncé qu'elle arrivait, un point c'est tout. Même si j'avais voulu lui écrire que je n'étais pas d'accord, ma réponse serait arrivée trop tard.

Jérôme haussa les sourcils et plissa le front avec désapprobation :

— Ta sœur me semble assez imprévoyante. Elle arrive sans savoir si nous sommes d'accord. Imagine que nous soyons en vacances, ou absents de chez nous pour plusieurs jours. Que ferait-elle ?

— Je n'en sais rien, avoua Henriette. Je crois bien qu'elle ne pense même pas à une telle possibilité. Aurore a été habituée à ce que tout le monde soit à sa disposition, toujours.

— Mais maintenant, ce n'est plus pareil.

Henriette leva sur son mari un regard résigné :

— Je me le demande. J'ai tellement été conditionnée, pendant vingt ans, par ma mère, afin qu'Aurore obtienne sans cesse satisfaction, que même maintenant, j'ai encore tendance à réagir de cette façon. Je me dis que si je refuse de la recevoir, je vais me comporter en égoïste, donnant ainsi raison aux reproches que j'ai si souvent entendus. Elle est quand même ma sœur, et il est normal que je la reçoive chez moi.

— Alors, de quoi as-tu peur ?

— Je la connais, et je sais qu'elle est capable de semer la zizanie dans la famille la plus unie. Elle a toujours démoli tout ce que je possédais. Tant qu'il s'agissait de jouets ou de livres, ce n'était pas trop grave. Mais maintenant, il s'agit de mon bonheur, de mon équilibre familial. Je la vois parmi nous comme un élément perturbateur, et je ne suis pas tranquille.

Jérôme se leva, embrassa sa femme pour la rassurer :

— Allons, ne crains rien. Les enfants et moi ne sommes pas des objets, et nous ne nous laisserons pas faire. Je suis sûr que tu t'inquiètes à tort. Tout se passera bien, tu verras.

Henriette hocha la tête d'un air sceptique et ne répondit pas. Jérôme l'embrassa de nouveau et partit travailler. Elle l'entendit siffloter tandis qu'il se dirigeait vers le garage pour y prendre sa voiture. Elle ne put s'empêcher d'envier son insouciance. Mais il ne pouvait pas comprendre. Il ne connaissait pas Aurore comme elle-même la connaissait.

Toute la matinée, en vaquant aux soins du ménage, elle jeta de fréquents coups d'œil au-dehors. Ce fut ainsi qu'elle vit arriver un taxi, qui s'arrêta devant le portail. Une jeune femme élégante en descendit, qu'elle reconnut immédiatement. Toujours aussi blonde et aussi ravissante... Le chauffeur descendit à son tour, ouvrit le coffre, en sortit un nombre impressionnant de bagages. Henriette vit sa sœur prendre son porte-monnaie, payer l'homme qui se confondit en remerciements avant de remonter dans son taxi et de démarrer. Aurore, alors, se tourna vers la maison, et Henriette la vit mieux. Elle paraissait encore plus sûre d'elle que dans son souvenir.

Etouffant un soupir, Henriette se dirigea vers la porte d'entrée. Il lui fallait aller au-devant d'Aurore, l'accueillir, lui demander si elle avait fait bon voyage. Elle remarqua que ses mains tremblaient.

— Je suis ridicule, pensa-t-elle. Je ne dois pas lui montrer mon trouble, sinon elle va se moquer de moi.

Au moment où elle ouvrait la porte de la maison, elle entendit les enfants accourir. De leur chambre, ils avaient certainement vu le taxi s'arrêter dans la rue.

— C'est elle ! criaient-ils. C'est notre tante Aurore !

Ils passèrent en trombe devant Henriette, traversèrent le jardin en courant jusqu'au portail. En s'efforçant de sourire, la jeune femme les suivit.

Aurore les regardait arriver. Elle rejeta en arrière ses longs cheveux blonds qui flottaient librement sur ses épaules comme autrefois. Laurence cria :

— Bonjour, tante Aurore !

Stéphane se précipita et ouvrit le portail. Quant à Béatrice, elle contemplait sa tante avec admiration et paraissait subjuguée par sa beauté et son élégance. Celle-ci se tourna vers sa sœur qui approchait et lui dit avec ironie :

— Eh bien, tes enfants semblent plus contents que toi de ma venue. N'es-tu pas heureuse de me revoir, après tout ce temps ?

Henriette s'efforça de prendre un air aimable :

— Bien sûr que si. Entre donc, Aurore. Sois la bienvenue chez nous.

D'une démarche de reine, la jeune femme pénétra dans le jardin, regarda autour d'elle :

— Hum... C'est charmant. Petit, mais charmant. Notre propriété, en Amérique, est dix fois comme ceci.

Les enfants écoutaient, sidérés. Henriette ordonna :

— Prenez les bagages de votre tante et portez-les dans la maison.

Aurore eut un petit rire :

— Il faudra faire plusieurs voyages. J'avoue que j'ai emmené beaucoup trop de choses. Mais j'ai voulu prendre la plupart de mes toilettes. J'ai horreur de porter la même tenue plusieurs jours de suite.

Elle observa Stéphane qui soulevait les deux plus grosses valises et minauda avec admiration :

— Ton fils est déjà un garçon bien séduisant, Henriette. Bientôt, toutes les jeunes filles seront folles de lui.

Stéphane rougit de plaisir. Tandis qu'elles suivaient les enfants chargés des valises, Aurore passa son bras sous celui d'Henriette.

— Je suis bien contente de revenir en France. Cela fait dix-huit ans que je vis en Amérique, et d'un seul coup j'en ai eu assez. La vie là-bas est trop trépidante. J'avais besoin d'un peu de calme. Et aussi de réfléchir. Mes problèmes avec Scott...

Elle s'interrompit en entrant dans la maison. De la chambre de Stéphane, dont la porte était restée ouverte, parvenaient les bribes d'une chanson. Aurore s'exclama :

— Qui donc écoute Bruce Springsteen ?

— C'est moi, dit Stéphane.

— C'est un chanteur que j'aime beaucoup. Avec cette chanson, il est resté des semaines dans le hit-parade.

Stéphane eut une exclamation de plaisir :

— Tu connais Bruce Springsteen ? demanda-t-il en tutoyant sa tante sans façon. Ça alors, c'est super ! Maman, elle, ne sait même pas qui il est.

— Allons, viens voir ta chambre, Aurore, dit Henriette. Vous discuterez de tout ça après.

Dans la petite chambre toute simple, Aurore eut une moue :

— Charmant, répéta-t-elle. Tout à fait charmant. Combien de temps pourrai-je rester chez toi, Henriette ?

De nouveau, Henriette voulut se montrer aimable :

— Aussi longtemps que tu le désireras, dit-elle.

Immédiatement, les enfants l'approuvèrent :

— Oh oui, tante Aurore ! Reste longtemps avec nous !

Aurore leur adressa un sourire charmeur :

— *You are so nice* ! déclara-t-elle. *I am very glad to meet you.*

Devant l'air incompréhensif des enfants, elle éclata de rire :

— N'avez-vous pas compris ? Pourtant, au collège, tu apprends l'anglais, Stéphane ? Et toi aussi, Béatrice ?

— Heu... C'est-à-dire... Oui, bien sûr, bredouilla Stéphane. Mais vois-tu, tu as parlé trop vite, tante Aurore. Je n'ai pas bien saisi les mots.

Aurore passa une main amicale dans les cheveux bruns et bouclés du garçon :

— Je disais simplement que vous êtes adorables et que je suis très heureuse de vous connaître. Si vous le désirez, de temps en temps nous parlerons anglais ensemble. Avec moi, vous allez faire des progrès ! Votre professeur n'en reviendra pas !

Laurence se rembrunit :

— Mais moi, tante Aurore, je ne comprendrai pas.

— Je t'apprendrai, à toi aussi. Tu verras comme c'est facile.

Laurence acquiesça, ravie.

— Allez chercher les autres valises, ordonna Henriette. Ensuite, si tu veux te rafraîchir, Aurore, la salle de bains est à ta disposition. As-tu faim, ou soif ? Je te préparerai ce que tu voudras.

Aurore jeta un coup d'œil à sa montre :

— Quelle heure est-il ? Onze heures et demie ? Je prendrais bien un whisky.

— Je vais le préparer dans le salon, avec des olives et des biscuits secs. Pendant ce temps, les enfants vont te faire visiter la maison. N'est-ce pas, les enfants ?

Ils approuvèrent avec enthousiasme :

— Oui, bien sûr !

— Viens voir ma chambre, tante Aurore !

— La mienne aussi !

Henriette les laissa et se dirigea vers le salon. Le fait de voir Aurore et les enfants s'entendre aussi bien aurait dû la réjouir. Mais, au contraire, cela l'inquiétait. Tandis qu'elle préparait l'apéritif sur un plateau, elle entendait les exclamations, les rires, ponctués de commentaires en anglais qu'Aurore traduisait et que les enfants répétaient.

Henriette se souvint que sa sœur, autrefois, lui volait ses soupirants, dans le seul but de lui faire de la peine. Allait-elle recommencer maintenant, avec ses propres enfants ? Ils semblaient totalement séduits, et Henriette se méfiait.

Aurore accapara les enfants tout l'après-midi. Elle regarda les disques de Stéphane, qui lui fit écouter ses chansons préférées. Laurence lui montra ses jouets, ses livres, ses poupées. Quant à Béatrice, elle demanda à sa tante la permission de l'aider à défaire ses valises. En plaçant sur des cintres les robes et les ensembles, la jeune fille s'extasia :

— Que tes vêtements sont beaux, tante Aurore ! Et comme tu en as beaucoup ! Tu es riche ? ajouta-t-elle naïvement.

Aurore rit :

— Scott est avocat et gagne bien sa vie. Mais, maintenant que je l'ai quitté, je ne possède plus rien. Il faudra d'ailleurs que je cherche du travail. Et ensuite, que je trouve un logement. Je ne peux pas rester ici et vous encombrer éternellement.

Dans un élan sincère, Béatrice protesta :

— Tu ne nous encombres pas, tante Aurore ! Au contraire ! Nous sommes très contents de t'avoir parmi nous.

Lorsque tous les vêtements furent rangés, Aurore remercia sa nièce.

— Si tu veux, Béatrice, je te prêterai certaines de mes robes, celles qui te plairont. Je vais peut-être te paraître vieux jeu, mais à mon avis, une jeune fille est plus féminine en robe qu'en jean. Quel âge as-tu ? Quatorze ans ?

— Oui.

— Il est temps que tu apprennes à soigner ton apparence. Ne t'inquiète pas, je vais m'occuper de toi. Il faut que tu deviennes ravissante. Tu es mignonne, ça ne sera pas trop difficile.

Béatrice fut ravie. Néanmoins, elle objecta :

— Je ne parviendrai jamais à être aussi jolie que toi, tante Aurore.

Aurore tapota la joue de sa nièce :

— Nous verrons, nous verrons. Ce n'est pas impossible.

Pendant ce temps, Henriette, seule dans la cuisine, préparait le repas du soir. Un peu avant le retour de Jérôme, comme elle le faisait chaque jour, elle voulut vérifier les devoirs des enfants. Ceux de Stéphane et de Laurence étaient faits, mais pas ceux de Béatrice.

— N'as-tu pas honte ? s'indigna Henriette. Cet après-midi, tu aurais dû travailler au lieu de t'amuser avec Aurore !

Aurore intervint :

— Voyons, Henriette, ne la gronde pas. Elle n'a rien fait de mal. Elle m'a tenu compagnie et aidée à ranger mes vêtements.

— Ce n'est pas une raison pour ne pas faire son travail scolaire, objecta sévèrement Henriette.

Aurore haussa les épaules avec dédain, du geste dont Henriette se souvenait si bien :

— Je m'aperçois, ma pauvre sœur, que tu n'as pas changé. Tu es toujours aussi peu fantaisiste. Ne peux-tu laisser cette enfant se distraire un peu ? Son travail, elle le fera après. Elle m'a dit qu'elle avait un devoir d'anglais. Je l'aiderai. Ainsi elle aura une bonne note !

— Ah ! non ! protesta Henriette. Je tiens à ce que mes enfants se débrouillent seuls. Si tu fais leurs devoirs, ils ne feront plus aucun effort.

— Quel mal y a-t-il si je les aide un peu ? Je ne le ferai qu'en anglais, rassure-toi. Pour ce qui est des autres matières, j'en serais bien incapable.

Henriette renonça à discuter. Elle éprouvait de nouveau la sensation désagréable qu'elle ressentait jadis, chaque fois qu'elle se heurtait à Aurore, la sensation qu'elle était vaincue d'avance et que sa sœur aurait raison de toute façon.

Lorsque Jérôme rentra de son travail, il trouva sa femme et sa belle-sœur installées dans le salon avec les enfants, bavardant agréablement.

A vrai dire, c'était surtout Aurore qui parlait. Elle racontait avec force détails la façon dont elle vivait en Amérique. Tout le monde l'écoutait, les enfants avec admiration, Henriette avec un agacement grandissant.

Lorsque Jérôme parut à la porte du salon, Aurore se leva et se dirigea vers lui, un sourire séduisant aux lèvres. Elle jeta, selon son habitude, sa longue chevelure en arrière et tendit la main :

— Ainsi, voilà mon beau-frère ! Bonjour, Jérôme. Je suis Aurore. Enchantée de vous connaître.

— *Glad to meet you* ! s'écria Béatrice, ravie de montrer qu'elle avait retenu l'expression.

Jérôme prit la main d'Aurore, qui s'avança et l'embrassa sur les deux joues. Le parfum de la jeune femme les enveloppa, et Jérôme la regarda avec approbation :

— Henriette m'avait dit que vous étiez jolie, mais elle était encore en dessous de la vérité. Vous êtes ravissante. Je suis heureux de vous accueillir dans ma maison.

Aurore minauda, enchantée :

— Comme c'est agréable de retrouver la galanterie française ! En Amérique, les hommes ne savent plus dire ces jolies choses. Je vous remercie, Jérôme. Vous êtes charmant.

Tout au long de la soirée, Henriette remarqua que sa sœur, après avoir fait la conquête des enfants, se comportait de façon à séduire Jérôme. Elle lui posa des questions sur son travail, approuvant chacune de ses réponses, lui adressant des sourires enjôleurs. Henriette gardait un silence réprobateur, et même boudeur. Mais ni Jérôme ni les enfants ne faisaient attention à elle.

Après le repas, elle envoya les enfants dans leur chambre, leur recommandant comme chaque soir de se coucher tôt. Avec étonnement, Aurore protesta :

— Déjà ? Ne peuvent-ils rester un peu avec nous ?

— Non, dit fermement Henriette. Je tiens à ce qu'ils aient un temps de sommeil suffisant. Demain ils doivent se lever pour aller à l'école.

Les enfants, se sentant soutenus par leur tante, se montrèrent réticents :

— Pour une fois, nous pouvons nous coucher un peu plus tard, suggéra Stéphane.

— Ne serait-ce que pour fêter l'arrivée de tante Aurore, continua Béatrice.

Henriette se tourna vers Jérôme. Elle eut la satisfaction de voir celui-ci venir à son secours :

— Faites ce qu'on vous dit, ordonna-t-il aux enfants. Vous aurez le droit de passer la soirée avec nous quand il n'y aura pas école le lendemain. Pour le moment, au lit !

Habitués à l'autorité de leur père, ils obéirent. Ils souhaitèrent bonne nuit à leurs parents et à leur tante et se retirèrent.

Dans le salon, les adultes s'installèrent devant la télévision. Aurore remarqua :

— J'ai vu qu'il y avait un film avec Alain Delon, ce soir. J'aimerais bien le regarder. Il a toujours été mon acteur préféré.

— Je crains que ce ne soit pas possible, rétorqua Henriette. Il y a sur une autre chaîne une retransmission sportive que Jérôme ne voudrait rater pour rien au monde. Ça fait plusieurs jours qu'il en parle.

Aurore tourna vers Jérôme des yeux suppliants, avec une moue de petite fille déçue :

— C'est vrai, Jérôme ? Comme je suis désolée ! Je me faisais une joie de voir ce film... Enfin, tant pis !

Elle poussa un soupir qu'Henriette jugea excessif, mais qui donna à Jérôme l'impression de se conduire comme un véritable mufle. Malgré lui, il dit :

— Je ne voudrais pas vous priver de ce plaisir, d'autant plus que vous êtes notre invitée. Après tout, moi aussi j'aime bien Alain Delon. Et toi aussi, n'est-ce pas, Henriette ?

Henriette, qui connaissait la passion de Jérôme pour le sport, n'en crut pas ses oreilles. Elle bégaya :

— Mais... Mais... et ta retransmission ?

— Qu'à cela ne tienne, dit Jérôme. Je vais brancher le magnétoscope et l'enregistrer. Je la regarderai un autre jour.

Aurore battit des mains :

— Excellente idée ! Décidément, Jérôme, vous êtes un homme de ressources ! Et, ce qui ne gâte rien, vous êtes galant ! Je vous adore !

Henriette n'aima pas le regard conquérant qu'Aurore lança à Jérôme, mais elle ne dit rien. Ils regardèrent le film, et la présence de sa sœur troublait Henriette. Elle regrettait les soirs où elle était en tête-à-tête avec son mari tandis que les enfants étaient couchés. De plus, Aurore n'arrêtait pas de fumer. Elle écrasait une cigarette pour en allumer immédiatement une autre, et peu à peu une fumée bleue envahissait le salon, qui piquait les yeux d'Henriette et lui donnait envie de tousser. Jérôme lui-même, qui ne fumait pas, parut incommodé et se leva pour aller ouvrir la fenêtre. Aurore ignora ce reproche implicite et continua, imperturbable, à griller cigarette sur cigarette.

Lorsque le film fut terminé, elle bâilla ostensiblement en disant :

— Je suis fatiguée. Si vous n'y voyez pas d'inconvénient, je vais me coucher.

Elle gagna sa chambre et en ressortit quelques instants plus tard pour se diriger vers la salle de bains. Elle portait un déshabillé en soie, presque transparent et si suggestif qu'Henriette en fut médusée. Il lui collait au corps comme une seconde peau, en épousait toutes les courbes. Ainsi vêtue, Aurore était plus provocante que si elle était nue.

— Aurore ! reprocha Henriette. Mets quelque chose de plus décent, voyons !

Aurore ouvrit de grands yeux innocents :

— Mais... C'est ce que je porte chez moi, le soir.

— Chez toi, avec ton mari, peut-être. Mais pas ici !

Une lueur ironique s'alluma dans les yeux bleus :

— Tu as peur que Jérôme ne soit troublé par ma tenue ? Où est-il ?

— Dans la salle de bains. Il se brosse les dents.

— Il faut que j'y aille, moi aussi. Allons, laisse-moi passer.

Juste à ce moment, Jérôme sortit de la salle de bains. En apercevant Aurore, il écarquilla les yeux. Henriette prit conscience du regard appuyé qu'il posa sur elle. Elle se détourna, à la fois blessée et malheureuse. Sa sœur allait-elle s'amuser à lui voler son mari, comme autrefois ses soupirants ? Mais maintenant, il s'agissait de son foyer, et c'était beaucoup plus grave. Henriette pensa qu'elle ne laisserait pas Aurore le détruire.

— Elle te plaît, n'est-ce pas ?

Ils étaient dans leur chambre. Jérôme, assis dans le lit, lisait quelques pages d'un roman tandis qu'Henriette, devant sa coiffeuse, se brossait énergiquement les cheveux. Ils étaient bruns et longs, mais contrairement à Aurore, elle ne les laissait libres que pour la nuit. Dans la journée, elle les nouait sur la nuque ; c'était une coiffure plus pratique pour ses heures de travail.

Pour le moment, elle les brossait avec des gestes rapides, nerveux, trouvant dans cet exercice un exutoire au mécontentement et à l'anxiété qu'elle éprouvait.

Comme Jérôme, plongé dans son livre, ne répondait pas, elle insista :

— Dis-moi, tu ne m'as pas répondu : elle te plaît ?

Jérôme releva la tête, regarda sa femme.

— Tu veux parler d'Aurore ? demanda-t-il.

Henriette eut un geste d'impatience :

— Bien sûr ! De qui d'autre parlerais-je ?

Jérôme ne répondit pas tout de suite. Il sembla réfléchir un instant, avec l'air sérieux qu'il avait toujours.

— Il est incontestable qu'elle est séduisante, dit-il enfin. Quant à décider si elle me plaît, il est un peu trop tôt. Tu me connais, Henriette. Je ne juge pas simplement sur l'apparence extérieure. Les qualités d'un être sont pour moi beaucoup plus importantes. D'après ce que tu m'as raconté d'Aurore, elle ne paraissait pas très attachante. Peut-être a-t-elle changé ? Nous verrons bien. Pour le moment, je ne me prononce pas.

Henriette écoutait son mari sans rien dire, et sur son visage tremblait une incertitude qui émut Jérôme. Avec douceur, il dit :

— Que crains-tu, Henriette ? Elle n'est plus la petite fille qui détruisait tout ce que tu possédais, et les circonstances sont différentes. Je pense te l'avoir fait comprendre, déjà. As-tu donc si peur d'elle ?

Les larmes aux yeux, Henriette fit un signe d'acquiescement. Elle se sentait prête à pleurer.

— Elle m'a fait beaucoup de mal. Je pensais avoir oublié mais sa venue m'a tout rappelé. Depuis qu'elle est arrivée, sans même m'en rendre compte, je me pose la question suivante : et si elle recommence ?...

— Nous ne la laisserons pas faire, affirma Jérôme avec une certitude qui fit du bien à Henriette. Ta mère prenait son parti parce qu'elle la préférait à toi. Mais les enfants et moi, nous t'aimons, Henriette.

Un peu rassurée, la jeune femme hocha la tête. Jérôme ferma son livre et reprit :

— Pourquoi a-t-elle quitté son mari ? Te l'a-t-elle dit ?

— Non. J'avoue que je ne lui ai pas demandé.

— Et combien de temps compte-t-elle rester ici ?

— Je ne sais pas non plus. Elle va chercher du travail et un logement. Elle partira quand elle aura trouvé l'un et l'autre. Du moins, c'est ce que j'ai compris.

— Eh bien, espérons que ça ne tardera pas trop. Maintenant, viens te coucher, Henriette. Il est tard.

Henriette posa sa brosse et rejoignit son mari. Il attrapa sa longue chevelure à pleines mains, enfouit son visage dans les mèches fluides :

— Hmmm... Tu sens bon. Viens plus près.

Il l'attira à lui. Elle se blottit dans ses bras, ferma les yeux. L'image d'Aurore dansa un instant devant elle, mais elle la chassa résolument. Lorsque Jérôme l'embrassa, elle se dit qu'elle était sûre de l'amour de son mari et que ses craintes étaient ridicules.

Le lendemain matin, lorsqu'ils quittèrent la maison, Aurore n'était pas levée. Henriette lui laissa un message sur la table de la cuisine, disant qu'elle ne rentrerait pas avant le soir. *Si tu as faim*, ajouta-t-elle, *tu trouveras de quoi te confectionner un repas dans le réfrigérateur ou dans le congélateur.*

Tout au long de la journée, elle ne fut pas tranquille. Elle pensa sans cesse à Aurore, seule dans la maison. Que ferait-elle ? Sans doute ne se gênerait-elle pas pour fouiller partout. Pourvu qu'elle n'abîme rien ! pensait Henriette avec anxiété.

Lorsque cinq heures sonnèrent, elle ne s'attarda pas à discuter avec ses collègues, comme elle le faisait parfois. Elle reprit sa voiture et revint le plus rapidement possible chez elle. Elle ouvrit la porte, entra avec méfiance. Une odeur de tabac refroidi lui sauta immédiatement aux narines. Elle appela :

— Aurore, tu es là ?

Pas de réponse. Elle ôta sa veste, avança jusqu'au salon. Le déshabillé d'Aurore gisait sur un fauteuil. Sur la table, un cendrier débordait de mégots. L'œil exercé d'Henriette aperçut des traces de cendres, çà et là, sur la moquette.

Mécontente, elle se rendit dans la cuisine. Elle faillit pousser un cri devant l'état de la pièce. Aurore, visiblement, avait mangé et n'avait rien débarrassé. Elle avait laissé les couverts sales, l'assiette et le verre sur la table, parmi des miettes et les reliefs d'un repas. Dans une poêle, de la graisse achevait de se figer autour d'épluchures et d'un trognon de pomme. Au fond d'une tasse de café, de la cendre et des mégots de cigarettes se mêlaient au liquide refroidi. Sur la cuisinière, du lait s'était répandu partout, tandis que des pommes de terre adhéraient aux parois d'une casserole, visiblement brûlées.

Dans la salle de bains, ce n'était pas mieux. Aurore avait pris une douche et transformé la petite pièce en piscine. Sur le sol, des serviettes roulées en boule trempaient parmi les flaques d'eau. Henriette se sentit exaspérée. Jamais Jérôme ou les enfants n'auraient osé laisser la maison dans un état pareil. Ils étaient habitués à ranger et à rendre les lieux propres quoi qu'ils fassent. La jeune femme s'exclama, furieuse :

— Elle exagère, quand même !

Elle se mit à réparer les dégâts, tout en fulminant contre sa sœur. Lorsque les enfants revinrent de l'école, la maison était remise en ordre, mais la colère d'Henriette ne l'avait pas quittée. Elle les envoya dans leur chambre faire leurs devoirs, tandis qu'elle préparait le repas.

Elle terminait de laver une salade lorsqu'elle entendit la voiture de Jérôme. Elle lança un coup d'œil par la fenêtre et, aussitôt, fronça les sourcils, contrariée. Près de Jérôme, Aurore était assise et racontait quelque chose d'un air animé. Henriette les vit sortir de la voiture et se diriger ensemble vers la maison. Ils riaient, unis par une complicité dont elle se sentit exclue. Un pincement vint mordiller le cœur d'Henriette.

Jérôme entra dans la cuisine, embrassa sa femme. Aurore le suivit, superbement élégante dans un ensemble en lin blanc. Ses cheveux, retenus par deux grands peignes au-dessus des tempes, s'épanouissaient librement dans son dos en une masse dorée. Son maquillage était parfait. Elle était ravissante. Henriette ne put s'empêcher de comparer mentalement sa tenue à celle de sa sœur.

Pour nettoyer la maison et préparer le repas, elle avait passé sur sa robe un vieux tablier qui, lui, n'avait rien d'élégant. Elle n'avait pas pris le temps de se recoiffer, et elle eut conscience des mèches qui lui tombaient dans les yeux. Machinalement, elle les repoussa d'un geste agacé.

Comme il le faisait tous les soirs, Jérôme s'en alla dans le salon lire son journal. Aurore s'apprêtait à le suivre. Henriette la retint :

— Où es-tu allée, cet après-midi ?

— Faire un tour en ville. J'ai refait connaissance avec les lieux que j'ai quittés voilà dix-huit ans. Cela m'a rappelé beaucoup de souvenirs. J'ai rencontré Jérôme alors qu'il sortait de la banque. Il m'a ramenée.

Henriette ne put s'empêcher de remarquer :

— En tout cas, tu aurais pu laisser la maison en ordre. Lorsque je suis rentrée, la cuisine et la salle de bains étaient dans un état à faire peur.

Aurore prit un air offusqué et répliqua avec hauteur :

— Chez moi, je ne range jamais. J'ai une femme de ménage pour ça.

— Mais ici ce n'est pas le cas. Il faudra donc que tu fasses un effort. Je n'ai pas l'intention de passer mon temps à nettoyer sans cesse derrière toi.

Aurore toisa sa sœur avec désapprobation :

— Décidément, tu n'as pas changé. Tu es toujours aussi pénible. C'est ainsi que tu traites tes invités ? Eh bien, je les plains !

Elle sortit de la pièce avec son allure de reine outragée.

Henriette eut envie de répliquer à sa sœur qu'elle ne l'avait pas invitée, mais que c'était elle, au contraire, qui avait imposé sa présence. Mais elle y renonça. Elle savait par expérience qu'il était impossible d'essayer de raisonner Aurore.

Elle l'entendit rire et bavarder gaiement avec les enfants. Avec humeur, elle dressa le couvert dans la salle à manger. Elle se sentait à la fois agacée et malheureuse. Elle fit un effort pour chasser le malaise qui s'emparait d'elle et, d'une voix qu'elle voulait rendre chaleureuse, cria :

— A table tout le monde ! C'est prêt !

Les jours suivants se passèrent de la même façon. Le matin, lorsque les habitants quittaient la maison, Aurore dormait encore. Henriette, qui était la première à rentrer après ses cours, retrouvait chaque après-midi les lieux dans le même état : salle de bains inondée, cuisine en désordre, mégots et revues éparpillés dans le salon. Elle passait une heure à tout nettoyer, en vitupérant parce qu'elle aurait préféré se reposer un peu après sa journée de travail. Et chaque soir, Jérôme revenait, ramenant dans sa voiture une Aurore ravissante, maquillée et parfumée, aussi élégante qu'un mannequin.

Henriette s'efforçait de dissimuler sa jalousie. Elle avait interrogé Jérôme, qui avait répondu avec logique :

— Le premier soir, elle m'attendait à la porte de la banque et m'a demandé de la ramener. Puisque je revenais moi-même, cela ne me gênait pas qu'elle profite de ma voiture. L'habitude est prise, maintenant. Chaque après-midi, elle va en ville, et nous revenons ensemble.

— Que fait-elle, en ville ? avait demandé Henriette d'un ton suspicieux.

— Elle m'a dit qu'elle cherchait du travail.

Henriette avait beau s'efforcer à l'indifférence, elle ne pouvait pas s'empêcher de scruter les visages de son mari et de sa sœur lorsqu'ils rentraient le soir. Elle lisait dans le regard de Jérôme la même tendresse pour elle, et elle se rassurait. Mais Aurore, par contre, avait une expression narquoise qui inquiétait secrètement Henriette.

Elle se comportait avec les enfants comme une grande sœur, et Henriette trouvait que sous son influence, peu à peu, ils changeaient, devenaient moins obéissants, protestaient davantage lorsqu'elle leur demandait quelque chose. Ils bavardaient avec Aurore, lui faisaient écouter des disques, au lieu de faire leur travail scolaire, et si Henriette les rappelait à l'ordre, ils prenaient une expression boudeuse et contrariée, tandis qu'Aurore, systématiquement, prenait leur défense. Henriette soupçonnait sa sœur d'agir ainsi pour pousser les enfants à la révolte. Elle les entendait ensuite, tous les quatre, chuchoter en anglais derrière son dos. Cela ne lui plaisait pas.

Un soir, elle se mit en colère. Elle voulut faire réciter à Béatrice sa leçon de latin, et s'aperçut qu'elle ne la savait pas. Elle rendit le livre à sa fille en disant d'un ton glacial :

— Je reviens dans une demi-heure t'interroger à nouveau. D'ici là, tu as intérêt à tout savoir parfaitement. Je sais bien que tu t'es amusée à essayer les robes et les ensembles d'Aurore, et je ne doute pas que ce soit plus passionnant qu'une leçon de latin.

— Je n'ai rien fait de mal, protesta Béatrice.

— Peut-être. Mais j'exige que tu termines ton travail scolaire avant de t'amuser. Et maintenant, apprends cette leçon.

Elle sortit de la chambre de Béatrice, à la fois mécontente et furieuse. Sa colère ne fit qu'augmenter lorsqu'elle entendit Aurore confier à la jeune fille, d'une voix apitoyée et accusatrice en même temps :

— Ma pauvre enfant ! On ne peut pas dire que tu aies une mère compréhensive. Je te plains. Sais-tu comment on appelle une femme comme elle, en Amérique ? *A termagant, a shrew !*

— Qu'est-ce que ça veut dire ? demanda Béatrice.

— Ça signifie que c'est une mégère, répondit Aurore.

Et elle continua plus bas, sur un ton de connivence :

— Moi qui la connais depuis longtemps, je peux te dire qu'elle a toujours été comme ça, et elle ne s'arrange pas en vieillissant !

La première réaction d'Henriette fut de bondir jusqu'à la chambre de Béatrice et de laisser exploser sa colère. Mais elle se domina. Elle ne voulait pas donner l'impression qu'elle avait écouté la conversation. Elle refusait également de montrer à Aurore qu'elle était vexée par l'appellation peu agréable de « mégère » dont venait de l'affubler celle-ci. Elle se dit qu'il serait plus sage d'en parler à Béatrice seule, dès qu'elle en aurait l'occasion.

Le week-end arriva. Il faisait beau, et le samedi après-midi, Jérôme décida de laver les voitures. Stéphane, qui aimait jardiner, offrit de tondre la pelouse et de tailler la haie. Pendant ce temps, Henriette fit ce qu'elle appelait le grand nettoyage du samedi. Elle lava la maison, passa l'aspirateur dans les chambres. Les deux filles étaient dans la chambre d'Aurore, et Henriette frappa à la porte, décidée à nettoyer là aussi la moquette, puisque Aurore de toute façon ne le ferait pas.

— Viens voir, maman, cria la voix enfantine de Laurence. C'est terrible !

Henriette ouvrit la porte et s'immobilisa, médusée. Assise devant la coiffeuse, Béatrice lui souriait, méconnaissable. Aurore lui avait remonté les cheveux sur le sommet de la tête en un chignon qui la vieillissait. Elle l'avait vêtue d'une robe courte, dont le corsage étroit et décolleté moulait la jeune poitrine d'une façon indécente. Et surtout, ce qui déplut à Henriette fut le visage de Béatrice. Aurore l'avait maquillé comme elle se maquillait elle-même, transformant le visage encore enfantin en celui d'une femme beaucoup plus âgée. Cette fois, Henriette ne put se retenir :

— Mon Dieu, Béatrice ! Enlève immédiatement tout ça !

La bouche de la jeune fille, peinte d'un rouge agressif, eut une grimace de contrariété :

— Oh non ! Je me trouve si jolie ! Tante Aurore dit que je devrais me maquiller tous les jours. Après tout, dans ma classe, il y a de nombreuses filles qui le font. Pourquoi pas moi ?

Henriette remarqua que sa sœur la fixait d'un air provocant. Elle sentit une colère froide l'envahir.

— Tu sais très bien, Béatrice, que je ne veux pas que tu te maquilles. Tu es trop jeune. Tu n'as même pas quatorze ans.

Béatrice releva la tête et dit avec défi :

— Je ne suis pas trop jeune. C'est ton avis, mais ce n'est pas le mien, ni celui de tante Aurore. Et à l'école, Maguy, ma meilleure amie, se maquille. Et elle a mon âge.

Henriette ne put réprimer plus longtemps sa colère :

— Tout ça m'importe peu. C'est moi qui suis ta mère, et tu vas m'obéir !

Elle s'avança d'un pas vif, attrapa Béatrice par l'épaule, la poussa rudement hors de la chambre, jusque dans la salle de bains où elle ferma la porte à clef. Là, sans s'occuper des cris et des protestations de sa fille, elle prit un gant de toilette, du savon, et se mit à lui laver le visage, qu'elle rinça ensuite plusieurs fois. Puis elle tendit à Béatrice une serviette propre :

— Voilà. Essuie-toi, maintenant. Et ne recommence plus.

Elle sortit de la salle de bains et ne vit pas le regard noir que lui lançait la jeune fille. Elle se sentait encore toute frémissante de colère. Elle soupçonnait Aurore d'agir ainsi uniquement dans le but de la contrarier. Et, la connaissant comme elle la connaissait, elle se disait qu'elle ne s'arrêterait pas là. Une appréhension lui serra la poitrine. Que serait-ce, la prochaine fois ?

Le dimanche, Béatrice bouda toute la journée. Henriette choisit d'ignorer la mauvaise humeur de sa fille. Elle fut surprise de voir qu'elle avait fait ses devoirs et savait ses leçons parfaitement. Elle la félicita, mais ses compliments restèrent sans écho.

Le soir, avant d'aller se coucher, Henriette profita d'un moment où elle se trouvait seule avec Aurore pour dire :

— Je voudrais te demander quelque chose, Aurore. Tant que tu seras chez moi, j'aimerais que tu respectes mes décisions. Si je ne veux pas que Béatrice se maquille, ça me regarde. Jusqu'ici, elle avait très bien accepté mon refus. Je n'apprécie pas que tu la pousses à la révolte en la maquillant derrière mon dos.

Aurore rejeta ses longs cheveux en arrière, mécontente :

— Nous n'avons rien fait de mal. C'était un moment amusant. Béatrice adore essayer mes robes, mon maquillage. Tu es trop sévère avec elle, Henriette. Tu te comportes comme une mégère.

— Oui, je sais. *A shrew*. Je t'ai entendue, l'autre jour. Je me comporte comme je veux chez moi, et cela ne te regarde pas. Tout ce que je te demande, c'est de ne pas saper mon autorité auprès des enfants.

Aurore eut un regard méprisant :

— Décidément, tu n'as pas changé. Tu es toujours aussi pénible et aussi raisonneuse. Et si je veux, moi, apporter un peu de fantaisie à tes enfants ? C'est mon droit, non ?

Henriette se sentit vaincue, comme lors des disputes qui, autrefois, l'opposaient à sa sœur. Avec lassitude, elle dit :

— Si tu avais des enfants, tu comprendrais ce que je veux dire, Aurore.

Aurore eut un ricanement mauvais :

— Des enfants, moi ? On croirait entendre Scott. Si je l'écoutais, je me retrouverais avec un bébé sur les bras. Très peu pour moi, je t'assure ! C'est même une des raisons pour lesquelles je l'ai quitté.

Elle planta là Henriette et alla s'enfermer dans sa chambre. Cette nuit-là, la jeune femme dormit mal, enviant le sommeil serein de Jérôme, qui ronflait paisiblement à ses côtés. Elle se rendait compte qu'Aurore, non seulement perturbait son univers, mais parvenait à lui donner un sentiment de culpabilité. Une question tournait dans sa tête : était-elle vraiment une mégère ? Il faudrait qu'elle pose la question à Jérôme.

Le lendemain matin, elle partit au travail les yeux gonflés par l'insomnie. Toute la journée, l'esprit ailleurs, elle se montra distraite envers ses élèves, qui profitèrent de son manque d'attention pour bavarder et se montrer insupportables. Henriette se retrouva, à l'heure de la sortie, avec un mal de tête si douloureux qu'elle se dépêcha de rentrer chez elle, afin de prendre deux comprimés d'aspirine et d'essayer de se détendre un peu dans le calme.

Mais, au moment où elle ouvrit la porte de sa maison, elle entendit des rires et des éclats de voix. Surprise, elle se rendit dans le salon, d'où venait le bruit des conversations. Aurore, assise dans un fauteuil, bavardait avec deux autres jeunes femmes, installées confortablement sur le canapé. Sur la table, une bouteille de champagne à moitié vide voisinait avec les restes d'un gâteau au chocolat. Henriette reconnut la bouteille de champagne qu'elle avait achetée en prévision de l'anniversaire de Jérôme, le mois suivant. Quant au gâteau, c'était la pâtisserie préférée des enfants, une forêt-noire qu'elle avait mise au congélateur dans le but de la sortir un soir ou un dimanche pour le dessert.

En un éclair, un souvenir revint à l'esprit d'Henriette. Lorsqu'elles étaient enfants, Aurore et elle, leurs grands-parents venaient leur rendre visite chaque semaine. Ils apportaient à chacune d'elles un paquet de bonbons, de chocolats ou de sucettes rigoureusement identiques « pour ne pas faire de jaloux », disait leur grand-mère. Aurore, qui était gourmande, mangeait tous ses bonbons le jour même. Henriette, plus raisonnable, n'en mangeait que quelques-uns, afin d'en avoir encore le lendemain et les jours suivants. Mais, dès le lendemain, Aurore, dont le paquet était vide, voulait puiser dans celui de sa sœur. Henriette protestait :

— C'est à moi. Toi, tu as tout mangé hier. Aujourd'hui, tu n'en as plus.

Aurore se mettait à hurler, attirant par ses cris leur mère qui, immédiatement, grondait Henriette :

— Laisse ta sœur prendre des bonbons dans ton paquet ! Tu es une égoïste et une gourmande, Henriette !

Aurore, alors, s'emparait du paquet d'Henriette et, triomphante, mangeait les bonbons. Et, chaque semaine, la scène se répétait.

Ce souvenir, qui subitement s'empara d'Henriette, lui fit éprouver la même révolte. Aurore se comportait comme autrefois, considérant que ce qui appartenait à sa sœur était aussi à elle.

Henriette n'eut pas le temps de protester. Aurore tourna vers elle un visage animé :

— En ville, j'ai rencontré deux de mes anciennes amies. Nous étions ensemble au lycée. Je les ai invitées à venir ici afin d'arroser ça ! Voici Annie et Martine.

Avec un sourire forcé, Henriette serra la main des deux jeunes femmes.

— Je vous laisse à vos retrouvailles, dit-elle. Excusez-moi, mais j'ai très mal à la tête. Je vais prendre des comprimés d'aspirine.

Elle se réfugia dans la cuisine, où Aurore avait mis son désordre habituel. Henriette avala deux comprimés et regarda avec découragement autour d'elle. Elle eut envie de tout laisser ainsi et d'aller se coucher, prenant comme excuse la migraine qui lui enserrait le front. Mais elle fit un effort et, avec un soupir, se mit à ranger.

Elle finissait de nettoyer la salle de bains lorsqu'elle entendit les amies d'Aurore s'en aller. Tout de suite après, Aurore vint la rejoindre et dit, tout excitée :

— Sais-tu ce que vient de m'apprendre Annie ? Son beau-frère, qui dirige une agence de voyages, va bientôt avoir besoin d'une secrétaire. La sienne va se marier et cesser de travailler. Annie me conseille d'aller proposer ma candidature. Après-demain, à neuf heures. Les conditions sont : savoir parler parfaitement anglais et taper à la machine. Je sais faire les deux. Qu'en penses-tu ? Il est temps que je trouve du travail, non ?

Henriette approuva, tandis qu'un espoir lui soufflait que, dès qu'elle aurait trouvé du travail, Aurore les libérerait de sa présence... Il n'y avait que quelques jours qu'elle était parmi eux, et Henriette, déjà, aspirait à la voir s'en aller.

Aurore annonça la nouvelle à tout le monde, au cours du repas. Jérôme ne dit rien, mais les enfants protestèrent immédiatement :

— Si tu travailles, tu n'auras plus le temps de t'occuper de nous, tante Aurore.

— C'est évident, dit Aurore. Et puis, je n'habiterai plus ici. Je vais chercher un studio en ville.

Les protestations augmentèrent :

— Non, tante Aurore, ne pars pas ! Tu nous manquerais ! Nous ne voulons pas que tu t'en ailles !

Aurore riait en secouant ses longs cheveux. Henriette, comme Jérôme, resta muette. Le soir même, dans leur chambre, Jérôme demanda :

— C'est vrai, cette histoire de travail, pour Aurore ?

— Je le pense, dit Henriette avec lassitude. Elle avait invité, cet après-midi, deux anciennes camarades de classe qu'elle avait rencontrées en ville. L'une d'elles lui a proposé ce travail.

Jerôme poussa un soupir :

— Je sais bien que c'est ta sœur, continua-t-il, mais j'ai hâte de nous retrouver seuls, sans sa présence. Sous ses dehors séduisants, je la trouve pénible, désordonnée, mêle-tout. Figure-toi que Stéphane m'a avoué, hier, qu'elle avait voulu lui offrir un paquet de cigarettes. Il sait que je n'aime pas qu'il fume, et il a refusé. Comme il a eu l'honnêteté de venir me le dire, je ne l'ai pas grondé. Mais je n'apprécie pas ce qu'elle fait. Cela paraît innocent, mais en réalité elle pousse les enfants à nous désobéir.

Henriette hocha la tête d'un air entendu :

— Je l'avais déjà remarqué. Je voulais t'en parler. Dis-moi, est-il vrai que je suis une mégère ?

— Une mégère ? répéta Jérôme avec surprise.

— C'est ainsi qu'elle m'appelle. Je l'ai entendue dire ça aux enfants, l'autre jour. Elle a ajouté qu'elle les plaignait d'avoir une mère aussi désagréable que moi.

Jérôme fronça les sourcils, mécontent.

— Il est vraiment temps qu'elle s'en aille. Laurence est encore trop jeune, mais Stéphane et Béatrice, qui sont à l'âge de l'adolescence, risquent de se laisser influencer et de trouver qu'ils sont en effet incompris. J'ai remarqué qu'ils obéissaient moins depuis qu'elle est là. Et moi, je ne veux pas qu'elle détruise notre entente. Jusqu'ici, tout allait bien.

Henriette approuva, tout en passant une main sur son front resté douloureux.

— Je suis fatiguée, Jérôme. Sa présence m'épuise. Si tu voyais, en plus, l'état dans lequel je retrouve la maison quand je rentre le soir ! Je passe plus d'une heure à tout remettre en ordre.

— Pourquoi ne le lui dis-tu pas ?

— Je l'ai dit, le premier jour. Elle m'a répondu que, chez elle, elle avait une femme de ménage et ne rangeait jamais rien. Il est inutile que j'insiste. Elle ne le fera pas. Elle est ainsi, je le sais bien.

— Allons, viens te coucher, conseilla Jérôme d'une voix apaisante. C'est vrai que tu as l'air fatigué. Quant à Aurore, elle partira sans doute bientôt, et tout ira mieux.

Henriette se blottit dans les bras de son mari et s'endormit, un peu rassurée.

Le surlendemain était un mercredi. Aurore, qui voulait se présenter à l'agence à neuf heures, se leva ce jour-là exceptionnellement tôt. Elle déclara à Jérôme et à Henriette qu'elle avait besoin de la salle de bains pour prendre une douche, se coiffer et se maquiller afin d'être à son avantage. Elle s'y enferma à double tour, sans écouter Jérôme qui disait :

— Mais il faut que je me rase, moi !

Henriette fit le café, prépara le petit déjeuner. Le mercredi, elle ne travaillait pas. Stéphane et Béatrice se levèrent, encore ensommeillés. Laurence, qui n'allait pas à l'école ce jour-là, dormait encore.

Ils prirent leur petit déjeuner, puis Jérôme regarda l'heure.

— Il faut que je me rase, répéta-t-il avec humeur. Que peut faire Aurore si longtemps dans la salle de bains ?

— Nous aussi, nous devons nous laver avant de partir, remarquèrent les enfants.

Contrarié, Jérôme alla jusqu'à la salle de bains, frappa à la porte :

— Aurore ! cria-t-il. Il faudrait libérer les lieux. Nous attendons, les enfants et moi.

— Tout de suite, répondit la voix d'Aurore. Encore quelques petites minutes et j'arrive.

Mais les minutes passèrent et elle ne sortit pas, malgré les rappels de plus en plus furieux de Jérôme. Les enfants, qui avaient peur de rater leur bus, s'habillèrent dans leur chambre et partirent comme ils étaient, sans se laver. Jérôme, voyant l'heure tourner, s'affola :

— Si ça continue, je vais être en retard. Vraiment, elle exagère !

Il donna de grands coups dans la porte de la salle de bains, cria :

— Dois-je enfoncer la porte ?

Le rire moqueur d'Aurore lui parvint :

— Ce n'est pas le moment, je suis toute nue ! Encore un peu de patience, voyons !

— De la patience, de la patience... Elle a un certain culot, quand même ! maugréa Jérôme. Ça fait plus d'une heure qu'elle est là-dedans !

Henriette ne disait rien. Cette scène lui rappelait d'autres scènes semblables, au cours desquelles Aurore s'était comportée de la même façon, ne pensant qu'à elle seule. A la fin, excédé, Jérôme abandonna et, pour la première fois de sa vie, s'en alla travailler sans se raser.

Quelques minutes après son départ, Aurore sortit enfin de la salle de bains, habillée, coiffée et maquillée.

— Suis-je bien ? demanda-t-elle à Henriette en minaudant.

Celle-ci ne put s'empêcher de reprocher :

— Tu aurais pu sortir un peu plus tôt et laisser Jérôme se raser.

Aurore haussa les épaules avec une indifférence où se mêlait une pointe de dédain :

— Bah ! ce n'est pas grave ! Et puis, ce n'est pas ma faute. S'il y avait dans cette maison une salle de bains pour chaque chambre, comme chez moi, un tel problème ne se poserait pas. Moi, je suis habituée à occuper la salle de bains tout le temps que je veux.

Henriette voulut répondre, mais un coup de klaxon impératif, au-dehors, l'en empêcha.

— C'est Annie ! s'écria Aurore. Elle m'avait promis de venir me chercher. Elle est à l'heure. Vite, mon sac !

Elle courut dans sa chambre, revint, passa devant Henriette en trombe, sortit de la maison. La porte claqua.

— Ouf ! pensa Henriette. Enfin un peu de calme !

Avec résignation, elle se dirigea vers la salle de bains, afin de réparer les dégâts commis par Aurore. Lorsque Laurence fut levée, Henriette fit les chambres. Comme il faisait beau, elle chargea la machine à laver. Elle pourrait pendre le linge dehors, au soleil. Puis elle s'en alla faire quelques courses à l'épicerie du village.

Quand elle revint, elle s'aperçut qu'Aurore était rentrée. Assise dans un fauteuil du salon, elle fumait nerveusement. Elle paraissait furieuse.

— Alors ? interrogea Henriette. Comment s'est passée cette entrevue ?

— Ne m'en parle pas ! explosa Aurore. J'ai refusé. Le salaire qu'on me proposait était inacceptable !

Inacceptable, je te dis ! Je donne davantage à ma femme de ménage, en Amérique !

Elle se leva, passa devant sa sœur, et s'en alla s'enfermer dans sa chambre. Henriette, déçue, n'avait rien trouvé à répondre. Elle avait simplement pensé que, sans travail, Aurore continuerait à leur imposer sa présence.

Jérôme fut mécontent, lui aussi. Sa colère du matin ne l'avait pas tout à fait quitté. Le soir, dans leur chambre, il dit à Henriette :

— Si elle continue ainsi, il faudra lui dire qu'on ne peut pas l'héberger indéfiniment.

Henriette était d'accord et pourtant, malgré les années passées, elle se sentait encore conditionnée par le sentiment de culpabilité entretenu par sa mère tout au long de son enfance et de son adolescence.

— C'est ma sœur, quand même, dit-elle. Je ne peux pas la mettre à la rue. Où irait-elle ?

Mais, le lendemain, ce fut à son tour d'être furieuse. En rentrant chez elle, le soir, elle vit le blouson de Stéphane au portemanteau, dans le couloir.

Tiens ? pensa-t-elle, surprise. Stéphane est déjà rentré ?

Elle écouta, n'entendit rien. Cela l'étonna encore plus, car Stéphane avait l'habitude de mettre la radio dès qu'il était dans sa chambre. En ôtant sa veste, Henriette prit conscience d'une odeur bizarre, qu'elle ne connaissait pas, comme une odeur de tabac, mais plus douceâtre, plus écœurante. Se laissant guider par cette odeur, elle marcha jusqu'à la chambre d'Aurore, frappa, et sans attendre la réponse, elle entra.

Le spectacle la cloua sur place. Allongés sur le lit, Aurore et Stéphane fumaient. Ils tournèrent vers elle des yeux vagues, au regard étonné.

— Hmmm ? Qu'y a-t-il ? demanda Aurore.

Henriette s'avança, soupçonneuse.

— Que faites-vous là, tous les deux ?

Aurore montra d'un geste la cigarette qu'elle tenait :

— Tu le vois bien. On fume.

Henriette se raidit, réprobatrice :

— Jérôme ne veut pas que Stéphane fume. Pourquoi l'encourages-tu à désobéir ?

D'une voix lente, comme éthérée, Aurore répondit :

— Je n'ai jamais vu des parents aussi rétro et aussi pénibles que vous. De toute façon, ces cigarettes ne sont pas des cigarettes ordinaires.

— Que veux-tu dire ? demanda Henriette d'un ton sec.

— Stéphane est rentré plus tôt que prévu, contrarié parce qu'il a eu une mauvaise note en maths. Je lui ai dit : « Viens avec moi. Je connais un moyen pour te détendre. » Je dois avouer que j'en avais besoin, moi aussi.

Henriette s'affola :

— Que lui as-tu fait fumer, Aurore ? Ce sont des cigarettes droguées ?

— Allons, allons, ne t'inquiète pas. Tu es ridicule, Henriette. Un joint n'a jamais fait de mal à personne.

Stéphane ne disait rien. Il se contentait de fixer sa mère d'un regard trouble, l'air béat. Henriette le prit aux épaules, le força à s'asseoir, puis à se mettre debout.

— Viens dehors prendre l'air. Nous verrons ce que ton père va penser de tout ça. Une chose est sûre : tu n'as pas intérêt à recommencer ce que tu viens de faire.

Stéphane se laissa pousser sans protester dans le jardin. Henriette le laissa là et attendit le retour de Jérôme. Dès qu'il arriva, elle se précipita et lui raconta tout. Elle le vit devenir très pâle.

— Là, elle commence à exagérer, dit-il.

D'un pas rapide, il se dirigea immédiatement vers la chambre d'Aurore. Henriette entendit des éclats de voix. Jamais elle n'avait vu Jérôme aussi furieux. Parviendrait-il à raisonner Aurore ? Elle en doutait.

Aurore se tint tranquille, les jours suivants. La colère de Jérôme lui avait-elle fait peur ? Henriette n'était pas dupe. Elle se refusait à croire que sa sœur se fût subitement assagie. Elle se disait qu'elle devait certainement agir en cachette. Jérôme, de son côté, avait sévèrement réprimandé Stéphane, qui avait promis de ne plus recommencer. Tiendrait-il sa promesse ?...

Le samedi soir, Luc et Marina devaient venir dîner. La soirée était prévue depuis longtemps déjà, bien avant l'arrivée d'Aurore. Marina était la meilleure amie d'Henriette. Luc, son mari, était un artiste. Il donnait des cours au lycée et, le reste du temps, il peignait et exposait ses toiles. Il était doué, avait un certain succès. Malheureusement, il était un incorrigible coureur de jupons. Henriette savait que Marina en souffrait. Et, à cause de la présence d'Aurore, elle se sentait inquiète.

Ses craintes étaient justifiées. Dès le début de la soirée, Luc accapara Aurore et ne la quitta plus. Il semblait littéralement ébloui par sa beauté, par son aisance. Sous les yeux de sa femme, il lui fit une cour éhontée, et Aurore, ravie, riait d'un rire de gorge sensuel qui exaspérait Henriette. Celle-ci prenait conscience du visage malheureux de Marina, et elle se sentait furieuse envers sa sœur.

Après le repas, dans le salon, Luc et Aurore se blottirent dans un coin du canapé et chuchotèrent sans s'occuper des autres. Au moment du départ, Henriette entendit Luc dire à sa sœur :

— N'oubliez pas : lundi après-midi, à quinze heures ! Je vous attends.

Lorsque leurs amis furent partis, Henriette se tourna vers Aurore :

— Que t'a dit Luc ? J'ai entendu qu'il te donnait rendez-vous.

— C'est exact, répliqua Aurore en redressant la tête d'un air vindicatif. Je vais aller le rejoindre dans le studio qu'il possède en ville et où il se retire pour peindre. Il veut me montrer ses toiles.

— N'y va pas, Aurore. Tu ne seras pour lui qu'une conquête de plus, et ça ne servira qu'à rendre Marina malheureuse.

Aurore haussa ses jolies épaules :

— Ça, ce n'est pas mon problème. Est-ce ma faute si son mari ne lui est pas fidèle ?

Henriette tenta une autre objection :

— Mais toi aussi, Aurore, tu es mariée. Que penserait Scott s'il voyait sa femme se conduire ainsi ?

— Je te rappelle que je l'ai quitté, répliqua Aurore, glaciale. Je ne le considère plus comme mon mari, et je suis tout à fait libre de me conduire comme je le désire. Occupe-toi de tes affaires et cesse de me donner des ordres. Tu n'es vraiment pas marrante. Si on t'écoutait, on ne ferait jamais rien d'amusant.

Elle se retira dans sa chambre, laissant Henriette mortifiée et contrariée. Cette dernière, pourtant, n'était pas surprise. Elle savait bien qu'Aurore n'en ferait qu'à sa tête.

Tout au long de la semaine qui suivit, Aurore s'en alla, chaque après-midi, rejoindre Luc dans son studio. Henriette dut essuyer les reproches de Marina, éplorée :

— Ta sœur est une véritable garce, Henriette. Je suis sûre que Luc me trompe avec elle. Je l'ai croisée l'autre jour, en ville. Je parierais qu'elle allait le rejoindre. Elle a ricané en me voyant, sûre d'elle, provocante. Elle est sans cœur. Ne peux-tu lui faire comprendre qu'elle agit mal ?

Henriette secoua la tête avec tristesse. Comment expliquer à Marina qu'une telle entreprise était perdue d'avance ?...

Pourtant, touchée par la souffrance de son amie, elle décida de faire une nouvelle tentative. Dans l'après-midi du samedi, elle proposa à sa sœur :

— Je vais faire des courses au supermarché. Viens-tu avec moi, Aurore ?

— Pourquoi pas ? dit Aurore. A condition que tu me laisses conduire ta voiture.

Henriette accepta. Elle pensa qu'en cours de route, seule avec Aurore, elle en profiterait pour lui demander de cesser ses relations avec Luc. Elle prévint Jérôme et elles s'en allèrent, Aurore au volant de la 2 CV de sa sœur.

Le supermarché était situé à l'entrée de la ville voisine, et il fallait prendre la nationale. En ce samedi après-midi, il y avait beaucoup de circulation. Aurore, qui suivait une camionnette, s'impatienta et voulut doubler. En face, assez loin, arrivait une voiture.

— Ne double pas, conseilla Henriette. Ma 2 CV n'a pas beaucoup de réserve.

— Allons donc ! J'ai le temps, répondit Aurore.

Elle déboîta, écrasa l'accélérateur. La 2 CV n'alla pas plus vite. En face, l'autre voiture approchait. Henriette se mordit les lèvres, contractée. Poussivement, la 2 CV parvint à doubler la camionnette, mais l'autre voiture avançait dangereusement. Le conducteur fit un appel de phares et Aurore, affolée, se rabattit trop brutalement. L'arrière de la 2 CV heurta l'avant de la camionnette. Déportée, la petite voiture tourna sur elle-même. Aurore hurla. Il y eut un choc. La tête d'Henriette heurta violemment la vitre de la portière, et elle ne vit plus rien.

Des siècles plus tard, elle ouvrit les yeux. Elle se sentait comme engourdie, elle avait l'impression de flotter dans un univers étrange. Sa vue brouillée lui fit apercevoir des silhouettes évoluant dans un monde blanc et ouaté. Un éclair de conscience lui traversa l'esprit.

— Je suis à l'hôpital, pensa-t-elle.

Et, de nouveau, tout devint noir.

Pourtant, dans l'obscurité où elle était plongée, une voix, lointaine d'abord, puis de plus en plus proche, appelait, à la fois suppliante et impérative :

— Henriette ! Tu m'entends ? C'est moi, Jérôme. Viens, Henriette, viens avec moi.

Henriette se sentait trop faible pour répondre à la voix, et ce que celle-ci demandait constituait un effort tellement dur qu'il en devenait impossible. Lâchement, elle ne bougea pas. Mais la voix, sans se lasser, insistait :

— Viens, Henriette. Viens, mon amour. Ne me quitte pas. Je suis là, et je t'aime. Il faut que tu viennes. Les enfants t'appellent, eux aussi. Les entends-tu ?

— Reviens avec nous, maman, continua une autre voix, enfantine celle-là. Reviens ! Nous ne voulons pas te perdre.

Lentement, Henriette sentit l'obscurité qui l'écrasait se dissiper. Avant même d'ouvrir les yeux, elle devint consciente de la lumière du jour. Elle sentit que quelqu'un lui prenait la main et la serrait très fort. Elle entendit la voix de Jérôme chuchoter :

— Ses paupières ont bougé ! Regardez ses cils : ils frémissent !

Henriette fit un immense effort et ouvrit les yeux. Jérôme était penché sur elle, et elle vit son expression, à la fois angoissée et pleine d'espoir. De l'autre côté du lit, les enfants la regardaient, serrés l'un contre l'autre. Elle voulut leur sourire, mais n'y parvint pas tout à fait.

— Maman ! cria Stéphane.

— Tu es réveillée, maman ? demanda Laurence. Nous avons eu si peur... Tu dormais, tu dormais, et tu ne te réveillais jamais.

Du regard, elle interrogea Jérôme. Elle remarqua avec surprise qu'il avait les yeux pleins de larmes.

— Henriette, murmura-t-il d'une voix sourde. Tu es restée trois jours dans le coma. Je n'ai jamais eu si peur de ma vie. Je devenais fou à l'idée de te perdre.

La jeune femme n'eut pas le courage de répondre. Elle se sentait épuisée, comme si elle revenait d'un très long voyage. Dans son esprit encore engourdi, une question néanmoins se mit à tourner : qu'était devenue Aurore ?

Elle tenta de rassembler ses forces pour interroger Jérôme, mais celui-ci la devança :

— Aurore n'a rien eu. Même pas une égratignure. Elle n'est plus chez nous. Je l'ai mise à la porte.

Les yeux d'Henriette s'agrandirent. Jérôme continua avec conviction :

— Je ne voulais plus la voir. Par sa faute, tu te retrouves à l'hôpital... C'était trop, elle avait fait suffisamment de mal. A cause de son inconscience, tu as failli mourir, Henriette. Je n'aurais jamais pu le lui pardonner.

En dépit de sa lassitude, Henriette sentit une sorte de sérénité l'envahir. Ainsi, Aurore était partie, chassée par Jérôme... Le soulagement qu'elle éprouvait lui fit fermer un instant les yeux.

— Elle a fait ses valises et elle est allée se réfugier chez Luc. Il l'a hébergée dans son studio. Nous ne savons rien de plus. Figure-toi qu'elle n'a même pas téléphoné pour demander de tes nouvelles !

Le ton indigné de Jérôme amena un semblant de sourire aux lèvres d'Henriette. Elle n'était pas surprise, quant à elle, de l'attitude d'Aurore. Elle rouvrit les yeux et regarda ses enfants. Le visage de Stéphane exprimait une tendresse qui l'émut. Laurence lui sourit, tandis que Béatrice s'exclamait sur un ton vibrant de sincérité :

— Tante Aurore nous disait que tu étais trop autoritaire, et que nous étions bien à plaindre d'avoir une mère telle que toi. Nous l'avons peut-être crue sur le moment, mais maintenant nous savons que ce n'est pas vrai. Pendant ces jours où tu es restée sans connaissance, nous avons eu peur que tu meures et nous nous sommes rendu compte que nous t'aimons très fort.

Des larmes remplirent les yeux d'Henriette. L'une d'elles coula lentement sur sa joue. Jérôme se pencha, y posa ses lèvres et murmura :

— Guéris vite maintenant, ma chérie, et reviens à la maison. Nous t'attendons tous. Nous ne sommes heureux qu'avec toi.

Henriette caressa les cheveux bouclés de son mari et sourit à ses enfants. Elle sentait un sommeil irrépressible l'envahir. Avec un soupir heureux, elle s'endormit, le cœur apaisé.

Elle ne revit jamais Aurore. Elle apprit par Marina qu'après avoir semé une pagaille incroyable dans le studio de Luc, qu'elle avait fini par lasser, elle s'était subitement décidée à retourner auprès de son mari. Henriette raconta la nouvelle à Jérôme, qui déclara à haute voix ce qu'elle pensait sans oser le dire : « Bon débarras ! »

Des semaines plus tard, elle reçut une lettre d'Amérique. En reconnaissant l'écriture, elle eut un instant de crainte. Luttant contre l'appréhension qui lui serrait l'estomac, elle déplia la feuille et lut.

J'ai retrouvé Scott, écrivait Aurore, *et j'attends l'enfant qu'il désirait depuis si longtemps. C'est mon séjour chez toi qui m'a fait changer d'avis. En effet, lorsque je t'ai vue entourée de ton mari et de tes enfants, figure-toi que je t'ai enviée. Je me suis rendu compte qu'ils t'aimaient, que tu comptais beaucoup pour eux, et j'ai été jalouse. J'ai essayé de détruire cette harmonie autour de toi exactement comme je détruisais ce que tu possédais autrefois. Je trouvais insupportable que tu puisses avoir quelque chose que moi je n'avais pas. Et puis, l'accident que nous avons eu m'a ouvert les yeux. J'ai été effrayée de penser que j'aurais pu être responsable de ta mort. J'ai longuement réfléchi. J'ai pensé que cette famille que je t'enviais, je pouvais l'obtenir, moi aussi. Je suis revenue vers Scott, et je lui ai tout expliqué. Nous attendons maintenant notre premier enfant, et je crois que je suis aussi heureuse que lui.*

Henriette replia la lettre, pensive. Etait-il possible qu'Aurore ait changé à ce point, fût enfin devenue raisonnable ? Henriette imaginait mal sa sœur en mère de famille attentive.

— Pourquoi pas ? dit Jérôme à qui elle confia son scepticisme. Un enfant la rendra plus responsable, et certainement moins égoïste. Quant à toi, Henriette, oublie-la. Ne pense plus à elle, et chasse tous ces mauvais souvenirs. Une chose est certaine, maintenant, elle ne viendra plus t'ennuyer.

Henriette eut un hochement de tête approbateur. Elle était bien décidée à suivre ce conseil, même si, pour une fois, elle méritait le qualificatif d'égoïste dont l'avait si souvent affublée sa mère ! Sans remords, elle espérait qu'Aurore resterait définitivement auprès de son mari et ne viendrait plus perturber sa vie. Après avoir failli mourir, elle désirait dorénavant profiter égoïstement – c'était en effet le terme exact : égoïstement – de son bonheur retrouvé auprès de Jérôme et des enfants.

LE JOURNAL D'OLIVIER

Le 3 décembre 1978

Aujourd'hui, j'ai eu dix ans. Comme c'est dimanche, ce midi, papy et mamie sont venus manger avec nous. J'ai soufflé d'un seul coup les dix bougies de mon gâteau d'anniversaire. Ça porte bonheur, a dit mamie. J'ai reçu plusieurs cadeaux. Papa m'a offert un jeu d'échecs, et il a promis de m'apprendre à jouer. Lui-même, il est très fort. Maman m'a offert plusieurs livres des *Six Compagnons*. Elle sait que je me passionne pour leurs aventures, et c'est un cadeau qui m'a fait très plaisir. J'aime bien leur chien Kafi ; grâce à son flair extraordinaire et à son intelligence, il les aide à résoudre toutes leurs énigmes.

Mamie, elle, a pensé à acheter le dernier album d'Astérix pour ma collection de bandes dessinées. J'aime aussi beaucoup tous ces personnages gaulois. Obélix, le gros, qui ne pense qu'à manger et à taper sur les Romains, m'amuse toujours. Et là aussi, il y a un chien : Idéfix. Il n'est pas aussi intelligent que Kafi, mais il est mignon et gentil.

Coralie adore dessiner, et elle a fait pour moi un superbe dessin qu'elle m'a tendu avec un grand sourire. Elle n'a que cinq ans et elle donne des dessins à tous les gens qu'elle aime. Elle avait représenté, sur une grande feuille, une famille dans un jardin ; c'était nous : papa, maman, papy et mamie, Coralie sur une balançoire, et moi, derrière elle, en train de la pousser. C'était beau et coloré. Je l'ai remerciée et embrassée.

Elle a été contente quand je lui ai dit que son dessin était beau. C'est ma petite sœur et je l'aime bien, mais je la trouve parfois collante. En ce moment, elle me suit partout et elle imite tout ce que je fais. Maman dit que c'est parce que je suis son grand frère et qu'elle m'admire, mais moi, ça m'agace. Et puis, elle est pleurnicheuse, comme toutes les filles. Dès que quelque chose ne lui convient pas, elle se met à pleurer pour obtenir ce qu'elle veut. C'est bien féminin, comme dit papy. Là aussi, quand elle fait ça, elle m'agace.

J'en viens maintenant au cadeau qui est pour moi le plus important. C'est papy qui me l'a offert. C'est un grand cahier superbe, avec une couverture cartonnée et de grandes pages blanches, qui se ferme par un cadenas. J'ai décidé d'en faire mon « carnet de bord », et de noter dedans tout ce qui arrive d'important. Je l'ai dit à papy, qui a répondu que ce serait un excellent entraînement en vue du métier que je veux faire plus tard.

Je le confie à mon tout nouveau cahier : je veux être journaliste. D'abord, j'adore écrire, raconter les événements de tous les jours. A l'école, je suis toujours premier en rédaction. Et puis, tout m'intéresse. Papy dit que c'est très bien, et que, pour réussir dans ce métier, il faut de la curiosité, du talent, de l'intelligence, et que j'y arriverai. Mais il ajoute qu'il faut aussi travailler. Ça ne me fait pas peur. Papa dit souvent que je suis un bûcheur.

Il y a même autre chose, que je n'ai encore dit à personne : lorsque j'aurai réussi dans mon métier de journaliste, je me lancerai dans l'écriture de romans policiers. Mais ça, ce sera pour après.

Il est tard maintenant, et je vais me coucher. Maman veut que l'on se couche tôt, Coralie et moi, surtout quand il y a école le lendemain. Je vais donc fermer mon carnet, mettre le cadenas, et cacher la clef dans un endroit connu de moi seul. J'ai déjà rangé, sur l'étagère au-dessus de mon lit, les livres des *Six Compagnons* et l'album d'Astérix. Ma collection augmente. Bientôt, je les posséderai tous.

Le 4 décembre 1978

Cet après-midi, après l'école, maman nous a envoyés, Coralie et moi, porter à madame Loison, notre voisine, un morceau de mon gâteau d'anniversaire. Elle a été très contente, m'a embrassé et m'a offert une boîte de bonbons. Bien sûr, elle a posé plein de questions, et elle a voulu savoir ce que j'avais eu comme cadeaux. Ça, c'est son grand défaut : elle est très curieuse et elle veut toujours tout savoir.

Elle se sert de sa curiosité pour critiquer et dire du mal de tout le monde. Papa ne l'aime pas. Il l'a surnommée « madame Poison ». C'est vrai qu'elle est toujours derrière sa fenêtre, en train d'observer tout ce qu'on fait. Dès qu'on sort de la maison, elle bondit hors de chez elle et nous interroge :

— Alors, on profite du beau temps pour aller faire un petit tour ?

Papa dit que c'est une allusion pour savoir où nous allons, et il ne lui dit rien. S'il s'agit de Coralie et de moi, là, elle le demande carrément :

— Bonjour, les enfants ! Où allez-vous comme ça ?

On est bien obligés de lui répondre. Après tout, si on va chez papy et mamie, ou bien faire des courses, ce n'est pas un secret, et je veux bien le lui dire. Maman prend parfois sa défense :

— Elle vit seule, et elle n'a que ça à faire. Ça l'occupe.

— Alors, répond papa, qu'elle s'occupe plus intelligemment. Qu'elle lise, qu'elle fasse des mots fléchés, ou qu'elle apprenne à jouer aux échecs !

Ça me fait penser que je vais bientôt apprendre. Papa m'a promis de commencer les premières leçons pendant les vacances de Noël. C'est bientôt !

Le 6 décembre 1978

Les mercredis, comme il n'y a pas d'école, Coralie et moi, on va passer l'après-midi chez papy et mamie. Ils ont une maison à la sortie du village, avec un grand jardin. Souvent, mamie et Coralie, dans la cuisine, font un gâteau, tandis que papy et moi, nous jouons au Scrabble, nous faisons des mots fléchés, enfin bref, nous nous occupons intellectuellement, pour reprendre l'expression de papy.

Comme c'est la Saint-Nicolas, mamie a dit à Coralie qu'elles allaient faire mon gâteau préféré, au chocolat et aux noisettes.

Papy et moi, on a commencé une partie de Scrabble. Mais on n'a pas pu la terminer, parce qu'un de ses amis est arrivé. Il s'appelle Robert, et je le connais bien. Il travaille à Usinor-Denain, l'usine où papy a travaillé lui aussi. Ils se sont mis à discuter, et moi je les ai écoutés. Ils ont parlé d'un sujet qui, en ce moment, les contrarie beaucoup : le gouvernement a annoncé la suppression de trois mille emplois à Usinor-Denain.

— C'est une honte ! a répété une fois de plus papy. Ils veulent la fin de notre usine ! Une usine qui existe depuis plus d'un siècle !

— Toi, tu as pris ta retraite l'an dernier, a dit Robert, et au fond tu as de la chance. Ils t'ont permis de faire toute ta carrière normalement, comme c'était le cas pour nos pères, pour nos grands-pères. Mais moi, j'ai encore cinq ans à faire. Et c'est encore plus grave pour ceux qui sont plus jeunes. Vont-ils se trouver sans travail ?

— C'est grave, a constaté papy. Très grave.

Ils ont continué à parler de lutte à mener, de manifestations à organiser. Robert s'occupe du syndicat CGT, et papy m'a montré les tracts qu'il distribue contre la fermeture des hauts fourneaux. Je les ai écoutés et j'ai pensé que, plus tard, ce serait ça aussi mon métier de journaliste : aller sur place, faire parler les gens de leurs problèmes, afin de le faire savoir à tout le monde.

Mamie, ensuite, est venue me chercher. Le gâteau était cuit. Coralie et moi, nous en avons mangé une grosse part, et nous avons rapporté le reste à la maison. Ça a été notre dessert de ce soir. Papa a dit à maman :

— Je n'apprécie pas toujours ta mère, mais il faut lui reconnaître au moins ça : elle fait des gâteaux délicieux.

Coralie a voulu défendre notre mamie, et elle a dit de sa voix claire :

— Moi, je l'aime bien, mamie.

Je n'ai pas voulu répondre, mais je sais bien pourquoi Coralie aime mamie. C'est surtout parce qu'elle lui passe tous ses caprices.

Le 8 décembre 1978

Ce soir, pendant le repas, papa a raconté qu'un de ses collègues avait eu un malaise. Papa est architecte, et il a un bureau en ville, avec deux collègues. Il parle parfois d'eux. L'un s'appelle Jeanson, l'autre Martelle. C'est celui-là qui s'est trouvé mal d'un seul coup.

— Il était assis à son bureau, expliquait papa, et soudain il est tombé. Jeanson savait qu'une nouvelle doctoresse s'était installée pas loin. Il a couru jusque-là et il l'a ramenée. Elle est jeune, mais elle a été très bien. Heureusement, il s'agissait d'un malaise sans gravité. Elle nous a rassurés. J'ai été soulagé. Ça fait des années que je travaille avec Martelle, et nous nous entendons bien.

Papa a attendu quelques instants, puis il a ajouté :

— En plus, cette jolie et gentille doctoresse n'a pas voulu qu'on la paie. Elle a dit en riant : « C'est un service entre voisins. » Alors, pour la remercier, je l'ai invitée à prendre un verre après mon travail. On a parlé. Elle vient de s'installer et elle ne connaît pas encore beaucoup de monde. Mais elle est si gentille que les malades ne vont pas tarder à venir la voir !

Maman a essayé de plaisanter :

— En tout cas, ne tombe pas malade dans le seul but de te faire soigner par elle !

— Hé ! Ce ne serait pas désagréable ! a dit papa.

Coralie, comme d'habitude, a mis son grain de sel :

— Moi, je n'aime pas les médecins.

— Mais cette doctoresse est très gentille, a répété papa.

Coralie a secoué la tête, pas convaincue du tout :

— Elle fait semblant, et pis après, elle donne des piqûres à ceux qui sont malades !

Il faut dire que, l'hiver dernier, Coralie a eu une grosse bronchite, et comme elle hurlait dès qu'on lui mettait un cataplasme, notre médecin lui a prescrit des piqûres. Elle en a gardé un très mauvais souvenir, et depuis, dès qu'on parle de médecin, elle pense tout de suite aux piqûres.

En fait, lorsque j'avais son âge, moi non plus je n'aimais pas les médecins. Je me souviens que, lorsque le nôtre venait à la maison, même si c'était pour quelqu'un d'autre que moi, j'allais me cacher derrière le divan du salon pour qu'il ne me trouve pas.

Le 9 décembre 1978

Comme tous les jours, en sortant de l'école, je suis allé chercher Coralie à l'école maternelle. Nous sommes revenus ensemble à la maison. Quelquefois, mon copain Tony nous accompagne. Aujourd'hui, il n'était pas là. En arrivant dans notre rue, j'ai aperçu madame Poison (je l'appelle comme papa) sur le trottoir, devant chez elle. Elle observait, en plissant les yeux à sa manière curieuse, une voiture rouge garée juste en face. Elle m'a interrogé :

— Olivier, sais-tu à qui appartient cette voiture ? Je ne l'ai jamais vue dans notre rue.

J'ai dit que je ne savais pas. J'ai ajouté :

— C'est peut-être des gens qui sont venus rendre visite aux voisins d'en face.

— Mais non. C'était un homme, je l'ai vu. Un grand blond. Il est parti vers le coin de la rue et il a tourné à droite. Je me demande bien où il allait.

Elle s'est remise à regarder la voiture rouge comme si celle-ci allait lui répondre. J'ai entraîné Coralie jusque chez nous. Madame Poison, le nez sur la voiture, ne nous a même pas vus partir. J'ai pensé qu'elle allait supposer plein de choses concernant le grand blond qu'elle avait aperçu : pourquoi se garait-il ici s'il allait dans une autre rue ? Peut-être pour aller voir une femme sans se faire repérer ? Et, dans ce cas, qui était cette femme ? Ça, c'est le genre de cancans que notre voisine adore.

La voiture est restée là tout l'après-midi, et madame Poison a interrogé tous les gens qui passaient. Papa, une fois de plus, a critiqué notre voisine et sa « fichue curiosité ». Moi, je n'étais pas surpris. Dès qu'il se passe quelque chose d'inhabituel dans la rue, elle veut savoir à quoi ça correspond. D'ailleurs, elle veut toujours tout savoir. Et surtout sur nous, ses voisins.

Parfois, elle attire Coralie chez elle, sous prétexte de lui donner un bonbon, et elle lui pose des tas de questions. Je pense que, plus tard, dans un de mes romans policiers, je placerai une personne comme elle. A cause de sa curiosité, elle sera la seule à avoir aperçu l'assassin. Et celui-ci, pour l'empêcher de parler, s'empressera de la tuer. Ce qui donnera raison au proverbe que papa répète souvent : « La curiosité est un vilain défaut. »

Le 13 décembre 1978

Comme mercredi dernier, papy n'a pas voulu jouer avec moi cet après-midi. Son ami Robert était là, et ils parlaient de la décision du gouvernement : cinq mille emplois vont disparaître à Usinor-Denain.

— Bon sang de bonsoir ! répétait sans arrêt papy. On ne peut pas laisser faire ça !

Robert a expliqué que, le matin même, les employés de l'usine étaient allés protester devant les bureaux de la direction.

— On était tous là, on était des milliers. Moi, j'étais en bleu de travail. Il y avait les ingénieurs en costume, les employés en blouse grise, les fondeurs avec leur tenue d'amiante. Tous, on y était tous.

Sur la table, papy a étalé *La Voix du Nord*. J'ai vu le titre : « Le Nord sinistré ». Robert, lui, a apporté *Nord-Matin*. J'ai lu : « Sidérurgie : le coup de grâce ».

— Il faut qu'on se batte, a continué Robert. Tous les syndicats se sont unis.

J'ai pensé aux articles que je ferai, plus tard, lorsque je serai journaliste. Et puis, j'ai pensé à mon copain Tony. Son père, lui aussi, travaille à Usinor-Denain.

Le 14 décembre 1978

On ne parle que de ça tout partout. Tony, ce matin, m'a expliqué que, dans sa famille, non seulement ils sont en colère, mais, en plus, ils sont inquiets. Il a appris le sens des mots licenciement et mutation. Il me les a expliqués. Son père sera-t-il licencié, ou bien sera-t-il muté ailleurs, dans une autre usine, à Dunkerque ou à Montataire, par exemple ?

— Dans ce cas, il faudra déménager. Maman pleure et se désole, mamie aussi. Papa dit qu'il pourra encore se montrer content s'il garde son travail, même ailleurs.

J'ai répété les paroles de Robert : les syndicats sont décidés à lutter, et la décision du gouvernement ne sera peut-être pas appliquée.

— Moi, je suis comme maman, a ajouté Tony. Ça ne me plairait pas de partir. Mais mon frère Guillaume dit que ça serait peut-être bien aussi ailleurs. Lui, il aime changer et voyager.

J'ai dit :

— Moi non plus, Tony, je n'aimerais pas que tu t'en ailles.

Et c'est vrai. Tony, c'est mon copain, mon ami. Depuis la classe de CP, on est ensemble. Cette année, on est en CM2, et on pensait bien aller tous les deux en 6e au CES l'an prochain, et continuer encore ensemble nos études secondaires. Et maintenant, on va peut-être se trouver séparés.

Ça me contrarie. Je ne veux pas perdre mon ami.

Le 18 décembre 1978

Depuis deux jours, papa est enrhumé. Il tousse, il éternue, il se mouche le nez sans arrêt. Hier et avant-hier soir, maman lui a fait un grog sucré avec du miel. Mais ce soir, papa est rentré avec un sachet rempli de médicaments : du sirop, des gouttes à mettre dans le nez, des pastilles à sucer, des comprimés à avaler, et même des suppositoires. Il a posé le sac sur la table, et il a dit :

— Je suis passé par la pharmacie. J'ai tout ça à prendre.

— Tu es allé voir le docteur Derbin ? a demandé maman.

Le docteur Derbin est notre médecin. Il habite sur la place, juste en face de l'église, et tous les habitants du village sont ses clients. Nous aussi. Mais papa a répondu :

— Non. En sortant de mon travail, j'avais tellement mal à la tête que je suis tout de suite allé voir Martine.

J'ai vu que maman avait un air surpris. Elle a répété sans comprendre :

— Martine ?

— Mais oui, a dit papa, tu sais bien. La doctoresse qui a soigné Martelle, l'autre jour.

Là, maman a froncé les sourcils :

— Ah ? Et tu l'appelles Martine ?

Papa a éternué, s'est mouché, et a répondu :

— Oui, on est devenus des amis.

Sur le visage de maman, j'ai reconnu l'air qu'elle prend lorsque quelque chose ne lui plaît pas. Elle a simplement remarqué :

— Espérons que le docteur Derbin ne l'apprendra pas.

— Si tu ne lui répètes pas, a dit papa, il ne le saura pas. Et puis, je suis libre de m'adresser à qui je veux.

Maman n'a plus rien dit. Mais j'ai bien vu qu'elle était contrariée.

Le 21 décembre 1978

Lorsque je suis revenu de l'école avec Coralie, papy était à la maison. Il lisait le journal à voix haute et, en même temps, il s'adressait à maman, qui préparait le repas :

— Tu te rends compte, Josiane ? Hier après-midi, la manifestation a rassemblé vingt-cinq mille personnes dans Denain. Elles ont défilé pendant deux heures dans les rues. Robert y était. Il portait un panneau « Usinor doit vivre ».

Coralie et moi, on lui a dit bonjour et on l'a embrassé. Papy ne nous a même pas demandé si on avait été sages à l'école et si on avait bien travaillé. Il a continué à lire le journal, puis il a dit :

— Je suis avec eux, même si je ne descends plus dans la rue. Mais je l'ai fait. Je me souviens que, en 1948, on avait dû se battre aussi. Maintenant, c'est encore plus grave. C'est la vie de notre usine qui est en jeu.

J'ai dit à papy :

— Le papa de Tony y était aussi. Tony me l'a dit ce matin. Il voudrait bien que l'usine ne ferme pas. Il ne veut pas partir. Et moi non plus, je ne veux pas.

Papy a poussé un gros soupir :

— C'est le souhait de tout le monde, fiston. Espérons qu'il sera réalisé. C'est bientôt Noël ; c'est le moment de faire un vœu.

Coralie, qui veut toujours qu'on s'intéresse à elle, a grimpé sur les genoux de papy.

— Moi, j'ai demandé au père Noël une poupée Barbie. Tu crois qu'il va me l'apporter ? Ma copine Cathy en a une.

Papy a caressé les cheveux de Coralie. Il nous a regardés, maman et moi, et il a encore poussé un soupir :

— Quelle chance de croire au père Noël ! J'aimerais bien, moi aussi...

Maman a fait signe à papy de se taire. A cause de Coralie, il faut faire comme si le père Noël existait vraiment. Moi, je n'y crois plus. Mais elle, si. Maintenant, je trouve ça bête, cette histoire de père Noël. Mais, quand j'avais cinq ans comme Coralie, j'aimais bien trouver mon cadeau devant la cheminée du salon, le matin, en pensant qu'un bonhomme à barbe blanche était venu me l'apporter pendant la nuit.

Le 25 décembre 1978

Aujourd'hui, c'était Noël. Dès qu'on s'est levés, ce matin, Coralie et moi, on a tout de suite couru jusqu'au salon. Là, près du sapin, devant la cheminée, il y avait nos jouets : un jeu de Cluedo pour moi, et pour Coralie, sa poupée Barbie. Et, pour chacun de nous, une panoplie : Spiderman pour moi, et Candy pour Coralie. Ma petite sœur était très contente. Elle a voulu faire admirer sa Barbie à tout le monde. C'est Barbie superstar, en robe longue, avec des bijoux. Elle est très belle. Moi, j'ai regardé mon Cluedo. C'est un jeu où il faut rechercher un assassin. J'étais très content aussi. Même quand on ne croit plus au père Noël, c'est bien agréable d'avoir des cadeaux.

Papy et mamie sont venus manger avec nous. Ils ont apporté les cadeaux que le père Noël avait déposés chez eux (ils ont dit ça pour Coralie !). Mamie m'a donné un livre-disque de *Peter et Elliott le dragon*, raconté par Philippe Noiret, et Papy, avec un clin d'œil, m'a offert un appareil Kodak, le « vrai appareil pour futur grand reporter », comme il était indiqué. Ça m'a beaucoup plu. Je l'ai tout de suite mis autour de mon cou, grâce au cordon prévu pour ça.

Coralie a eu une autre poupée Barbie. Elle en a poussé des cris de joie. C'était Barbie « cavalière », avec un superbe cheval, et une tenue d'équitation qu'elle nous a fait admirer : pantalon blanc, chemise rouge, bombe noire, et même une cravache. La poupée a des pouces articulés pour tenir les rênes du cheval.

— C'est incroyable, ce qu'on fait maintenant ! a dit mamie.

Avec mon nouvel appareil, j'ai pris des photos de toute la famille pendant le repas. C'était un repas de fête : des huîtres, du saumon, de la dinde aux marrons, et pour dessert une bûche glacée. A un moment, papy a voulu parler de son usine qui allait peut-être fermer. Il en parle sans arrêt en ce moment. Mais maman lui a dit que, au moins le jour de Noël, il pourrait laisser ce problème sur le côté. Papy a répondu que ça n'empêcherait pas que le problème serait toujours là, et il n'était pas content, je l'ai bien vu.

Dans l'après-midi, Coralie a joué avec ses poupées Barbie, et j'ai joué au Cluedo avec papy et papa. Le docteur Lenoir était assassiné, et il y avait six suspects et six armes du crime. On a fini par trouver l'assassin, et on était contents parce qu'on ne s'était pas trompés. Il faut que je sache mener une enquête pour plus tard, quand j'écrirai des romans policiers.

Le 30 décembre 1978

Papa a commencé à m'apprendre à jouer aux échecs. C'est assez compliqué. Mais il dit que je suis un garçon intelligent et que j'y arriverai. Je l'espère. Quand je saurai bien jouer, je le battrai.

En ce moment, c'est les vacances de Noël, et ce qu'il y a de bien, c'est qu'on peut se coucher plus tard que d'habitude, puisque le lendemain il n'y a pas d'école et qu'on peut dormir plus longtemps. Alors j'en profite pour lire dans mon lit. Papa et maman regardent la télé. Ce soir il y a un *Numéro un* spécial avec Michel Sardou, que maman aime bien. Elle adore les émissions de variétés, surtout celles de Guy Lux. Papa, lui, préfère les *Dossiers de l'écran*, et aussi *Apostrophes*. Moi, j'aime bien les *Muppets*, et le jeu *Des chiffres et des lettres*. Coralie, elle, en est encore aux émissions enfantines et aux dessins animés. Son personnage préféré, c'est Colargol.

Parmi les livres que j'ai eus pour mon anniversaire, il y a *Les Six Compagnons et l'homme au gant*. Je vais le commencer ce soir. J'aime bien Kafi, mais j'apprécie aussi Corget. Je le trouve intelligent et débrouillard, et je suis toujours d'accord avec ce qu'il décide. A sa place, dans la même situation, je ferais la même chose !

Le 1er janvier 1979

Comme chaque année, on est allés chez papy et mamie leur dire « bonne année, bonne santé ». Coralie et moi, on a eu nos étrennes. On a souhaité plein de choses pour cette nouvelle année qui arrive. Papy, bien sûr, a souhaité que son usine ne ferme pas. Mamie a dit que le plus important, c'est d'avoir une bonne santé. Maman aussi. Coralie a dit qu'elle voulait plein de jouets et de bonbons. Ça ne m'étonne pas d'elle ! Moi, j'ai dit que je voulais qu'elle me laisse tranquille et qu'elle arrête de me suivre tout partout. En ce moment, elle le fait moins. Hier, elle voulait qu'on joue ensemble avec sa poupée Barbie. Comme si c'était un jeu de garçon ! Je lui ai dit non, et elle a pleurniché. Elle est allée se plaindre à maman, qui a dû jouer avec elle pour la consoler.

Quand on est revenus à la maison, maman nous a emmenés, Coralie et moi, chez madame Poison pour lui souhaiter une bonne année. Papa n'a pas voulu venir.

— Je le lui dirai un de ces jours quand je la verrai. Ça ne saurait tarder : elle pointe son nez dès que je sors de la maison !

Maman n'a pas insisté, parce qu'elle sait que papa n'aime pas notre voisine. Quand on est arrivés chez elle, elle était toute seule devant sa télévision. Comme dit Maman, il faut être gentil avec elle, parce que son mari est mort et que ses enfants sont loin d'ici. Elle a été contente de nous voir, elle a offert des biscuits, et elle nous a donné nos étrennes, à Coralie et à moi.

On a parlé un peu avec elle. C'est-à-dire qu'elle nous a interrogés, et on a répondu. Comme d'habitude, elle voulait tout savoir. Après, on est revenus à la maison. J'ai couru en avant. Maman marchait derrière avec Coralie. En entrant dans la cuisine, j'ai entendu que papa téléphonait dans la salle de séjour. Il était en train de dire :

— Encore tous mes vœux pour cette année, Martine. Du fond du cœur.

Coralie est arrivée en courant et en criant, et il a raccroché. Maman, qui la suivait, a demandé :

— Tu téléphonais, mon chéri ? A qui donc ?

Papa a répondu, sans la regarder :

— C'était Martelle qui appelait. Il voulait me présenter ses vœux.

Maman a dit, surprise :

— Il te voit demain. Il ne pouvait pas attendre jusque-là ?

— Il a sans doute trouvé que c'était plus gentil de le faire aujourd'hui, a répondu papa.

Moi, je n'ai rien dit. J'ai compris que papa mentait, et qu'il avait téléphoné en cachette à une Martine. Je m'en souviens, c'est le prénom de la doctoresse qu'il aime bien. Ça ne m'a pas plu. Papa, je l'admire, je le trouve grand, beau et fort, intelligent aussi. Je veux qu'il soit sans défaut comme les héros des livres que je lis. Il nous apprend, à Coralie et à moi, qu'il ne faut jamais mentir, car tôt ou tard, la vérité finit par nous rattraper. C'est lui qui le dit. Et puis, là, il a menti à maman, et en plus, en téléphonant à cette Martine, il a agi en cachette, ce qu'il nous défend de faire aussi.

Alors, je ne comprends pas. Je ne vais pas le dire à maman, car ça va la contrarier. Je l'écris dans mon carnet de bord, et je n'en parlerai pas. Après tout, ce sont des histoires de grandes personnes.

Le 6 janvier 1979

Cet après-midi, Coralie n'a pas arrêté de me suivre partout et de m'embêter. J'avais sorti mon jeu d'échecs, parce que papa devait continuer ses leçons. Mais il a dit qu'il avait beaucoup de travail en retard, et il est parti pour son bureau. Souvent, le samedi, il n'y va pas et il reste à la maison. J'étais triste, et je me suis occupé en plaçant les personnages sur l'échiquier, en attendant toujours que papa revienne, mais il ne revenait pas. Coralie, qui n'arrêtait pas de tourner autour de moi, a demandé :

— Apprends-moi, Olivier. Qu'est-ce que c'est, ça ?

Elle a pris un personnage au hasard. C'était le roi. J'ai voulu lui dire de ne pas toucher à mon jeu et de me laisser tranquille, mais maman a dit :

— Allons, Olivier, sois gentil. Ça l'occupera et, pendant ce temps, elle sera sage.

Mais je n'en avais pas envie. J'ai dit :

— Elle est trop petite. Elle ne comprendra pas.

— C'est pas vrai ! a crié Coralie. Je suis pas trop petite !

J'ai vu qu'elle allait se mettre à pleurnicher. J'ai répondu :

— Eh bien, on va voir ça !

J'ai pris les personnages un par un, je les ai montrés en expliquant leur nom : le roi, la reine, le fou, la tour...

Je croyais qu'elle en aurait marre tout de suite, mais pas du tout. Elle a tout écouté, elle a regardé chaque pion un par un. Elle les a répétés après moi, et avec moi elle les a replacés sur l'échiquier. Pour voir si elle avait retenu quelque chose, j'en ai pris un :

— C'est quoi, celui-là ?

Elle l'a observé, et elle a dit :

— C'est la reine.

C'était vrai. J'en ai pris deux ou trois autres, en lui demandant à chaque fois ce que c'était. Elle a toujours bien répondu. Je n'en revenais pas. Maman a dit :

— C'est bien, Coralie. Tu as un don d'observation qui est excellent. Et une très bonne mémoire.

Coralie était contente, bien sûr. Elle adore les compliments. Moi, j'étais plutôt surpris. Jusqu'ici, je trouvais que ma petite sœur était embêtante et pleurnicheuse. Et là, je venais de me rendre compte qu'elle était aussi intelligente. Ça m'a fait plaisir.

Le 10 janvier 1979

Coralie, maman et moi, on est allés au supermarché faire des courses cet après-midi. Coralie aime bien faire des courses parce qu'elle se précipite tout de suite dans le rayon des bonbons, et elle embête maman tout le temps pour qu'elle accepte d'en acheter. Bien sûr, maman finit par dire oui. Moi, je ne suis pas contre, parce que après, Coralie ouvre le paquet et le partage avec moi. Ça, c'est une qualité de ma petite sœur : elle n'est pas égoïste, elle aime bien partager.

Quand on est revenus à la maison, au moment où maman a arrêté la voiture devant le portail, madame Poison est sortie de chez elle. Je suis descendu de l'auto pour aller ouvrir le portail, et pendant ce temps-là, madame Poison est venue vers maman, qui était restée au volant :

— Bonjour, madame Dormont ! Bonjour, les enfants ! On est allés faire des courses ? On n'a pas eu trop froid ?

Et elle s'est mise à parler, de n'importe quoi, de son autre voisin qui avait perdu son chat, d'une de ses cousines qui habite en ville, et puis elle a dit :

— Justement, ma cousine, elle a vu votre mari avec une jeune femme, samedi.

Elle a regardé maman pour voir sa réaction. Maman a eu le même air que l'autre fois, celui qu'elle a quand Coralie ou moi on dit quelque chose qui ne lui plaît pas. Mais elle a répondu calmement :

— Oui, il s'agit de Martine. C'est une amie.

Les yeux de madame Poison se sont mis à luire :

— Une amie ? Qui est-ce ? Que fait-elle ?

— Elle est médecin, a répondu maman assez sèchement.

A ce moment, les voisins d'en face sont sortis de chez eux en voiture. Madame Poison les a salués et, en plissant les yeux, elle les a regardés partir, essayant sans doute de deviner où ils allaient. Maman en a profité pour dire :

— Au revoir, madame Loison.

Et elle a rentré la voiture dans la cour, puis dans le garage.

Nous l'avons aidée à ranger les achats. Puis, comme on avait eu froid, maman nous a fait un chocolat chaud pour notre goûter. Mais elle ne disait rien, et elle avait toujours son air contrarié.

Moi, je repensais au jour où papa avait téléphoné à Martine en cachette. A cause d'elle, il avait menti. Et puis, il se promenait avec elle en ville, et maman ne le savait pas. Elle venait de l'apprendre par madame Poison.

Samedi dernier, papa était allé à son bureau. Il n'était pas resté avec nous, il ne m'avait pas donné ma leçon d'échecs. Et c'était samedi qu'on l'avait vu avec cette Martine. Au lieu d'être ici, avec nous, il était allé se promener avec elle. Ça m'a contrarié aussi.

Le 21 janvier 1979

J'ai été malade. J'ai eu la grippe, et j'ai dû rester au lit et manquer l'école. Tony m'a apporté les leçons et les devoirs à faire, et quand je n'ai plus eu de fièvre, j'ai travaillé pour ne pas être en retard. Maman m'a soigné, et mamie et papy sont venus me voir tous les jours. Et Coralie m'a laissé tranquille, parce que maman l'a empêchée de venir m'embêter.

Maintenant, je suis guéri, et demain je pourrai retourner à l'école. J'ai demandé à papa si on pouvait reprendre les leçons d'échecs, mais il m'a dit que pour le moment il n'a pas le temps. Il rentre de plus en plus tard tous les soirs, et le samedi aussi il va travailler. Enfin, il nous dit qu'il va à son bureau. Mais peut-être qu'il va se promener avec Martine.

Justement, hier soir, je ne dormais pas, et j'ai entendu maman en parler. Au début, je ne comprenais pas tout, mais au bout d'un moment, maman s'est mise à parler plus fort, et elle disait :

— Elle est donc si importante pour toi ?

Je n'ai pas entendu ce que papa a répondu. Maman a dit, toujours aussi fort :

— Ça veut dire quoi, ça ? Tu ne nous aimes plus, les enfants et moi ?

Papa a pris la voix qu'il a quand Coralie l'agace :

— Ça n'a rien à voir. Je vous aime toujours autant. Martine, c'est quelque chose en plus, qui n'enlève rien à l'amour que j'ai pour toi.

Alors maman a crié :

— Et tu crois que je vais supporter ça longtemps ?

— Chut ! a dit papa. Pas si fort ! Tu vas réveiller les enfants.

A partir de là, je n'ai plus compris ce qu'ils disaient. Ils ont parlé encore longtemps, et j'entendais leurs voix, mais je ne sais pas ce qu'ils ont dit. Et après, je me suis endormi.

Ça ne me plaît pas que papa s'occupe de cette Martine. Il nous laisse tomber, il ne nous parle plus comme avant, et quand je lui demande de jouer aux échecs, il me répond toujours qu'il n'a pas le temps. Avant, il était plus souvent à la maison, et il avait toujours le temps de s'occuper de nous. C'était beaucoup mieux.

Le 27 janvier 1979

A l'école, ce matin, Tony m'a raconté que tous les ouvriers d'Usinor ont manifesté hier à Denain. Son père y était, avec son casque de fondeur. Ils ont envahi la perception, ils ont jeté des papiers par les fenêtres et ils les ont brûlés dans la rue. Mais après, les CRS sont arrivés, et il a failli y avoir de la bagarre. J'aurais bien voulu être là pour raconter tout ça, comme je le ferai quand je serai journaliste. Les CRS avaient des casques, des matraques, des boucliers. Tony dit que son père, avec les autres, les a insultés, puis ils ont chanté *La Marseillaise* et *L'Internationale*.

— Après, a raconté Tony, les CRS sont partis, et les manifestants aussi. Quand papa est rentré à la maison, il était très en colère.

Cet après-midi, on est allés chez papy et mamie, et papy aussi était en colère. Il a dit :

— La prochaine fois, j'irai avec eux.

— Allons, a dit mamie, tu es en retraite maintenant. Reste en dehors de tout ça.

Papy a donné un coup de poing sur la table :

— Bon sang de bonsoir ! J'ai travaillé dans cette usine toute ma vie, et avant moi mon père, et avant lui mon grand-père. Et si on avait un fils, il serait menacé de licenciement comme des milliers d'autres. Tu crois que je peux rester indifférent ?

Mamie n'a pas répondu. Elle est allée dans la cuisine pour faire un gâteau avec Coralie, comme chaque mercredi. Papy et moi, on a fait une partie de Scrabble. Mais il avait la tête ailleurs, et ça m'a arrangé, parce que j'ai gagné.

Le 30 janvier 1979

Ce soir, juste avant d'aller me coucher, j'ai un peu parlé avec papa. Maman était avec Coralie dans sa chambre, en train de lui lire une histoire pour l'endormir. Moi, je venais de me brosser les dents, et je suis allé dire bonsoir à papa qui regardait la télé dans le salon.

D'abord, il ne m'a pas entendu arriver et il ne m'a pas vu. Ce n'était pas à cause de la télé, il ne regardait même pas l'écran. Il regardait droit devant lui, avec un air de penser à autre chose. J'ai dit :

— Je viens te dire bonsoir, papa. Je vais me coucher.

Il a sursauté, et il s'est tourné vers moi :

— Ah oui, c'est ça. Bonsoir, Olivier. Dors bien.

Je l'ai embrassé, et il s'est remis à regarder droit devant lui. Alors, d'un seul coup, j'ai pensé à mon papa d'avant, celui qui parlait avec moi, qui jouait avec moi, qui s'occupait de moi. J'ai pensé aussi que l'autre jour, il avait menti. Alors, au lieu de sortir du salon, j'ai demandé :

— Papa, c'est vrai qu'il ne faut jamais mentir ?

Il m'a regardé. Il avait l'air étonné. Il a passé une main dans ses cheveux et il a dit :

— Oui, bien sûr. Enfin, en principe. Parce qu'il y a quelquefois des cas où le mensonge est pardonnable.

J'ai demandé :

— Quand, par exemple ?

Papa a eu un air embêté. Il a répondu :

— Eh bien, par exemple, pour éviter de faire de la peine à quelqu'un. Tu vois ?

Moi, je pensais à Martine, et j'aurais bien aimé en parler. Mais je n'ai pas osé. Papa a continué :

— Tu comprendras ça plus tard, Olivier, quand tu seras plus grand. Pour le moment, va te coucher. Il est l'heure.

J'ai obéi, et maintenant, je réfléchis. Je me dis que papa a menti pour ne pas faire de la peine à maman. Mais ça n'empêche pas qu'il a agi en cachette. Et ça non plus, ce n'est pas bien.

Le 4 février 1979

Mamie a eu cinquante-neuf ans aujourd'hui. Elle nous a invités à un repas d'anniversaire, avec un gâteau et des bougies. On lui a offert un cadeau. Maman avait acheté un foulard en soie. Coralie avait fait un dessin, et moi un poème. J'aime bien écrire, et je fais quelquefois des poèmes. J'avais fini le mien par « Je t'aime, mamie chérie », et mamie a été très contente. Elle m'a embrassé, et elle a embrassé aussi Coralie, en disant que c'était vraiment des très beaux cadeaux.

Après le repas, on est revenus à la maison. On a regardé la télévision, puis on a soupé, et puis Coralie et moi on a été se coucher. Au bout d'un moment, j'ai entendu papa et maman discuter comme l'autre jour. Ils étaient dans le salon, et ma chambre est juste à côté. Je n'entendais pas bien ce qu'ils disaient, alors j'ai ouvert ma porte pour pouvoir écouter. Maman était en train de dire :

— Ça me fait trop mal. Je ne peux plus le supporter. Tu es là, avec nous, mais ton esprit est avec elle. Je l'ai bien vu, encore aujourd'hui. A un moment, tu n'as même pas entendu que papa te parlait. Je n'en peux plus, Christophe.

Papa a répondu quelque chose, mais il parlait moins fort et je n'ai pas compris. Et puis maman a dit :

— Si tu as tant que ça envie d'être avec elle, va la rejoindre. Je t'aime trop pour te retenir malgré toi. Et surtout, je ne veux pas de ta pitié.

Maman avoue elle-même qu'elle est orgueilleuse. Elle dit que c'est parce qu'elle est Lion. Papa, lui, est Balance. Une Balance, dit papy, c'est équilibré, mais quand il y a un choix à faire, c'est « entre les deux mon cœur balance ».

Papa a dû poser une question sur Coralie et moi, et maman a répondu :

— Pas de problème. Je leur dirai que tu es en voyage pour ton travail. L'an dernier, tu es bien allé aux Etats-Unis.

C'était vrai, je me souvenais que papa nous avait ramené des cadeaux. J'avais eu un tee-shirt et un chapeau de cow-boy.

Après, je n'ai plus bien entendu. J'ai fini par refermer ma porte et écrire mon « journal de bord ». J'ai eu envie d'aller dire à papa que, moi, je ne veux pas qu'il parte. Et je veux qu'il s'occupe de moi comme avant. Je ne comprends pas pourquoi maman lui a dit de partir. Les grandes personnes, c'est quelquefois bien compliqué.

Le 6 février 1979

Papa est parti. Ça fait deux jours qu'il n'est plus chez nous. Hier, maman nous a annoncé, à Coralie et à moi, que papa a dû s'en aller en Amérique pour son travail, comme l'année dernière.

Coralie, tout de suite, a dit :

— Ça, c'est bien ! Il va encore me rapporter un cadeau ?

— Si tu es sage, a répondu maman.

Moi, je n'ai rien dit, parce que je savais que ce n'était pas vrai. Après papa, c'était maman maintenant qui mentait.

— Il va nous envoyer des cartes postales ? a encore demandé Coralie.

— Peut-être, a dit maman. S'il a le temps. Sinon, il téléphonera.

Là, j'ai quand même posé une question :

— Il est parti pour combien de temps ?

Maman s'est tournée de l'autre côté pour dire avec une voix bizarre :

— Ça dépendra de son travail.

Je me suis senti à la fois triste et en colère. En colère contre eux deux, papa et maman, qui nous mentaient. Et triste parce que papa nous avait laissés pour aller rejoindre cette Martine. Dans ma classe, il y a un garçon qui s'appelle Antoine. L'année dernière, son papa est parti avec une autre femme. Il n'est jamais revenu, et les parents d'Antoine ont fini par divorcer. J'ai pensé que ça serait peut-être la même chose pour nous, et j'ai eu envie de pleurer. Moi, je veux que papa revienne.

Le 7 février 1979

On est allés chez papy et mamie cet après-midi. Maman est venue avec nous. Je vois bien qu'elle est triste. Elle est toujours en train de s'essuyer les yeux comme si elle pleurait en cachette. A un moment, Robert, l'ami de papy, est arrivé, et ils se sont mis à discuter. Robert dit que si les syndicats continuent la lutte, l'usine ne sera peut-être pas fermée. Coralie, elle, regardait les dessins animés. Moi, j'ai voulu rejoindre maman et mamie dans la cuisine, et en approchant, je les ai entendues qui parlaient de papa. Je suis resté dans le couloir et j'ai écouté.

— Tu as eu tort de réagir comme ça, disait mamie.

— Je ne pouvais plus le supporter, a répondu maman. Il me parlait à peine, il pensait sans arrêt à elle. Et puis, j'espérais qu'il m'aimait encore et qu'il ne partirait pas. Et s'il ne m'aime plus... je ne suis pas du genre à retenir quelqu'un contre sa volonté, tu me connais.

— Peut-être, a dit mamie. Mais maintenant qu'il est parti, tu crois que c'est mieux ? Et s'il ne revient pas ?

Là, j'ai entendu un bruit bizarre, et j'ai compris que maman pleurait. Je suis rentré dans la cuisine, et elle s'est tournée de l'autre côté en s'essuyant les yeux. Mamie m'a dit :

— Va chercher Coralie, Olivier. Il est l'heure de goûter.

J'ai regardé maman. J'étais malheureux. Elle avait les yeux tout rouges, et j'ai eu envie de pleurer aussi. Après, on a goûté, mais je n'avais pas faim. Coralie se régalait avec son gâteau, et j'aurais bien voulu être comme elle et ne rien savoir.

Le 10 février 1979

Cet après-midi, je suis arrivé dans la cuisine et maman était assise à la table. Elle épluchait des pommes parce qu'elle voulait nous faire de la compote, et en même temps elle pleurait. Elle a essayé de se cacher en baissant la tête. On n'était que tous les deux, Coralie regardait les dessins animés dans le salon. J'ai senti quelque chose qui me serrait à la gorge et dans la poitrine, ça me fait ça à chaque fois que je vois maman pleurer. Je n'ai pas pu m'en empêcher. Je suis allé jusqu'à elle, je l'ai embrassée, et j'ai dit :

— Ne pleure pas. On est là, Coralie et moi. On t'aime bien.

Maman s'est remise à pleurer, et plus elle essayait de s'arrêter, plus elle pleurait. Elle m'a dit :

— Ce n'est rien, Olivier. Ça va passer.

Alors, d'un seul coup, j'ai eu envie de lui avouer que je savais tout. Et je l'ai fait. J'ai dit que je les avais entendus, papa et elle, et que je savais qu'il n'était pas aux Etats-Unis. Maman a eu un air affolé :

— Mon Dieu, Olivier ! Surtout n'en parle pas à Coralie ! Ni à personne d'autre !

J'ai dit que non, bien sûr, je n'en parlerais pas. Maman a essuyé ses yeux et elle m'a regardé :

— Tu es un grand garçon, Olivier. Je te fais confiance.

Elle semblait un peu consolée, et moi, je me suis senti tout fier.

Le 13 février 1979

Hier soir, papa a téléphoné. Il a parlé à maman, puis à moi et à Coralie. Il nous a demandé si on était sages, et Coralie a crié dans l'appareil qu'elle voulait un cadeau. Puis il a encore parlé avec maman, et après, maman a pleuré une fois de plus.

Ce matin, alors qu'on sortait de la maison pour aller à l'école, madame Poison, qui balayait son trottoir, nous a arrêtés :

— Alors, votre papa, il est encore en Amérique ? Il vous a écrit ?

Maman a raconté à tout le monde la même histoire : papa est aux Etats-Unis pour son travail. Coralie a dit :

— Non, mais il a téléphoné hier. Et il va nous rapporter des cadeaux !

— Il revient quand ?

J'ai répété ce que maman avait dit l'autre jour :

— Ça dépendra de son travail.

Puis j'ai pris Coralie par la main et je l'ai emmenée. La curiosité de madame Poison est bien embêtante.

Le 15 février 1979

Jusqu'ici, il n'y avait que maman à savoir la vérité, avec papy et mamie, et moi. Mais, maintenant, madame Poison aussi est au courant. Hier, j'étais en train de lire dans ma chambre. De ma fenêtre, on voit la rue, et madame Poison balayait son trottoir. Elle le fait tous les jours, ça lui donne l'occasion d'arrêter les gens qui passent et de bavarder avec eux. Madame Rancart, qui habite plus loin dans notre rue, est passée, et madame Poison a parlé avec elle. En même temps, elle lançait des regards vers notre maison, et j'ai deviné qu'elle parlait de nous. J'ai tendu l'oreille, et j'ai compris des bouts de phrases :

— ... parti en Amérique... mais ce n'est pas vrai... ma cousine l'a vu dimanche, en ville, avec cette jeune femme...

Elle a baissé la voix, mais elle a continué à parler en regardant toujours notre maison. Heureusement, maman et Coralie étaient dans la cuisine et ne pouvaient pas entendre. Mais moi je n'étais pas content, parce que madame Poison, maintenant, est au courant, et elle va le raconter à tout le monde.

Le 17 février 1979

Il y a eu une grande manifestation, hier, à Valenciennes, et papy y est allé. Il n'a pas écouté mamie qui voulait l'empêcher. Il nous a raconté qu'ils ont défilé dans les rues pendant deux heures.

— C'est pour défendre l'avenir de notre région, et c'est très important. Il n'y avait pas que le personnel d'Usinor. Il y avait aussi des médecins, des dentistes, des commerçants, des mineurs, et même des avocats avec leur robe ! Ça prouve vraiment que tout le monde est concerné.

— Et tu crois que ça changera quelque chose ? a demandé mamie.

— Mais bon sang de bonsoir ! a crié papy. Si on t'écoutait, on accepterait tout les yeux fermés. Et ça, on ne peut pas l'accepter.

Papy m'a donné un poème de Jules Mousseron qui s'appelle *Les Enfants de Denain*. Il m'a expliqué que ce poète, connu dans toute la région, avait baptisé Denain *la ville feumière*[1], à cause de la fumée des usines.

— Tiens, Olivier, lis-le, et même apprends-le. Moi, je le savais par cœur.

Je l'ai lu plusieurs fois. Ça parle des enfants de Denain qui ont le travail pour parrain et la gaieté pour marraine. Ça finit par : *Admirez chaque soir / Les lueurs des usines / Ecoutez des machines / La chanson du devoir.*

Papy a dit, avec un grand soupir triste :

— Si ça continue, d'ici peu, on n'admirera et on n'écoutera plus rien.

Le 23 février 1979

En ce moment, c'est les vacances, et on va chez papy et mamie tous les jours. Cet après-midi, en revenant, on a rencontré Antoine, qui est dans ma classe et qui est mon copain aussi. Il venait d'acheter des nouvelles billes

1. « Feumière » en patois du Nord signifie « fumée ».

et il me les a montrées. Coralie a voulu les voir et elle les a trouvées jolies, surtout une rose avec des reflets nacrés. Elle a demandé :

— Je peux l'avoir ?

Antoine n'a pas voulu. Il a repris ses billes et il a dit à Coralie :

— C'est pas des jeux de fille.

Coralie, bien sûr, n'était pas contente. Elle veut toujours qu'on fasse tous ses caprices. Elle a répondu :

— Moi aussi j'en aurai, des billes, et des plus belles. Mon papa est en Amérique, et je vais lui demander qu'il m'en rapporte tout plein.

— Ça m'étonnerait, a dit Antoine. Ton papa n'est même pas en Amérique. Tout le monde sait qu'il est parti avec une autre femme. Il va faire comme le mien. Il ne reviendra pas, et tu le verras seulement pendant les vacances.

Coralie a tapé du pied. Elle a crié :

— C'est pas vrai ! Mon papa va revenir ! Et il va me rapporter des cadeaux !

J'ai vu qu'Antoine allait répondre et je lui ai fait signe de se taire. J'ai dit :

— Au revoir, Antoine.

Et j'ai emmené Coralie en marchant vite. Elle a levé la tête et elle m'a demandé :

— C'est pas vrai, ce qu'il a dit, Antoine ?

J'aurais dû penser qu'elle était trop petite pour savoir la vérité, et j'aurais dû lui mentir. Quelquefois, m'avait dit papa, on peut faire un mensonge pour ne pas faire de peine à quelqu'un. Mais je n'ai pas réfléchi. J'ai répondu :

— Si, c'est vrai.

Coralie a eu, d'un seul coup, une petite figure toute blanche. Moi, elle m'a cru, parce que justement je ne lui mens jamais. Elle a dit :

— Alors, papa, il va pas revenir ?

Là aussi, j'ai répondu ce que je pensais vraiment :

— Je n'en sais rien, Coralie. J'espère que si.

Elle n'a plus rien dit. Elle a marché en baissant la tête, et tout le reste de l'après-midi, elle est restée sans parler, si bien que maman a fini par croire qu'elle était malade. C'est vrai que Coralie, ça ne lui ressemble pas de se taire.

En écrivant mon journal de bord, je me sens coupable de lui avoir dit la vérité. Mais peut-être que demain elle n'y pensera plus. Après tout, elle est trop petite pour comprendre.

Le 25 février 1979

Ça fait plusieurs nuits que Coralie a des cauchemars. Elle se réveille en criant et en pleurant. Maman va dans sa chambre et reste à côté d'elle pour qu'elle se rendorme. Cette nuit-ci, comme j'étais réveillé, je me suis levé pour aller aux toilettes. En passant devant la chambre de ma petite sœur, je suis entré. Maman était en train de changer les draps du lit, et elle avait mis un pyjama propre à Coralie.

— Tiens, Olivier, m'a dit maman en me donnant les draps sales. Va les mettre dans la salle de bains.

D'abord, j'ai cru que Coralie avait vomi. Et puis, je me suis rendu compte qu'elle avait fait pipi dans son lit. J'ai été étonné. Ça fait longtemps que Coralie ne fait plus pipi au lit.

Maman m'a recommandé de ne pas le dire, surtout à madame Poison, parce qu'elle irait le répéter à tout le monde. Alors, je lui ai raconté ce qu'avait dit Antoine l'autre jour. Maman a poussé un gros soupir et elle a dit qu'à son avis, Coralie est traumatisée parce que papa est parti.

Je ne me doutais pas que Coralie aimait papa à ce point-là. Pourtant, il est le seul à ne jamais obéir à ses caprices. C'est peut-être pour ça, après tout.

Le 27 février 1979

Papa a téléphoné pour demander de nos nouvelles. Coralie lui a parlé, et elle a demandé tout de suite :

— Tu vas revenir ?

Je n'ai pas entendu ce qu'a dit papa, c'était maman qui avait l'écouteur. Mais Coralie a répondu :

— Je suis sage. Demande à maman. Alors, tu vas revenir quand ? Bientôt ?

Là encore, je n'ai pas entendu la réponse. Après, je l'ai demandée à Coralie. Elle m'a dit, avec un air pas content :

— Papa a répété qu'il fallait être sage, et qu'il peut pas revenir tout de suite parce qu'il a beaucoup de travail.

Quand il nous téléphone, papa fait semblant d'être en Amérique, mais nous, maintenant, on sait que ce n'est pas vrai. Après ce qu'Antoine nous a dit, on a peur qu'il ne revienne pas. Mon jeu d'échecs reste là, personne ne peut m'apprendre. Maman ne sait pas jouer, papy et mamie non plus.

Le 1er mars 1979

Aujourd'hui c'était la rentrée. Quand je suis arrivé dans la cour de l'école, Tony m'a dit tout de suite :

— C'est vrai que ton père est parti avec une autre femme ? J'ai entendu maman qui en parlait avec papa.

Ça, c'est madame Poison. Elle a dû le dire à tout le monde, et maintenant tout le monde est au courant. J'ai répondu à Tony qu'on était malheureux, Coralie et moi, et aussi maman, et qu'on voudrait bien que papa revienne à la maison. J'ai ajouté que, d'après Antoine, mes parents allaient divorcer comme les siens. Tony a essayé de me remonter le moral :

— Pas forcément, Olivier. Ma sœur Aurélie m'a raconté une histoire qu'elle a lue, et où le papa qui est parti revient.

Tony a deux sœurs. Aurélie, la plus grande, a quinze ans. Le livre qu'elle a lu, c'est un roman de Gilbert Cesbron qui s'appelle *C'est Mozart qu'on assassine.* Maman l'avait acheté, il y a plusieurs années, et il est dans la bibliothèque du salon. J'ai pensé que je pourrais le lire, moi aussi, et si ça finit bien, ça me donnera de l'espoir. Peut-être que, pour nous aussi, ça finira bien.

Maman continue à pleurer en cachette, et Coralie fait encore pipi au lit. J'ai entendu maman dire à mamie que, si ça continue, elle va aller voir le médecin. Mamie a répondu que le remède, à son avis, était tout simplement le retour de papa. Et maman a encore pleuré.

Le 6 mars 1979

Papy est venu, et il a parlé de son usine. Tout le monde espère qu'elle ne sera pas fermée, mais hier, à la télé, Raymond Barre était l'invité de l'émission *Cartes sur table*, et il a annoncé que la décision du gouvernement ne changerait pas.

Papy a dit que des manifestations sont prévues pour protester, et qu'il va y aller. Maman l'a écouté sans répondre. Elle n'a pas essayé, comme mamie, de l'empêcher. Elle est toujours triste en ce moment. Et moi, je sais bien ce qu'il faudrait pour qu'elle ne pleure plus.

Alors qu'on venait de souper, papa a téléphoné. Il a demandé de nos nouvelles. Il fait toujours semblant d'être en Amérique, et il a encore dit qu'il ne sait pas quand il va revenir. Coralie lui avait tout de suite posé la question. Il nous a répété qu'il fallait être sage. Quand ça a été mon tour de parler, et qu'il m'a dit : « Ça va, mon grand ? », la boule dans ma gorge, celle qui vient chaque fois que je vois maman pleurer, est arrivée. J'ai répondu :

— Reviens, papa. On est tristes sans toi.

Il y a eu un silence. Et puis papa a dit :

— Je vous aime bien, tous les trois. Je vous embrasse très fort.

Mais il n'a pas dit qu'il allait revenir. Et puis, s'il nous aime bien, pourquoi est-il parti ?

Le 8 mars 1979

Il y a eu des manifestations à Denain, hier et aujourd'hui. Papy y est allé, avec son ami Robert et les autres. Il y a eu des bagarres avec les CRS, et des blessés. Mamie a eu peur. Elle a dit à papy :

— Tu aurais pu être blessé aussi !

Papy est à la fois en colère et malheureux. Il dit que malgré leur lutte, les ouvriers ne seront pas entendus.

— Ça m'a fait mal de voir la ville dans cet état. Des barricades, des voitures brûlées, des vitrines cassées.

Heureusement, les CRS sont partis. Il n'y aura peut-être plus de bagarre. On les a insultés, et on a salué leur départ en chantant *L'Internationale.*

— A ton âge ! a protesté mamie. Laisse ça aux jeunes.

J'ai cru que papy allait crier « Bon sang de bonsoir ! », comme il le fait toujours. Mais il a simplement poussé un gros soupir, et il a dit :

— C'est bien triste. Ce ne sont pas leurs mesures et leurs primes de départ qui arrangeront les choses. Voir mourir mon usine, comme ça, volontairement, alors qu'elle pourrait encore vivre... c'est bien triste, oui.

Tony m'a dit la même chose. Son père était avec les manifestants, et il a lancé des pierres et des boulons sur les CRS.

— On sera sans doute obligés de déménager si papa est nommé ailleurs. Maman est contrariée, et mamie pleure parce qu'elle ne veut pas qu'on parte loin d'elle.

Son papa ne les a pas quittés, mais ils sont quand même embêtés par un autre problème. Et nous, on est tristes quand on voit notre maman ou notre mamie qui pleure et qu'on ne peut rien faire. On s'est regardés tous les deux. On était malheureux.

Le 11 mars 1979

Coralie continue à faire pipi au lit. Elle aussi, elle est malheureuse. Elle ne joue même plus avec ses poupées Barbie. Elle n'arrête pas de demander quand papa va revenir. Hier, en rentrant de l'école, on a vu madame Poison sur le trottoir. Bien sûr, elle est venue vers nous, et elle nous a interrogés :

— Alors, les enfants ? Ça va ? Et votre papa ? Toujours en Amérique ? Il va bientôt revenir ?

Elle nous observait avec son air curieux, et ça m'a agacé. J'ai répondu :

— Oui, bientôt.

Et je suis passé très vite en tirant Coralie par la main. Ma petite sœur m'a demandé :

— C'est vrai, Olivier ? Papa va revenir bientôt ?

Elle me regardait avec plein d'espoir dans les yeux. J'ai dit :

— Je voudrais bien, Coralie.

— Moi aussi, je voudrais bien, a répété Coralie.

On le voudrait tous les trois, maman, Coralie et moi. Et aussi papy et mamie, parce qu'ils sont tristes de voir maman pleurer.

Le 15 mars 1979

L'autre jour, j'ai pris dans le salon *C'est Mozart qu'on assassine*, et je l'ai lu, tous les soirs, dans ma chambre. Je viens de le finir. C'est l'histoire d'un petit garçon qui s'appelle Martin. Son papa est parti vivre avec une autre femme, comme le nôtre. Mais la différence avec nous, c'est que Martin se retrouve tout seul, parce que sa maman tombe malade et doit être soignée dans une maison de repos. Alors il est placé chez une nourrice, puis chez son grand-père, puis chez son parrain. Il est malheureux, et il veut être chez lui, comme avant, avec son papa et sa maman. A la fin, il va trouver la femme qui a pris son père, et elle comprend le mal qu'elle a fait. Et ça finit bien, parce que la dernière scène, c'est le petit garçon qui est dans sa chambre et qui va jusqu'à la chambre de ses parents. Il les voit tous les deux qui dorment dans le grand lit, et il est content.

J'ai pensé : « Il a de la chance, lui, son papa est revenu. » Et puis, tout de suite après, j'ai eu une idée : ce que Martin fait dans le livre, je pourrais le faire, moi aussi. J'irais trouver cette Martine qui nous a pris papa, je lui expliquerais qu'on est malheureux, que maman pleure et que Coralie refait pipi au lit. Peut-être qu'elle comprendra, et peut-être, comme la Marion de l'histoire, qu'elle dira à papa de revenir avec nous.

Le 21 mars 1979

Ça fait plusieurs jours que je réfléchis à mon idée, et je fais comme les Six Compagnons quand ils préparent une entreprise : je mets au point tous les détails. Je ne veux pas en parler à maman parce que, si ça ne marche pas, ça lui aura donné de l'espoir pour rien, et elle sera encore plus malheureuse après.

Comme tous les mercredis, Coralie et moi, on est allés chez papy et mamie. J'ai profité d'un moment où Coralie était avec mamie dans la cuisine. Papy et moi, on était seuls dans le salon. Alors j'ai parlé de mon idée. J'ai tout expliqué, j'ai dit que j'avais lu le livre de Gilbert Cesbron, et j'ai demandé à papy son avis. Papy et moi, on s'entend bien. Il discute avec moi comme si j'étais une grande personne, et il ne se moque jamais de moi quand je dis que je serai journaliste plus tard. Au contraire, il m'encourage.

Il m'a regardé par-dessus ses lunettes et il a dit :

— Ça n'est pas une mauvaise idée, Olivier. C'est même une bonne idée.

Je lui ai fait promettre le secret, et je lui ai expliqué mon plan. Je ferais semblant d'aller à l'école, je déposerais Coralie à l'école maternelle, et je prendrais le bus pour Valenciennes. J'aurais besoin d'un mot d'excuse pour l'école, et papy a dit qu'il le ferait sans problème. Et il irait rechercher Coralie au cas où je ne serais pas revenu pour cinq heures. Mais je compte bien être rentré, d'autant plus qu'il faut que mon absence passe inaperçue.

— Je vais me renseigner, a dit papy. Je sais que cette jeune femme s'appelle Martine Fernoux. Je téléphonerai pour demander les horaires des consultations.

Papy et moi, on s'est regardés, et nos yeux disaient la même chose : pourvu que ça marche !

Le 24 mars 1979

Cet après-midi, Robert était chez papy et mamie quand je suis arrivé. Il parlait de la marche sur Paris qui a eu lieu hier, organisée par la CGT. Des milliers de personnes du Nord, du Pas-de-Calais, des Ardennes, de la Loire et de la région parisienne sont allées défiler dans la capitale, où elles se sont rendues par bus ou par trains spéciaux.

— Un gigantesque défilé, répétait Robert. Ça a duré trois heures. Quel monde ! Nous avons reçu beaucoup de marques de sympathie de la part des Parisiens.

Après son départ, mamie a secoué la tête :

— Pauvre Robert ! Il continue à espérer contre toute espérance.

— Il ne veut pas abandonner la lutte, a dit papy, et il a raison.

On a attendu d'être seuls, papy et moi. Il a chuchoté :

— J'ai téléphoné. Les consultations ont lieu tous les après-midi, à partir de treize heures trente. J'ai regardé l'horaire des bus. Il y en a un à quatorze heures cinq sur la place. Tu le prendras après avoir conduit Coralie à l'école. Je t'ai fait aussi un mot d'excuse pour ta maîtresse.

Il m'a tendu une feuille, qui disait que je devais manquer la classe à cause d'un rendez-vous chez le dentiste. J'ai plié la feuille et je l'ai mise dans la poche de mon blouson. Après, on a choisi un jour de la semaine prochaine. Papy a trouvé que jeudi, ce serait bien. J'ai dit que j'étais d'accord. Et puis, mamy est revenue dans la pièce, alors on a parlé d'autre chose.

Le 28 mars 1979

Coralie fait de plus en plus de caprices. On avait demandé pour elle, avec des points Nesquik, un poster « Apprenez à reconnaître les papillons », pour décorer sa chambre. On l'a reçu ce matin. Elle ne l'a même pas regardé, et elle a dit qu'elle n'en voulait plus. Elle veut toujours tout, et quand on le lui donne pour lui faire plaisir, ça ne l'intéresse plus.

Comme elle ne voulait plus du poster, je l'ai emmené pour le mettre dans ma chambre. Mais Coralie a piqué une crise et s'est mise à pleurer en disant que c'était son poster à elle. J'ai failli me mettre en colère. Je lui ai rendu le poster et je l'ai laissée avec maman, qui a essayé de la consoler.

Cet après-midi, mamie est venue. Je l'ai entendue qui parlait avec maman.

— Tu comprends, disait maman, je lui ai dit de partir, et à ce moment-là je le pensais vraiment. J'étais furieuse. Mais maintenant, je le regrette. Coralie est malheureuse, Olivier aussi, sans parler de moi...

Mamie a posé une question que je n'ai pas entendue, mais maman a répondu :

— Il nous téléphone, oui, mais il ne parle jamais de son retour. Pour les enfants, il fait croire qu'il est en Amérique. Je n'ose pas lui demander ses intentions. Imaginer qu'il nous quitterait pour cette femme... Ça me fait peur. Il répète qu'il nous aime toujours. Je ne sais plus que croire.

J'ai pensé que mon projet devenait nécessaire. J'en ai parlé avec papy. C'est demain que je vais voir Martine. Papy a posé une main sur mon épaule :

— Tu es un garçon plein de ressources, Olivier. Intelligent et sensible. Je suis fier de toi, fiston.

Pendant ce temps, Coralie avait fait un dessin. Elle me l'a apporté. Il nous représente tous les quatre. On est dans la campagne, et papa marche sur la route en tenant Coralie sur ses épaules, ce qu'elle adore. Maman est en train de cueillir un bouquet de fleurs des champs. Et moi, je les prends en photo avec mon Kodak Reporter. Coralie a même pensé à dessiner le cordon autour de mon cou. Je lui ai dit que c'était un beau dessin, et j'ai demandé si je pouvais le garder. Elle est toujours contente quand on aime bien ses dessins. C'est la seule chose qui l'intéresse encore en ce moment. Ça et les dessins animés à la télévision. Elle a dit :

— Je l'ai fait pour toi, Olivier.

Je l'ai remerciée, et j'ai emporté la feuille dans ma chambre. Ce soir, j'ai écrit, au-dessous du dessin, en grosses lettres : REVIENS, PAPA ! Et demain, je l'emmènerai avec moi.

Le 29 mars 1979

Comme prévu, j'ai mis mon projet à exécution aujourd'hui. Ce matin, j'ai donné mon mot d'excuse à la maîtresse. En début d'après-midi, j'ai conduit Coralie à l'école, et j'ai pris le bus sur la place. En achetant mon billet, j'ai demandé au chauffeur de me dire à quel moment je devrais descendre. J'avais le nom de la rue et le numéro.

Le bus s'est arrêté un peu avant l'immeuble où papa travaille. J'ai reconnu les lieux, parce que j'étais déjà venu, une fois, avec papa. Je suis descendu, j'ai marché en me repérant aux numéros. C'était dans le sens opposé au bureau de papa, ce qui fait que je n'ai pas été obligé de passer devant son immeuble. Tant mieux, car je ne voulais pas qu'il me voie.

J'ai vite trouvé le numéro que je cherchais. Il y avait une plaque : « Docteur Martine Fernoux ». En dessous, il était indiqué : « Entrez sans sonner ». J'ai poussé la porte et je me suis trouvé dans un couloir. Devant moi, j'ai vu un autre panneau : « Salle d'attente ». Mon cœur s'est mis à battre plus vite. Je crois que j'avais un peu peur.

J'ai pensé aux Six Compagnons, et à Corget qui n'hésite jamais, une fois qu'il a pris une décision. Je suis donc entré dans la salle d'attente. J'ai été soulagé de voir qu'il n'y avait que deux personnes : une femme qui feuilletait une revue et un vieux monsieur qui regardait droit devant lui, sans bouger. J'ai dit bonjour, je me suis assis, et j'ai attendu.

Au bout de quelques minutes, la doctoresse est venue reconduire le patient précédent, et elle a fait entrer le suivant. Je l'ai regardée. Elle avait une blouse blanche, mais je ne l'ai pas trouvée impressionnante. Elle était blonde, souriante, avec un air gentil. J'ai pensé que si c'était elle qui me soignait, au lieu du docteur Derbin, je ne me serais pas caché derrière le canapé du salon.

J'ai continué à attendre. Le vieux monsieur est sorti. C'était au tour de la jeune femme. Pendant ce temps, deux autres personnes sont entrées et se sont installées. Je me sentais crispé, mais je me répétais qu'il ne fallait pas avoir peur.

Lorsque mon tour est arrivé, je me suis levé. La doctoresse m'a regardé avec un air surpris :

— Tu es tout seul ? Si tu es malade, tu dois revenir avec ton papa ou ta maman.

— Je ne suis pas malade. Je m'appelle Olivier Dormont.

Elle a compris tout de suite. Son sourire a disparu.

— Tu es le fils de Christophe ?

— Oui. Je suis venu parce que... il faut que je vous parle.

Elle a lancé un regard aux deux personnes qui attendaient, et elle a vu que l'une d'elles nous observait avec curiosité. Elle s'est subitement décidée :

— Puisque tu es là, entre donc.

Je l'ai suivie dans son bureau. Elle a refermé la porte, m'a dit de m'asseoir, s'est assise à son tour.

Alors je me suis mis à parler. J'ai tout raconté. J'ai dit que Coralie refaisait pipi au lit depuis que papa était parti, et qu'elle demandait sans arrêt quand il reviendrait. J'ai dit que maman pleurait. J'ai dit que j'étais malheureux, moi aussi, et que papa nous manquait à tous les trois. J'ai même ajouté que j'avais lu le livre de

Gilbert Cesbron, dans lequel Marion, à la fin, renvoie le papa de Martin chez lui. Et j'ai demandé :

— S'il vous plaît, est-ce que vous voulez bien faire la même chose, et dire à papa de revenir chez nous ?

J'ai sorti le dessin de Coralie de ma poche, je l'ai déplié, et je l'ai mis sur le bureau :

— Vous voudrez bien lui donner ce dessin ? C'est de la part de Coralie et moi.

Elle a regardé le dessin. Elle ne disait plus rien. Elle avait un air sérieux, grave. Elle a poussé un gros soupir.

— Tu as bien fait de venir me trouver. Christophe et moi, ça a été un coup de foudre. Mais je savais que notre histoire n'était pas faite pour durer. Je savais qu'il avait une femme et deux enfants... Je m'efforçais de ne pas y penser, de ne voir que nous deux, mais je savais bien que ce n'était pas possible. S'il était libre, ce serait lui l'homme de ma vie... Mais il n'est pas libre.

Elle a passé une main sur son front. Elle avait un air malheureux. Moi, je ne disais rien. Je l'avais écoutée sans bouger. Elle faisait comme papy, elle me parlait comme à une grande personne, et ça me plaisait. Elle a encore soupiré :

— Cette situation qui vous rend malheureux, ta sœur et toi, c'est à cause de moi, c'est vrai. Il faut qu'elle cesse. J'y ai déjà pensé. Ma grand-mère me disait toujours : « On ne peut rien construire sur le malheur des autres. » Par moments, je me sens coupable. Un médecin est fait pour guérir, pour sauver, et non pour détruire. Et je suis médecin avant tout.

Elle m'a regardé, et elle a continué, très sérieusement :

— J'ai une possibilité de partir avec Médecins sans frontières. J'avais l'intention de le faire, un jour ou l'autre. Ta venue ne fera que précipiter mon projet. Christophe et moi, ce sera fini. On ne se verra plus.

J'ai dit, très vite :

— Alors, papa va revenir ?

— Oui, ne t'inquiète pas. Je lui parlerai.

J'ai encore demandé :

— Il va revenir quand ?

Elle m'a souri tristement :

— Laisse-lui encore quelques jours. Mais bientôt, il sera là, je te le promets.

Puis elle s'est levée. Moi aussi. Elle s'est approchée de moi, elle a posé une main sur mes cheveux :

— Tu es un grand garçon pour ton âge, et responsable. C'est bien. Je sais que Christophe est fier de toi.

Elle m'a encore souri, et son sourire tremblait. A ce moment-là, j'ai compris papa. Moi aussi, j'étais sous le charme. Je me suis mis sur la pointe des pieds, et j'ai fait quelque chose que je n'avouerai jamais à personne, et surtout pas à maman. J'ai déposé un baiser sur sa joue, très vite, et j'ai dit tout bas :

— Merci.

Je suis reparti avec l'impression de marcher sur des nuages. Je suis sorti, j'ai retrouvé l'arrêt du bus, et en même temps je n'arrivais pas à réaliser que mon entreprise avait réussi. Papa allait revenir à la maison. C'était vraiment formidable !

Je suis allé rechercher Coralie à l'école et on est rentrés comme d'habitude.

A partir de maintenant, je vais guetter le retour de papa tous les jours, en espérant qu'il reviendra le plus vite possible. Tout sera de nouveau comme avant. Maman ne pleurera plus. Coralie ne fera plus pipi au lit. Et moi, je pourrai recommencer à apprendre à jouer aux échecs.

Le 2 avril 1979

J'attends le retour de papa. Tous les soirs, j'espère qu'il va revenir, qu'il va rentrer de son travail. Hier, il a téléphoné. Coralie a demandé :

— Tu reviens quand ?

Et il a dit :

— Bientôt, Coralie. Sois sage en attendant.

Alors, elle aussi, elle s'impatiente.

Je n'ai pas parlé de mon « entreprise » à Tony, mais, ce matin, je lui ai dit que papa avait annoncé, au téléphone, qu'il allait bientôt revenir. Il a été content pour moi. Il m'a expliqué que son papa, à lui, allait certainement être muté à Dunkerque ou à Montataire.

— Papa et maman sont désolés parce qu'ils vont devoir vendre la maison. Et là-bas, on sera peut-être en appartement. On ne sait pas si on pourra garder notre labrador, et moi je ne veux pas me séparer de ma tortue.

Tony a appelé sa tortue Caroline, comme celle de Boule et Bill. Elle vit dans son jardin. C'est vrai qu'en appartement, elle sera peut-être malheureuse.

— Et puis, a continué Tony, il y a mamie. Depuis que papy n'est plus là, elle vit toute seule. Elle pleure parce qu'elle ne nous verra plus, elle dit qu'elle n'a plus que nous. Mais papa lui répond qu'on ne peut pas faire autrement, et qu'il pourra se montrer content s'il a encore du travail.

J'étais désolé. J'ai demandé :

— Alors, c'est vrai ? Tu vas partir ?

— C'est pratiquement sûr, a dit Tony.

J'ai vu qu'il était triste, lui aussi. J'ai pensé que s'il s'en allait, j'allais perdre mon ami. Mais j'ai pensé aussi, pour me consoler, que je préférais que ce soit Tony qui parte plutôt que papa.

Le 3 avril 1979

Ça y est ! Papa est revenu ! Il faut que je l'écrive sans attendre. Ça s'est passé il y a à peine cinq minutes. C'est Coralie qui va être contente ! Pour le moment, elle est partie faire des courses avec mamie. Moi, je faisais mes devoirs dans ma chambre, et maman était dans la cuisine.

De ma fenêtre, on voit la rue. J'ai vu la voiture de papa arriver, ralentir, et s'arrêter devant le portail. Il est descendu pour l'ouvrir et madame Poison, bien sûr, est sortie de chez elle. Elle a dit quelque chose à papa, mais il lui a à peine répondu. Il a rentré l'auto, et j'ai pensé que maman, dans la cuisine, avait dû l'entendre.

Je suis sorti de ma chambre, et je suis allé dans le couloir. Justement, papa était à la porte, et maman sortait de la cuisine. Elle a avancé vers papa, qui s'est arrêté. Ils se sont regardés. Moi, je n'osais plus bouger.

— Je suis revenu, a dit papa. Avec Martine, c'est fini.

Maman a ouvert tout grand la porte et elle a reculé en disant :

— Entre.

Papa a fait un pas en avant et il a refermé la porte. Il s'est penché vers maman, et j'ai vu qu'elle pleurait. Il a dit, avec une voix enrouée :

— Pardonne-moi, Josiane. Je vais tâcher de ne plus te faire pleurer... jamais.

Il a pris le visage de maman dans ses mains, et il a embrassé les larmes sur ses joues. Elle s'est accrochée à lui, et ils sont restés comme ça, sans bouger.

Alors j'ai fait demi-tour, et je suis reparti dans ma chambre sur la pointe des pieds.

UNE CONQUÊTE DIFFICILE

1

La cloche annonçant la fin des cours retentit subitement, me faisant sursauter. Sa stridence résonna dans mon crâne douloureux, rendant insupportable la migraine dont je souffrais depuis le matin. J'eus un soupir de soulagement à l'idée que ma journée de travail était enfin terminée, et je libérai mes élèves, qui se bousculèrent et sortirent avec une précipitation enthousiaste.

Malgré moi, je ne pus m'empêcher de sourire, en me rappelant l'excitation qui était la mienne à chaque veille de vacances, lorsque j'avais leur âge. Avant de sortir à mon tour, je m'assis quelques instants et massai mes tempes où battait une douleur lancinante. Je fermai les yeux, respirai à fond, et me sentis un peu mieux. Je mis mon manteau, pris mon sac, mes livres, traversai le couloir et évitai la salle des professeurs. Je me sentais trop mal en point pour bavarder et je n'avais qu'une hâte : rentrer chez moi.

En descendant l'escalier, je croisai Bruno, le professeur de dessin. Doté d'une barbe et d'une chevelure abondantes et frisées, il avait une allure bohème et artiste qui convenait à sa spécialité. Il m'interpella gaiement :

— Salut, Claudine ! Tu viens prendre un pot ? Les autres sont déjà au *Neptune*.

Le *Neptune* était le bar du coin, où nous nous réunissions de temps à autre. Je secouai la tête :

— Navrée, Bruno, mais je ne me sens pas bien. Une autre fois, peut-être.

Il m'observa plus attentivement :

— C'est vrai que tu as l'air fatigué. Les vacances vont te faire du bien, tu pourras te reposer.

J'eus un faible sourire :

— Je l'espère. Au revoir, Bruno.

Dehors, le vent m'accueillit, et l'air frais calma un peu ma migraine. Rapidement, je me dirigeai vers le parking, sortis de l'établissement et conduisis sans m'arrêter jusque chez moi. Je me retrouvai dans mon studio avec une seule idée dans mon esprit douloureux : prendre deux cachets d'aspirine, me coucher et dormir.

J'ouvris les yeux le lendemain matin, alors que l'aube pointait. Je restai un long moment dans mon lit, savourant une certitude agréable : je n'avais pas à me lever et à courir, comme chaque matin, pour être au collège à huit heures. Les vacances d'hiver commençaient aujourd'hui, et pendant un peu plus de deux semaines, je pourrais paresser et faire la grasse matinée. Ma migraine s'était dissipée, mais je me sentais lasse, sans aucun ressort, comme vidée de toute énergie.

Lorsque je voulus me lever, tout se mit à tourner autour de moi. Je m'obstinai, fis quelques pas, et dus me retenir à une chaise pour ne pas tomber. Prise de faiblesse, je m'assis, soudain couverte d'une sueur froide. Que m'arrivait-il ? Je laissai passer quelques instants, essayai de me remettre debout. De nouveau, le vertige revint, encore plus violent. Affolée, en m'accrochant aux meubles, j'allai jusqu'au téléphone et appelai le docteur Guernet. Je le connaissais un peu parce qu'il était attaché au collège en tant que médecin scolaire. Il était sympathique, ouvert, chaleureux. Sa secrétaire me promit qu'il passerait dans la matinée.

En serrant les dents et en faisant chaque mouvement au ralenti pour ne pas faire revenir les vertiges, je me coiffai et m'habillai sommairement. Puis je me blottis dans un fauteuil, au bord de l'épuisement, essayant de retrouver un peu de forces.

Je laissai errer mes regards sur mon petit studio. C'était mon univers depuis la rentrée de septembre, date à laquelle j'étais arrivée dans cette petite ville du Nord, après avoir demandé ma mutation. A vrai dire, j'avais voulu couper les ponts derrière moi, et surtout m'éloigner de David et ne plus jamais le voir. Nous avions été mariés plus de sept ans, et je l'avais aimé très fort. Au bout de ces sept années qui, pour moi, avaient été heureuses, il m'avait annoncé brutalement qu'il en aimait une autre et qu'il voulait divorcer pour l'épouser.

J'avais basculé dans le désespoir. Pour ne pas couler complètement, pour survivre, je m'étais accrochée de toutes mes forces à mon métier. J'étais professeur d'anglais et j'aimais enseigner, surtout dans les classes de sixième où, pour les élèves, cette langue était nouvelle. J'aimais la spontanéité de ces enfants, leur fraîcheur, leur bonne volonté. Sur mes conseils, ils illustraient leurs cahiers, collaient à côté de chaque mot appris une image qui le représentait : un arbre, une maison, une pomme... Je leur mettais des bonnes notes qui les encourageaient. C'étaient eux qui, sans le savoir, m'avaient aidée à surmonter ma détresse.

A trente ans, je me retrouvais seule. Depuis le mois de septembre, dans cette ville où j'étais nouvelle, je ne m'étais pas fait d'amis. Des relations de travail, simplement, parmi les collègues que je trouvais sympathiques. Mais cela n'allait pas bien loin. Ils avaient leur famille, leur vie personnelle, et je n'avais pas voulu les ennuyer avec mes problèmes. Je m'étais renfermée sur moi-même, et pour pouvoir mieux dissimuler ma douleur je m'étais réfugiée dans la solitude.

Il y avait plus d'un an que mon divorce avait été prononcé, et j'avais réussi à prendre le dessus. Mais l'effort constant que j'avais fourni pour ne pas craquer m'avait épuisée. De plus, le mois précédent, j'avais eu une mauvaise grippe que j'avais mal soignée. J'étais restée deux jours au lit, j'avais pris de l'aspirine et bu des grogs. Lorsque la fièvre avait baissé, j'avais repris le travail, insuffisamment guérie. Depuis, je me traînais avec effort, et ces derniers jours les maux de tête étaient apparus. Puis, ce matin, les vertiges. J'attendais avec inquiétude le docteur Guernet.

Il arriva alors que je somnolais dans le fauteuil que je n'avais pas quitté. J'allai lui ouvrir en m'appuyant aux murs. Il entra, me lança un coup d'œil incisif. J'eus conscience de l'aspect que je lui offrais : mal coiffée, livide, vêtue à la va-vite d'un pantalon et d'un vieux pull. Avec difficulté, j'allai jusqu'au fauteuil où je me laissai tomber.

Le docteur Guernet prit place en face de moi et m'interrogea. Malgré ma tête qui tournait, je me rendis compte qu'il le faisait avec intérêt, avec sympathie, et non par pur réflexe professionnel. Malgré moi, j'y fus sensible. Il y avait si longtemps que l'on ne s'était intéressé à ma santé, à mes problèmes !...

Je répondis à ses questions, et sans même m'en rendre compte, je me retrouvai en train de me confier à lui : mon divorce, la période sombre qui avait suivi, ma grippe mal soignée. En silence, il m'ausculta, prit ma tension, fit jouer mes réflexes :

— Rassurez-vous, ce n'est pas grave. Il s'agit d'une grande fatigue. Votre tension est très basse. Je vais vous donner des remontants. Et surtout, il vous faut du repos. Puisque vous avez deux semaines de vacances, profitez-en pour dormir le plus possible. Je tiens à vous revoir la semaine prochaine, et celle d'après également, afin de juger si vous êtes capable de reprendre le travail.

Il fit une ordonnance, me la tendit avec un sourire qui m'alla droit au cœur, et je m'aperçus qu'il était séduisant. Lorsqu'il s'en alla, avec la promesse de revenir la semaine suivante, pour la première fois depuis longtemps j'eus l'impression de ne plus être complètement seule.

A la fin des quinze jours de vacances, grâce aux remontants et au repos, j'allais mieux et me sentais suffisamment en forme pour reprendre mon travail. Le docteur Guernet, de son côté, trouvait que je n'étais pas tout à fait rétablie et insistait pour me donner quinze jours d'arrêt supplémentaires. Doucement mais fermement, je refusai :

— Non, je vous assure que je me sens bien. Et si je reste chez moi, je vais me remettre à broyer du noir.

— Eh bien, dans ce cas, je tiens à vous suivre régulièrement, jusqu'à ce que vous ayez retrouvé toute votre énergie. Il ne faut pas jouer avec votre santé, elle est trop précieuse. Continuez à prendre vos remontants, vous en avez encore besoin.

Ce fut ainsi que je le revis. Chaque semaine, après mes cours, je passais à son cabinet, et il m'auscultait sérieusement, allant même jusqu'à noter mon poids pour savoir si je grossissais ou maigrissais. Ma santé s'améliorait et il en était satisfait. Lorsque j'étais sa dernière cliente, il avait davantage de temps et me retenait plus longuement. Il m'encourageait à parler, et le fait de me confier me faisait du bien. Je me rendis compte que, petit à petit, je m'attachais à lui. Après ma douloureuse rupture avec David, étais-je en train de tomber amoureuse ? Je savais que le docteur Guernet était seul, lui aussi. Il avait perdu sa femme, voici plus de quatre ans, dans un accident de voiture. J'avais entendu dire également qu'il avait une petite fille. Et j'étais de plus en plus sensible à son charme, à son sourire, et la façon tendre dont il me regardait mettait dans mon cœur une agréable chaleur.

Lorsqu'il m'invita au restaurant, je ne refusai pas. La soirée fut délicieuse. Pour la première fois, il me parla de lui, de sa femme dont il avait été très amoureux, de sa détresse lorsqu'elle avait trouvé la mort dans sa voiture de sport qu'elle conduisait trop vite. Comme moi, il s'était réfugié dans son métier, et cette similitude de situations me le rendit plus proche.

Il posa une main sur la mienne :

— Cette situation dure depuis cinq ans, et je m'étais résigné à vivre seul, jusqu'à ce que je vous rencontre.

Cette phrase contenait un aveu qui me troubla, et je ne la relevai pas. Il n'insista pas et continua à parler de choses et d'autres. A la fin de la soirée, il me dit de l'appeler Yves et me fit promettre de sortir avec lui le dimanche suivant.

J'acquiesçai avec plaisir. Après cette sortie, il y en eut une autre, puis une autre encore. Yves m'emmenait au restaurant. Pour lui, je me faisais belle, je redevenais coquette, et j'étais heureuse de lire dans ses yeux qu'il me trouvait jolie. Je me sentais revivre. Nous faisions également de longues promenades, au cours desquelles nous apprenions à nous connaître. Je le faisais rire en lui racontant des anecdotes concernant mon métier de professeur et mes élèves ; lui me parlait de ses malades. Et je devais m'avouer que j'étais de plus en plus amoureuse de lui.

Un dimanche où il pleuvait, après le déjeuner au restaurant, je l'invitai à venir chez moi. Je préparai un thé à la framboise, et Yves, installé dans le fauteuil, sans un mot me regardait aller et venir. A un moment où je passais devant lui, il tendit le bras et m'attira à lui :

— Claudine, dit-il d'une voix basse, accepteriez-vous de partager ma vie ?

Un instant interdite, je fus incapable de répondre. Mais la joie qui subitement déferlait en moi dut se lire dans mes yeux, et Yves devina mon acquiescement.

Je me retrouvai serrée contre lui, tandis qu'il m'embrassait et qu'un tourbillon grisant m'emportait. Pour la première fois depuis David, je me laissai caresser, je me laissai aimer. Le lit de mon petit studio nous accueillit, et j'oubliai tout ce qui n'était pas nous.

Après, Yves m'embrassa avec douceur, avec tendresse :

— Claudine, dimanche prochain tu viendras chez moi. Je veux que tu fasses la connaissance d'Aurélie.

Je flottais dans un tel bonheur que je revins sur terre avec difficulté. Aurélie était la fille d'Yves, et il m'en parlait souvent. Elle avait huit ans, et sans vouloir l'avouer je craignais sa réaction. Comment m'accepterait-elle ?

— Et puis, continuait Yves, nous nous marierons sans tarder. Que dirais-tu de cet été ? Tu seras en vacances, et moi, je prendrai mes congés à ce moment-là.

Je dis que j'étais d'accord, et je dis aussi qu'il faudrait peut-être demander l'avis d'Aurélie. Peut-être ne verrait-elle pas avec plaisir l'arrivée d'une intruse dans sa vie, qui lui prendrait ce père qu'elle avait pour elle toute seule depuis cinq ans ?

— Aurélie ? répondit Yves à ma question. Elle ne posera aucun problème, tu verras. Elle t'aimera. Comment pourrait-on ne pas t'aimer ?

Je demeurai silencieuse. J'aurais bien voulu partager la joyeuse certitude d'Yves, mais je n'y parvenais pas tout à fait.

Le dimanche suivant, Yves vint me chercher.

— Allons à la maison, me dit-il. J'ai prévenu Aurélie. Elle t'attend.

Je me sentais crispée. Dans la voiture, je ne parlai pas. Yves habitait, en dehors de la ville, un joli pavillon où je n'étais jamais allée. Son cabinet se trouvait dans un immeuble en ville, car il tenait à séparer sa vie privée et sa vie professionnelle. Pour tenter de me mettre à l'aise, Yves bavardait sur un ton rassurant :

— Ne t'inquiète pas, tout ira bien. Madame Genoud, la femme de ménage, est venue exprès aujourd'hui pour préparer un repas de fête. Car c'est un jour de fête, n'est-ce pas ? Je t'emmène dans ma maison, qui sera la tienne, la nôtre bientôt. Bienvenue, ma chérie.

Il arrêta la voiture devant la grille. Etrangement tendue malgré la présence d'Yves à mes côtés, je remontai l'allée jusqu'à la porte d'entrée. Elle s'ouvrit alors que je mettais le pied sur la première marche. Sur le seuil, une femme d'une cinquantaine d'années me souriait ; près d'elle, l'air renfrogné mais le regard curieux, une petite fille se tenait immobile, droite et raide.

— Bonjour, madame, dit la femme avec douceur. Je vous prie d'entrer. Je suis madame Genoud, et voici Aurélie. C'est un petit diable, mais elle sait aussi être adorable quand elle le veut. N'est-ce pas, Aurélie ?

Elle souriait à l'enfant avec une mine attendrie, et je vis qu'elle l'aimait sincèrement. Pauvre enfant sans mère, pensai-je subitement. Pourrais-je, ne serait-ce qu'un peu, lui apporter l'amour maternel qui lui manquait ? Dans un élan impulsif, je me penchai et l'embrassai :

— Bonjour, Aurélie. Je m'appelle Claudine. J'espère que nous nous entendrons bien, toutes les deux.

Elle me lança un regard dépourvu d'aménité, un regard plein de réticence et de froideur. Je voulus l'ignorer, mais je sentis mon sourire trembler.

— Allons, Aurélie, dis bonjour, intima Yves d'une voix brève.

Elle leva les yeux vers lui, et leur expression changea : ils s'emplirent d'une adoration et d'une supplication pathétiques. Yves, impératif, insista :

— Eh bien, j'attends. Que t'ai-je demandé, tout à l'heure ?

L'enfant se tourna vers moi, et du bout des lèvres, en baissant la tête, lâcha comme à regret :

— Bonjour, Claudine.

Apparemment satisfait, Yves n'insista pas.

— Allons dans le salon, dit-il. Nous prendrons l'apéritif. Viens, Claudine.

Me tenant par le coude, il me guida vers une pièce agréable, meublée de fauteuils de cuir comme je les aime, confortables et accueillants. Je m'assis dans l'un d'eux, Yves près de moi. Aurélie s'installa juste en face, ne cessant de m'observer avec ce même regard sérieux et froid qui me mettait mal à l'aise.

Nous prîmes l'apéritif. Puis, avant de passer à table, Yves tint à me faire visiter la maison. Elle était belle, spacieuse et claire. La chambre d'Aurélie, surtout, retint mon attention. Avec une moquette rose et des rideaux roses, elle semblait faite pour une petite fille modèle. Des poupées et des animaux en peluche mettaient un joyeux désordre. Sur une commode, une photo m'attira. Je ne pus m'empêcher de la regarder, vis une charmante jeune femme blonde qui souriait dans un décor de verdure.

— C'est ma maman, dit Aurélie qui nous suivait partout.

Il me sembla que sa voix avait une résonance agressive, et ses yeux me parurent pleins de défi. Je préférai ne pas répondre ; je me détournai et sortis de la chambre. A côté, il y avait celle d'Yves. Il me la montra et annonça :

— Ce sera la nôtre. Si la décoration ne te plaît pas, je te donne la permission de la refaire. Je tiens à ce que tu te sentes chez toi, comprends-tu ?

Je répondis d'un signe de tête à son sourire tendre. Il y avait également une autre chambre, plus petite, qui donnait sur l'arrière de la maison. Elle était visiblement inoccupée, et Yves chuchota à mon oreille :

— Ce sera pour l'enfant que nous aurons.

Un trouble soudain me mit le rouge aux joues. Je surpris le regard suspicieux d'Aurélie, qui interrogea :

— Qu'est-ce que tu as dit tout bas, papa ?

Yves l'observa un instant avec un sourire taquin :

— C'est un secret. Tu le sauras plus tard, si tu es sage.

Les yeux noirs de l'enfant me fixèrent avec rancune. Cette fois encore, je préférai ne rien dire. Il nous faudrait du temps pour nous comprendre, toutes les deux, et je ne voulais pas la brusquer. Mon métier m'avait donné l'habitude des enfants, et je savais que la patience et la douceur pouvaient venir à bout de bien des résistances.

Le repas se déroula dans une ambiance mitigée. Yves, heureux, parlait de notre avenir avec enthousiasme. Je souriais à la lumière qui brillait dans ses yeux, mais en même temps j'étais consciente du visage sombre d'Aurélie. Chaque fois que je croisais son regard, elle baissait immédiatement la tête. Je refusais de me laisser décourager par son attitude hostile. Je parvenais même à la comprendre. A ses yeux, je n'étais qu'une étrangère, une intruse qui allait s'immiscer entre son père et elle, et je me répétais qu'il fallait lui laisser le temps de m'accepter.

Le repas se termina par une tarte au citron onctueuse. Je félicitai madame Genoud, qui rosit de plaisir. Alors que nous étions en train de prendre le café dans le salon, le téléphone sonna.

Madame Genoud alla répondre et revint chercher Aurélie :

— C'est pour toi, lui dit-elle. Ta tante Annick.

L'enfant bondit de son fauteuil et se précipita hors de la pièce avec un cri de joie. Yves m'expliqua :

— Annick est la sœur aînée de Marlène, ma première femme. Elle aime beaucoup Aurélie, et depuis la mort de Marlène elle s'occupe d'elle avec tendresse. A trente-huit ans, elle est toujours célibataire, et elle consacre la majeure partie de son temps libre à sa nièce. Normalement, aujourd'hui, elle avait prévu de l'emmener au cinéma, mais j'ai exigé qu'Aurélie soit là pour faire ta connaissance.

Je compris encore mieux la rancune de l'enfant. A cause de moi, elle avait été privée d'une sortie qui devait certainement la réjouir, en compagnie d'une tante qu'elle aimait et appréciait. J'eus le sentiment que cette Annick, dont je venais d'apprendre l'existence, n'allait pas faciliter les choses. Que serait-elle ? Amie ou ennemie ?

Aurélie revint, excitée et joyeuse. En voyant son visage animé et son sourire, qui contrastaient avec l'expression fermée qu'elle avait eue depuis mon arrivée, j'eus un aperçu de l'enfant agréable qu'elle pouvait être. Je me promis que bientôt, dès que j'aurais fait sa conquête, elle se comporterait ainsi envers moi. C'était la fille de l'homme que j'allais épouser, et je me sentais toute prête à l'aimer.

Après le café, Yves voulut me reconduire afin de passer quelques instants seul avec moi. Lorsque je me penchai vers Aurélie pour lui dire au revoir, elle me répondit du bout des lèvres et baissa la tête au moment où je voulais l'embrasser. Mon baiser atterrit dans ses cheveux. Quand je me retrouvai dans la voiture, assise auprès d'Yves, je ne pus m'empêcher de pousser un soupir de soulagement.

— Eh bien, ça ne s'est pas trop mal passé, n'est-ce pas ? dit Yves en me souriant. Et que penses-tu de ma maison ? T'y plairas-tu ?

Je lui assurai qu'elle me changerait agréablement de mon minuscule studio et que, de toute façon, partout où il serait je me trouverais bien. Mais je ne pus m'empêcher d'ajouter, avec appréhension :

— Je crains qu'Aurélie ne m'accepte pas bien.

Yves m'enveloppa d'un regard rassurant :

— Ne t'inquiète pas. Bien sûr, en ce moment elle est désorientée, cette situation est nouvelle pour elle. Mais ça ne durera pas. Ça s'arrangera dès que vous vous connaîtrez mieux.

Mais, contrairement à cette affirmation optimiste, ça ne s'arrangea pas. A chacune de nos rencontres, Aurélie semblait se renfermer sur elle-même et m'opposait toujours la même froideur. De mon côté, je demeurais gentille et inlassablement patiente. J'étais décidée à faire la conquête de cette enfant, une conquête qui s'avérait bien difficile. Mais il fallait que j'y parvienne, afin que fût préservée l'harmonie de notre future vie familiale. Car je désirais être heureuse et rendre Yves heureux.

Je fis la connaissance d'Annick. Mon pressentiment ne m'avait pas trompée. Elle profita d'un moment où nous étions seules pour m'avouer sans ambages :

— Ainsi, c'est pour vous que mon beau-frère a oublié ma sœur ? Mes félicitations, ma chère. Vous êtes très forte. Lorsqu'elle est morte, il a été si désespéré que j'ai bien cru qu'il ne s'en remettrait pas. C'est la fille qu'elle lui a laissée qui l'a sauvé. Et son métier, auquel il s'est accroché. Mais ne triomphez pas trop vite. Si Yves a décidé d'oublier ma sœur, je veillerai à ce qu'Aurélie ne l'imite pas. Je lui parle souvent de sa mère. Elle n'avait que quatre ans au moment de l'accident, mais elle se souvient d'elle, et ce n'est pas vous qui la remplacerez.

Elle me planta là avant que j'aie pu répondre. Par la suite, elle évita soigneusement de me rencontrer. Mais, à l'attitude d'Aurélie, je pouvais me rendre compte qu'elle montait l'enfant contre moi. Je ne parlai pas de mes soupçons à Yves. Je ne voulais pas assombrir les moments que nous passions ensemble par des problèmes qui, sans aucun doute, finiraient par se résoudre à la longue.

Nous étions de plus en plus amoureux l'un de l'autre, et nous avions fixé notre mariage au mois d'août. En attendant, je terminais mon année scolaire, et j'avais l'impression agréable de flotter sur un nuage bleu. Finis, les mois de solitude et de tristesse. J'avais oublié les jours sombres. Je me tournais avec enthousiasme vers l'avenir. J'étais heureuse, je fredonnais en allant faire mes cours, et mes collègues n'avaient pas été longs à remarquer ma gaieté. Je les avais mis au courant et ils m'avaient félicitée. Je ne souhaitais plus qu'une chose : épouser Yves et pouvoir aller vivre avec lui, au grand jour, dans le pavillon qui, affirmait-il, n'attendait plus que moi.

Annick prit ses vacances en août et emmena Aurélie au bord de la mer. Egoïstement, cela me convenait tout à fait. J'avais ainsi Yves pour moi toute seule sans avoir à supporter l'hostilité latente de sa fille.

Notre mariage se fit dans l'intimité, et nous fîmes un voyage de noces idyllique, dont je garde encore un souvenir ébloui. Yves m'emmena en Italie, puis en Grèce. Avec lui, tout me parut beau. Pourtant, ce n'étaient pas les paysages ni les sites grandioses qui me ravissaient. Je leur préférais les dîners en tête-à-tête, le soir, à la lueur des bougies, dont la flamme se reflétait dans les yeux d'Yves posés sur moi avec amour. Et surtout, la perfection des nuits m'enchantait. Dans notre chambre, la fenêtre grande ouverte sur un ciel piqueté d'étoiles, nous nous aimions avec passion, avec douceur, avec tendresse. Je me sentais si heureuse que, parfois, notre bonheur m'oppressait. Il éclatait dans nos yeux, dans nos gestes, dans toute notre attitude. Je me rendais compte que les gens nous observaient avec indulgence. Je regardais Yves, je le trouvais séduisant, et j'étais fière d'être sa femme. J'avais la certitude profonde qu'il serait le compagnon de toute ma vie et que, plus tard, nous vieillirions ensemble.

Les difficultés commencèrent dès notre retour. Annick, dont le mois de congé était terminé – elle travaillait comme secrétaire dans une compagnie d'assurances –, ramena une Aurélie bronzée, épanouie, adorable. Mais le visage de l'enfant se ferma en me voyant, et ses yeux évitèrent mon regard. Dès qu'Annick fut repartie, Yves attira sa fille à lui :

— Ecoute-moi, mon lapin. A partir de maintenant, Claudine va vivre ici, avec nous. Elle est ma femme et je l'aime beaucoup. J'espère que toi aussi tu l'aimeras.

Aurélie acquiesça, mais elle me lança un de ces regards froids dont je me souvenais si bien. Je pris la valise qu'Annick avait déposée en arrivant et dis d'un ton enjoué :

— Viens, Aurélie, je vais t'aider à ranger tes affaires dans ta chambre.

— C'est ça, approuva Yves. Va, mon lapin.

La petite fille me suivit, mais je ne fus pas sans remarquer que sa lèvre avait un pli boudeur. Dans sa chambre, j'ouvris la valise, mais elle me prit la pile de linge des mains :

— Je vais ranger moi-même. Je sais où je dois mettre chaque chose.

Je m'assis sur le lit et la regardai s'affairer. En même temps, je me disais qu'une mise au point était nécessaire. Nous étions rentrés la veille, Yves et moi, et notre délicieuse lune de miel était terminée. Dorénavant, il allait falloir vivre avec cette enfant qui me lançait, du coin de l'œil, des regards méfiants et sans aucune sympathie.

Spontanément, je dis :

— Aurélie, veux-tu que nous soyons amies ? Je suis sûre que cela fera plaisir à ton papa.

Je reçus une fois de plus ce regard peu amène, un regard d'adulte qui surprenait dans ce visage enfantin. Sur un ton de défi, elle déclara :

— Tatie Annick dit que je ne dois pas t'appeler maman, puisque tu n'es pas ma mère.

Je ne pus m'empêcher de sourire devant son expression butée. Je la rassurai :

— Tu m'appelleras Claudine, comme tu l'as toujours fait jusqu'ici.

De nouveau ce coup d'œil rapide, méfiant :

— Mais tatie Annick dit que, maintenant que tu es mariée avec papa, tu vas vouloir être ma mère. Mais je sais bien que tu ne l'es pas.

Je tendis une main vers elle :

— Moi aussi je le sais, Aurélie. Je ne veux pas remplacer ta mère. Je veux seulement être ton amie et faire en sorte que ton papa soit heureux. Tu comprends ?

Elle m'observa un instant, visiblement indécise. Avant qu'elle pût répondre, la porte de la chambre s'ouvrit et Yves entra.

— Alors ? demanda-t-il joyeusement. Ça va ? Vous vous entendez bien, toutes les deux ? Tu es contente, Aurélie ?

La petite fille hésita, mais devant l'intérêt affectueux qu'exprimait le visage d'Yves, elle capitula :

— Oui, papa, dit-elle.

Mais je la soupçonnais d'avoir répondu ainsi pour faire plaisir à son père, et un doute subsista dans mon esprit.

La rentrée scolaire arriva, et je repris mon travail avec plaisir. Mon métier, de plus, m'apporta un dérivatif agréable, car Aurélie avait le don d'assombrir ma joie. Lorsque Yves était là, tout allait bien, et devant lui elle n'osait pas me désobéir ouvertement. Mais lorsque nous étions seules, elle m'opposait son expression butée et me répondait à peine quand je lui parlais. Pour elle aussi, la rentrée des classes créa une diversion dans une existence où elle ne retrouvait plus sa place exacte. Elle avait huit ans et entrait en CE2. Le premier jour, elle revint de l'école et montra avec enthousiasme ses livres à Yves. Il les regarda avec elle, et sans rien dire je les observai. Yves avait pris sa fille sur ses genoux et, penchés sur la table, ils mêlaient leurs cheveux exactement semblables. Leurs visages étaient très proches, et celui d'Aurélie reflétait une satisfaction et un bonheur paisibles. Je souhaitai qu'elle pût se comporter ainsi avec moi, un jour. Parviendrais-je à gagner sa confiance ? Je me dis une fois de plus que la patience restait le meilleur atout.

Petit à petit, en effet, l'hostilité de l'enfant commença à s'estomper. Yves, à cause de son travail, rentrait souvent tard, et c'était moi qui surveillais les devoirs d'Aurélie, qui lui faisais réciter ses leçons. Je savais que les encouragements étaient plus constructifs que les critiques, et je la félicitais le plus souvent possible. Sous mes compliments, elle souriait de plaisir et perdait sa froideur. De mon côté, je lui montrais les cahiers de mes élèves, que je rapportais afin de les noter. Elle regardait les collages, s'intéressait aux images et aux mots anglais inconnus pour elle. A ces moments, une complicité nous unissait et faisait de nous presque des amies.

Mais, chaque samedi après-midi, Annick venait chercher sa nièce et l'emmenait pour quelques heures. C'était une habitude qu'elle avait prise tout de suite après la mort de Marlène et qu'elle continuait à garder. Aurélie attendait ces sorties avec joie et je n'osais pas m'y opposer, pour ne pas indisposer davantage l'enfant contre moi. Mais chaque fois qu'Annick la ramenait, la petite fille se montrait beaucoup plus froide envers moi, et répondait du bout des lèvres lorsque je lui demandais si elle s'était bien amusée. Je soupirais. Je soupçonnais Annick de continuer à monter Aurélie contre moi, et je ne savais que faire pour soustraire l'enfant à cette mauvaise influence. Je n'osais pas en parler à Yves. D'une part, il était débordé de travail et je ne voulais pas l'ennuyer ; d'autre part, je trouvais que ce problème ne concernait que moi et je voulais le résoudre seule. Alors, fidèle à la ligne de conduite que je m'étais fixée, je patientais.

Pourtant, parfois, il m'était difficile de ne pas m'énerver quand Aurélie agissait dans le but délibéré de me provoquer. Cela n'arrivait que lorsque nous étions seules, elle et moi. Ainsi, un dimanche soir, elle refusa d'aller se coucher à vingt heures comme elle le faisait habituellement. Yves venait de sortir, appelé par une urgence, et elle s'était installée dans le salon, devant la télévision. Je l'avais laissée regarder les publicités, car je savais qu'elle les aimait. Puis, à l'heure des informations, qui ne pouvaient en aucun cas l'intéresser, je dis :

— Viens, Aurélie, il est l'heure d'aller dormir. Je vais te mettre au lit. Papa viendra te dire bonsoir lorsqu'il rentrera.

Habituellement, elle obéissait, mais à cette heure-là Yves était toujours présent. Cette fois-là, elle ne bougea pas de son fauteuil, me regarda avec défi et répondit :

— Je ne suis pas fatiguée. Je n'ai pas envie d'aller me coucher.

J'ignorai son air provocant et répliquai posément :

— Mais demain tu dois te lever tôt pour aller à l'école. Il est plus raisonnable d'aller au lit dès maintenant. Regarde, il est huit heures. C'est l'heure à laquelle tu te couches habituellement. Pourquoi pas ce soir ? Que se passe-t-il ?

Elle me lança un regard noir. La veille, Annick l'avait ramenée beaucoup plus tard que les autres fois, et j'avais remarqué que, depuis, Aurélie semblait avoir retrouvé la froideur et l'hostilité du début. Je n'avais rien dit, mais cette fois-ci je voulus faire preuve de fermeté :

— Allez, viens, Aurélie, il est l'heure.

Elle releva la tête mais, toujours sans bouger, avec hargne elle jeta :

— Tu n'es pas ma mère. Tu n'as pas le droit de me donner des ordres. Et je n'obéirai pas.

Je retins mon agacement. Posément, j'expliquai :

— Je sais bien que je ne suis pas ta mère. Mais je suis mariée avec ton père, et c'est moi qui m'occupe de toi. A ce titre, je peux te donner des ordres, comme tu dis. C'est comme pour mes élèves du collège. Je ne suis pas leur mère non plus, mais je leur donne des ordres parce que je suis leur professeur, tu comprends ?

Elle baissa le front avec obstination :

— Ça m'est égal. Je n'obéirai pas.

Elle montrait une telle volonté de me provoquer que ma colère, subitement, flamba. J'eus envie d'aller à elle et de l'emmener de force jusqu'à sa chambre, ou bien de lui donner une fessée à cause de son insolence. A ce moment, la porte d'entrée s'ouvrit et Yves cria :

— Me voilà !

L'attitude d'Aurélie changea instantanément. Elle bondit de son fauteuil, courut vers son père. Yves gronda :

— Comment ? Tu es encore debout, toi ? Allez vite, au lit !

Sans protester, elle se dirigea vers sa chambre. Ce fut Yves qui, comme tous les soirs, alla lui souhaiter bonne nuit et éteindre sa lampe. Moi, je me posais la question suivante : si Yves n'était pas rentré, qu'aurais-je fait ? Pour la première fois depuis que nous étions mariés, je trouvai que ce problème le concernait aussi, et je décidai de lui en parler.

Mais, lorsqu'il vint me rejoindre, il me confia son inquiétude au sujet du malade pour lequel il avait été appelé : un enfant qui avait avalé du détergent. Il avait fait le nécessaire, avait ordonné le transport de l'enfant à l'hôpital, mais il ne savait pas si on allait pouvoir le sauver. J'essayai de le rassurer, et mon problème passa à l'arrière-plan. Puis, ensuite, dans notre chambre, il se mit à m'embrasser, à me caresser, et le grand lit accueillit nos ébats passionnés. Et après, tandis que le sommeil et une bienheureuse lassitude nous engourdissaient, je n'eus plus le courage de parler. « Je le ferai plus tard », pensai-je juste avant de m'endormir.

Le lendemain matin, j'allai travailler. Je commençais mes cours à huit heures et, alors que je partais, madame Genoud arrivait pour s'occuper d'Aurélie. J'appréciais cette femme discrète et efficace, qui venait tous les matins faire le ménage et préparer les repas. Aurélie la considérait un peu comme une mamie. Elle s'entendait bien avec elle, bien mieux qu'avec moi.

Au collège, mes élèves m'attendaient, et la matinée se passa sans histoire. Je remarquai une fois de plus leur bonne volonté, et je déplorai qu'Aurélie ne fût pas comme eux. Je me doutais qu'Annick y était pour beaucoup, et je commençais à me demander si une explication avec elle ne serait pas nécessaire.

Lorsque je revins à midi, Aurélie et Yves étaient déjà là. Nous prîmes le repas rapidement, car Yves avait très peu de temps pour déjeuner. Depuis plusieurs jours, la pluie et le brouillard étaient apparus, et les malades étaient nombreux. La dernière bouchée avalée, il repartit. Je rangeai les couverts dans le lave-vaisselle et remis la cuisine en ordre avant de m'en aller, moi aussi. Lorsque j'avais des cours l'après-midi, je déposais Aurélie devant son école ; les autres fois, elle s'y rendait à pied parce que ce n'était pas loin. Depuis la veille, la petite fille affectait de m'ignorer. Quand il fut l'heure de partir, je l'appelai. Elle sortit de sa chambre, mit son blouson, et laissa son écharpe et sa cagoule au portemanteau. Je les décrochai et les lui tendis :

— Mets-les, Aurélie. Ce soir, tu reviens à pied. Il faut te protéger du froid.

Elle prit son air buté, secoua la tête :

— Non, je ne les mettrai pas.

J'insistai :

— Je ne tiens pas à ce que tu tombes malade. Papa non plus. Allez, dépêche-toi, nous allons être en retard.

Je lui mis la cagoule dans les mains et entourai l'écharpe autour de son cou. Elle recula d'un pas, me lança un regard fulgurant, arracha l'écharpe qu'elle jeta par terre, avec la cagoule :

— Je ne veux pas les mettre, cria-t-elle. Je ne veux pas t'obéir ! Tu n'es pas ma mère et je ne veux pas de toi ici !

Elle tapa du pied et me fixa avec bravade. Je ne pus supporter une telle impertinence. Comme la veille, ma colère monta. J'attrapai Aurélie par le bras, la secouai et lui donnai plusieurs tapes sur le derrière.

— Ça suffit ! dis-je. Je ne supporterai pas que tu me parles comme ça, tu entends ?

Mon emportement la surprit. Elle eut un air ahuri, puis tout aussitôt se mit à pleurnicher :

— Tu m'as frappée ! Je le dirai à papa !

Avec brusquerie, je lui remis son écharpe, lui enfilai sa cagoule :

— C'est ça, tu le lui diras. Et on verra s'il est content d'avoir une petite fille désobéissante et impolie !

Elle continua à pleurnicher tandis que je l'entraînais vers la voiture. Elle garda cette attitude jusqu'à l'école, où je la déposai avant de me rendre au collège. Je tremblais encore de fureur rentrée. Cette brusque flambée de colère m'étonnait un peu, car jamais je ne m'énervais, même sur mes élèves dont certains n'étaient pourtant pas des modèles de sagesse. Mais je me dis qu'ainsi Aurélie verrait qu'elle ne pouvait pas me provoquer indéfiniment ni impunément.

Cette petite scène pourtant m'avait contrariée, et tout au long de l'après-midi je ne cessai d'y penser. Je fis mes cours d'une manière distraite, et les élèves en profitèrent pour se montrer dissipés et bruyants. Ce qui fit que, à l'heure de la sortie, je me retrouvai avec un atroce mal de tête. Je croisai des collègues dans le couloir mais leur répondis à peine. Je quittai le collège le plus rapidement possible.

A la maison, il n'y avait personne. Je savais qu'Yves faisait ses consultations à son cabinet et qu'il ne pouvait pas déjà être là. Mais Aurélie, souvent, rentrait de l'école avant moi. Je pensai qu'elle n'allait pas tarder et attendis.

Au bout d'une demi-heure, je m'inquiétai. Je décidai d'aller jusqu'à l'école, afin de me renseigner. Les grilles étaient fermées. La concierge m'apprit que tous les enfants étaient partis à cinq heures, et m'assura que les femmes de ménage, venues ensuite, n'avaient rien signalé d'anormal. Je la remerciai et repartis, de plus en plus inquiète.

Il faisait froid, et comme nous étions en décembre le soir tombait vite. L'obscurité envahissait les rues. Je revins à la maison avec l'espoir qu'Aurélie, pendant ce temps, serait rentrée. Mais les pièces étaient vides et silencieuses.

Je sentais l'affolement me gagner. Où était Aurélie ? Avait-elle décidé de ne pas rentrer parce que je m'étais mise en colère contre elle ? Je l'imaginais traînant dans les rues, et malgré moi je frissonnais. Il fallait que je la retrouve.

Je sortis de nouveau, fis le tour du quartier. Il faisait de plus en plus noir. Les rues étaient désertes. Je croisai un vieil homme qui promenait son chien. Je l'interrogeai. Il ne put me renseigner. Il ne savait rien, n'avait rien vu. Je rentrai.

Je pensai alors à appeler madame Genoud. Elle ne venait jamais l'après-midi, mais peut-être Aurélie s'était-elle réfugiée chez elle ? Lorsque je lui eus tout expliqué, la brave femme comprit mon angoisse et tenta de me rassurer :

— Non, Aurélie n'est pas ici. Peut-être est-elle allée rejoindre son père... Ou bien sa tante Annick. Essayez de les appeler, l'un et l'autre.

Je la remerciai et raccrochai. Curieusement, ses paroles avaient éveillé en moi un soupçon qui devenait certitude. Annick, bien sûr ! Annick qui poussait l'enfant à la révolte. C'était chez elle qu'Aurélie était allée, cela me paraissait maintenant évident.

Je cherchai son numéro et l'appelai. Elle répondit à la première sonnerie, et le ton victorieux et ironique de sa voix me renseigna immédiatement.

— Aurélie n'est pas rentrée de l'école, dis-je. Elle est chez vous ?

— Oui, elle est ici. Elle a pris le bus comme une grande, pour venir se réfugier auprès de sa tante qui l'aime, et qui, elle, ne la bat pas. Elle m'a tout raconté. Elle ne veut plus retourner chez son père tant que vous serez là. Elle veut vivre ici.

Je raccrochai sans un mot, abasourdie. Qu'avait raconté Aurélie ? Je ne l'avais pas battue, comme Annick semblait le dire. Cela ne pouvait pas continuer ainsi. Cette femme avait sur Aurélie une influence déplorable. Chaque samedi, elle démolissait en quelques heures les progrès que j'avais eu bien du mal à obtenir en une semaine. Pourquoi faisait-elle cela ? Pour sauvegarder la mémoire de sa sœur ? Pour se venger de moi, qui prenais la place de la disparue ? Je décidai d'en parler à Yves sans tarder.

Je sortis de nouveau, repris ma voiture et allai jusqu'au cabinet médical. J'entrai. Dans la salle d'attente, les derniers malades patientaient. Ils n'étaient plus que trois. A la porte de son bureau, Yves prenait congé d'un autre malade. Il m'aperçut, s'exclama avec surprise :

— Claudine ! Que se passe-t-il ?

Il me fit entrer quelques instants dans son bureau. Le plus posément possible, je lui expliquai la situation. Je ne cachai rien et racontai les faits tels qu'ils s'étaient produits.

Il fronça les sourcils, mécontent :

— Si je comprends bien, Aurélie s'est montrée désagréable envers toi dès le début. Pourquoi ne m'en as-tu jamais parlé ?

— Je ne voulais pas t'ennuyer avec ça, Yves. J'espérais arriver à résoudre ce problème seule.

Il me regarda avec tendresse, me sourit :

— Ne t'inquiète pas, je m'en occupe. Je vais recevoir mes derniers patients, et ensuite j'irai rechercher Aurélie. En même temps, je parlerai à Annick. Et nous aurons une explication, à la maison, tous les trois, Aurélie, toi et moi. Il est temps que cette enfant comprenne qu'elle te doit obéissance autant qu'à moi.

Je le quittai, un peu rassurée. Je rentrai à la maison et préparai le repas. Puis, en attendant le retour d'Yves, je m'installai dans le bureau et corrigeai une pile de copies. Je venais de terminer lorsque j'entendis le bruit de la voiture. Je me précipitai et allai ouvrir la porte d'entrée.

Près de son père, Aurélie gardait le front baissé, et devant son visage fermé je ne pus retenir un soupir.

— Allez, entre, dit Yves en la poussant devant lui.

Elle obéit en évitant de me regarder.

— Allons dans le salon, ordonna Yves. Il faut que nous ayons une explication.

Je les suivis. Yves, la main sur l'épaule de sa fille, la guidait fermement. Dans le salon, il s'assit en face de moi, mais Aurélie resta debout, les mains dans le dos.

— Voilà, commença Yves, j'ai ramené Aurélie et j'ai longuement parlé avec Annick. Je n'ai pas hésité à aller jusqu'à lui interdire de revoir ma fille si elle continue à agir comme elle l'a fait jusqu'ici. Elle était furieuse, mais elle a été obligée de s'incliner. Maintenant, c'est à ma fille que je dois parler. Viens ici, Aurélie.

Elle s'approcha de son père sans un mot et en continuant de m'ignorer. Il prit l'enfant contre lui et déclara calmement :

— Aurélie, tu as huit ans et tu es assez grande pour comprendre ce que j'ai à te dire. Je devrais te punir pour ce que tu as fait aujourd'hui, car je n'apprécie pas ce genre de fugue. A la place, je vais simplement te demander de ne plus recommencer, car le fait que tu agisses ainsi me fait de la peine. Je voudrais aussi que tu acceptes Claudine et que tu cesses de lui désobéir sous prétexte qu'elle n'est pas ta mère. Nous le savons très bien, ce n'est pas la peine de le répéter sans arrêt. Tout simplement, Claudine est ma femme, et c'est elle qui, dorénavant, à mes côtés, veillera sur toi. Elle est toute prête à t'aimer. Si tu étais sa propre fille, elle n'hésiterait pas à te donner la fessée si elle trouve que tu le mérites. C'est pour ça qu'elle agit ainsi envers toi. Et si tu es honnête avec toi-même, tu avoueras que tu l'avais bien cherché, n'est-ce pas ?

La petite fille, le visage rouge, hocha la tête en un acquiescement silencieux. Elle semblait prête à pleurer, et j'eus pitié d'elle. Je lui tendis les bras :

— Viens, Aurélie. Oublions tout ça et soyons amies. Veux-tu ?

Yves dut la pousser pour qu'elle s'avançât jusqu'à moi, et elle accepta mon baiser avec réticence. De nouveau, je retins un soupir. Les problèmes n'étaient pas résolus d'un seul coup, comme par miracle. La situation ne pourrait s'améliorer que progressivement.

L'explication d'Yves, malgré tout, avait porté ses fruits. Il n'y eut plus de révolte ouverte de la part d'Aurélie, même lorsque nous étions seules. Mais, si elle m'obéissait sans discuter, elle m'opposait par ailleurs une indifférence glacée. Jamais aucun élan, aucun signe d'affection. Elle ne portait même plus d'intérêt à mon travail et ne regardait plus les cahiers de mes élèves, qu'elle aimait tant feuilleter. Elle apprenait ses leçons de façon parfaite et me les récitait sans une faute. Elle passait son temps libre enfermée dans sa chambre, et déclinait les offres que je lui faisais d'aller se promener ou faire les courses avec moi. Je n'avais rien à lui reprocher, et pourtant, j'aurais aimé qu'elle eût une attitude moins passive, qu'elle fût plus spontanée, plus gaie. Elle ne se déridait qu'en présence de son père, et Yves, ravi, la félicitait de sa bonne conduite.

Le samedi, Annick continuait de venir la chercher. Je ne sais ce qu'elle pouvait dire à sa nièce, en tout cas, Aurélie demeurait toujours aussi froide, aussi indifférente envers moi. Je me demandais comment parvenir à toucher le cœur de cette enfant.

Noël arriva, et j'installai un sapin dans la salle de séjour. Aurélie oublia un peu sa réticence et m'aida à l'orner de guirlandes et de boules multicolores. Nous fîmes cela un mercredi après-midi, nous réjouissant à l'avance de la surprise qu'aurait Yves, le soir, en rentrant. Pendant un court moment, une étroite complicité nous unit, et je me dis que tout n'était pas perdu.

La fête de Noël nous rapprocha. Aurélie trouva, en se levant, les cadeaux que nous avions déposés, Yves et moi, auprès du sapin. Son enthousiasme lorsqu'elle découvrit la poupée qui parle-qui marche-qui rit-qui chante et toute sa garde-robe me fit sourire. Pour la première fois depuis que nous vivions ensemble, elle vint à moi et m'embrassa spontanément. Je la retins un instant contre moi, la gorge serrée par l'émotion. Dans l'après-midi, je jouai avec elle à habiller et déshabiller la poupée, à l'écouter parler et chanter, et j'eus l'impression qu'une nouvelle intimité, fragile mais réelle, s'était installée entre nous. Et le soir, lorsque je me retrouvai avec Yves dans notre lit, blottie contre lui, tandis qu'il me répétait qu'il m'aimait, je fermai les yeux et me sentis profondément heureuse.

La nouvelle année m'apporta deux bonheurs qui contribuèrent à mon épanouissement. D'abord, Annick, un samedi où elle vint chercher Aurélie, annonça qu'elle allait déménager. La compagnie d'assurances où elle travaillait l'envoyait dans la région de Bordeaux. Elle occuperait un poste plus important et aurait un salaire supérieur. J'essayai de ne pas montrer la joie et la satisfaction que je ressentais. Une fois qu'Annick serait partie, plusieurs centaines de kilomètres nous sépareraient, et je n'aurais plus à craindre la mauvaise influence qu'elle pouvait toujours exercer sur Aurélie.

D'autre part, je fus bientôt certaine d'attendre un enfant. Ma joie fut immense, celle d'Yves également. Il me regardait avec une nouvelle clarté dans les yeux, et j'avais l'impression qu'il m'aimait davantage. Je m'installai dans un bonheur radieux, éclatant.

La naissance était prévue pour le mois d'août. Je fis les démarches nécessaires afin de prendre un congé de deux ans tout de suite après la naissance du bébé. Je reprendrais mon travail ensuite, peut-être à mi-temps. Je tenais à m'occuper moi-même de mon enfant le plus possible.

Nous apprîmes la nouvelle à Aurélie. Depuis le départ de sa tante Annick, dont elle s'était séparée en pleurant, elle devenait plus douce. Peu à peu, je prenais dans sa vie la place qu'Annick avait laissée. Et surtout, privée de l'influence de sa tante, la petite fille m'acceptait mieux. Sans oublier sa mère, elle me laissait jouer ce rôle auprès d'elle.

Un dimanche soir, Yves l'attira à lui et lui dit :

— Mon lapin, nous avons quelque chose à t'annoncer. J'espère que cela te fera plaisir, car nous, nous sommes très contents. Voilà : dans quelques mois, tu auras un petit frère ou une petite sœur. Qu'en dis-tu ?

J'attendais, un peu crispée, la réaction de l'enfant. Elle regarda son père, puis moi, et demanda :

— Un petit frère ? Comme celui de Corinne ?

Corinne était sa meilleure amie. Elle était dans sa classe, et j'avais déjà eu l'occasion de l'apercevoir lorsque je déposais Aurélie à l'école. Je savais qu'elle avait un petit frère d'un an, et cela lui donnait une supériorité vis-à-vis d'Aurélie qui était fille unique.

— Oui, acquiesça Yves, comme celui de Corinne. Mais ce sera peut-être une petite sœur.

— Moi, je veux que ça soit un petit frère. Ça, c'est chouette ! Je vais le dire à Corinne demain ! Et... il sera là quand ?

— Pas avant le mois d'août, sourit Yves.

La fillette fit la moue :

— Oh ! c'est encore loin !

Je ne pus m'empêcher de demander :

— Es-tu contente, Aurélie ?

Elle acquiesça d'un signe de tête vigoureux :

— Ah oui alors ! Je pourrai le promener dans son landau, comme le fait Corinne ?

— Bien sûr, dis-je, heureuse de sa réaction. Ce sera ton petit frère, et tu seras responsable de lui aussi.

Au cours des semaines qui suivirent, je préparai la layette, à la fois impatiente et surexcitée. Lors de mes sept années de mariage avec David, j'avais passionnément désiré un enfant, qu'il m'avait toujours refusé. Il ne les aimait pas, affirmait-il, ils étaient pleurnichards, grognons, ils mettaient du désordre partout et n'apportaient que des problèmes. Je n'avais jamais pu le convaincre. J'en avais souffert, et bien souvent je m'étais sentie frustrée en voyant des jeunes femmes promener leur bébé. Maintenant, enfin, cette joie m'était donnée, et j'étais heureuse que le père de mon futur enfant fût Yves, solide, aimant, rassurant.

Aurélie faisait les courses avec moi, m'aidait à choisir les petits vêtements, les pulls, les pyjamas. Lorsque je voulais acheter une robe, elle m'arrêtait :

— Ne prends pas de robe, Claudine. Les robes, c'est pour les filles.

Pour elle, le bébé serait un petit frère, et elle n'en démordait pas. Elle avait même choisi le prénom toute seule : Sébastien, comme dans le livre *Belle et Sébastien*, qu'elle avait lu quelque temps auparavant et qu'elle avait beaucoup aimé. Je souriais et la laissais faire. Après les difficultés du début, j'étais heureuse de la voir réagir ainsi, et je voulais l'intégrer le plus possible à ma vie.

Mon ventre peu à peu s'arrondissait. Yves expliqua à sa fille que le bébé, à l'intérieur, doucement grandissait. Lorsque l'échographie révéla que c'était un garçon, Aurélie constata avec satisfaction :

— Je le savais bien, puisque c'est mon petit frère.

Elle avait fini par m'accepter totalement. J'en eus la certitude au moment de la fête des mères. A l'école, la maîtresse leur avait fait confectionner un cadeau : une pelote à épingles en forme de cœur, en tissu rouge. En me l'offrant, Aurélie déclara :

— La maîtresse a dit que c'était pour notre maman. Même si tu n'es pas ma vraie maman, je te le donne quand même, parce que c'est comme si tu l'étais, n'est-ce pas ?

Je pris le cœur et embrassai l'enfant avec tendresse :

— Merci, Aurélie. Je suis très touchée.

Puis arriva la fin de l'année scolaire, et je dis au revoir à mes collègues. Ils me taquinèrent en me disant que j'allais bêtement pouponner au lieu d'exercer intelligemment mon métier. Je haussai les épaules et ne répondis pas. Mon bébé était pour moi, maintenant, le plus important.

Il naquit à la fin du mois d'août, et le lendemain Yves amena Aurélie à la maternité. Elle se pencha sur le berceau, regarda le minuscule bébé qui dormait :

— Comme il est petit !

— Mais il va grandir, dit Yves. Bientôt il te reconnaîtra, et il t'aimera.

Avec une expression sceptique, elle se mordit la lèvre inférieure et ne répondit pas. Je n'y fis pas attention, trop heureuse d'avoir donné à Yves un fils, trop occupée à détailler le petit visage innocent et tendre de mon enfant. Je me sentais comblée.

Je revins à la maison début septembre, quelques jours avant la rentrée des classes. Yves nous ramena tous les deux, son fils et moi. Madame Genoud m'accueillit :

— Aurélie et moi avons tout préparé. La chambre du bébé n'attend plus que lui.

Avec un sourire heureux, j'allai déposer mon fils dans son berceau. En relevant la tête, je croisai le regard d'Yves, et je lus dans ses yeux un bonheur identique à celui que je ressentais.

L'attitude d'Aurélie ne tarda pas à mettre une ombre sur ce bonheur. La petite fille se montra jalouse, presque tout de suite, de son petit frère. Elle me reprocha de trop m'occuper du bébé et de la délaisser. Lorsque j'essayais de la raisonner, de parler des langes et des biberons, elle répondait avec une moue boudeuse :

— Tu ne t'occupes plus de moi. L'année dernière, tu m'avais aidée à choisir mes affaires pour la rentrée. Cette année, c'est mamie Genoud qui a fait les courses avec moi.

— Forcément, Aurélie, je ne pouvais pas. J'étais à la maternité.

Elle lançait à Sébastien un regard plein de rancune :

— C'est à cause de lui.

Je ne parvenais pas à la convaincre. De plus, le bébé pleurait la nuit, et elle se plaignait d'être réveillée. Les mercredis, puisqu'elle n'allait pas à l'école, je lui proposais d'emmener promener son petit frère dans son landau. Elle refusait. J'insistais :

— Pourtant, tu étais contente à l'idée de pouvoir le faire, comme Corinne.

Elle haussait les épaules :

— Corinne n'est plus dans ma classe. Et puis je ne veux pas promener Sébastien. Je ne l'aime pas. Il crie sans cesse, et en plus il sent mauvais.

— Oh ! Aurélie ! Tu es injuste !

Elle me fixa avec le défi qu'elle m'opposait au début :

— Si, c'est vrai. Il sent le vomi. Et puis il est sale. Il faut toujours changer ses couches. Et puis je ne l'aime pas.

Chaque soir, en rentrant de l'école, elle s'arrangeait pour m'accaparer complètement. Elle me montrait son travail de la journée, me demandait des conseils pour ses devoirs, me récitait plusieurs fois de suite ses leçons. Si j'allais vers Sébastien parce qu'il pleurait, elle boudait :

— Tu ne t'occupes que de lui, disait-elle.

Je ne pouvais câliner mon enfant que lorsqu'elle était à l'école. Vis-à-vis d'Yves, c'était la même chose. Dès qu'il rentrait, elle se précipitait vers lui, le noyait sous un flot de paroles. Elle cherchait à retenir son attention pour l'empêcher d'aller vers le bébé. Et quand il lui disait : « Attends, laisse-moi, je vais dire bonsoir à Sébastien », je voyais le visage d'Aurélie s'assombrir.

Sa jalousie était si forte que, même devant son père, elle répétait qu'elle n'aimait pas Sébastien. Yves répondait invariablement :

— Ça passera. Attends qu'il grandisse un peu, et tu verras comme tu l'aimeras !

Des collègues vinrent me voir et apporter un cadeau pour le bébé. Je leur parlai de l'attitude d'Aurélie. L'une d'elles, qui avait mon âge, me dit de ne pas m'inquiéter :

— C'est une réaction normale. J'ai connu ça, moi aussi. J'ai eu ma seconde fille alors que la première avait déjà huit ans. Il a fallu du temps avant qu'elle l'accepte. Maintenant, tout va bien. Prends patience, tu verras que ça s'arrangera.

Prendre patience, encore... Je l'avais déjà fait pour être acceptée par Aurélie, maintenant il fallait recommencer pour qu'elle accepte son petit frère. Je refusai de me laisser aller au découragement. Heureusement, j'avais l'amour d'Yves, et les progrès de mon bébé qui, de jour en jour, m'enchantaient.

A force de patience, de prudence aussi – prendre garde de ne pas m'occuper davantage de Sébastien que d'Aurélie – et d'amour, la situation s'améliora un peu. La jalousie d'Aurélie diminua, mais elle demeura toujours là, à l'état latent, prête à réapparaître à la moindre occasion. Elle continuait à affirmer qu'elle n'aimait pas le bébé, refusait de s'occuper de lui, affectait de l'ignorer. Et cela me désolait. Car Sébastien, au fil des semaines, devenait un bébé charmant, et il me paraissait impossible de ne pas l'aimer. Madame Genoud elle-même, qui continuait à venir faire le ménage tous les matins, fondait de tendresse devant lui.

Il y eut un premier progrès au printemps. Paradoxalement, il fut amené par une maladie. Aurélie se plaignit un jour de la tête et de la gorge. Elle avait de la fièvre, et Yves diagnostiqua une angine.

— Tu vas rester au lit et tu vas prendre comme une grande les sachets de poudre que je vais te donner, lui dit-il. Tu seras bientôt guérie.

Je la soignai avec sollicitude. Le fait de voir que je m'occupais d'elle avec tendresse la rassura. Au bout de quelques jours, la fièvre disparut. Pendant que Sébastien faisait la sieste, je restais près d'Aurélie, regardais avec elle des livres d'images, lui lisais des histoires. Dolente et affaiblie, elle avait perdu toute agressivité, et ces heures passées ensemble nous rapprochèrent. Le troisième soir, alors que je lui donnais sa potion, Sébastien, dans sa chambre, se mit à pleurer.

— Tu n'y vas pas ? me demanda Aurélie.

— Bois d'abord ceci. J'irai après.

— D'habitude, dès qu'il crie, tu te précipites et tu ne t'occupes plus de moi.

— Eh bien, pas cette fois-ci. Je veux être sûre que tu termines tout ce qu'il y a dans ton verre.

Sans répondre, elle finit de boire. Puis elle me regarda, hésita un peu, et se décida à demander, d'une petite voix pleine d'espoir :

— Alors, tu m'aimes quand même un peu ?

— Bien sûr, Aurélie, dis-je sans hésiter. Je t'aime beaucoup, énormément.

— Pourtant, je ne suis pas ta fille...

— Mais tu es celle de l'homme que j'aime, et pour moi ça revient au même, tu comprends ?

Avec gravité, elle fit un signe de tête affirmatif, me tendit son verre vide, se recoucha et ferma les yeux. Sur son visage pâle et tiré, une grande douceur descendit.

Mais son attitude envers Sébastien demeura la même. Pourtant, au fil des semaines, mon fils s'éveillait, gazouillait, souriait, et il reconnaissait parfaitement cette grande sœur qui ne lui prêtait aucune attention. J'avais entendu Aurélie répéter à Madame Genoud, une fois de plus, qu'elle n'aimait pas Sébastien. La brave femme, sur un ton plein de reproches, avait répondu :

— Aurélie ! Comment oses-tu dire ça ? Un bébé si adorable !

La voix boudeuse de la fillette avait déclaré, de façon péremptoire :

— Moi, je ne le trouve pas adorable.

Je me demandais ce que je pouvais faire, et je me désolais de ne rien trouver. J'essayais de me laisser convaincre par Yves, qui adorait son fils et continuait à affirmer que tout finirait par s'arranger.

— Aurélie t'a acceptée dans sa vie, disait-il, mais tu y as installé un nouveau personnage qui, à ses yeux, risque de la supplanter. Elle finira bien par comprendre que ce n'est pas le cas.

Mais les mois passèrent et rien ne changea. Sébastien fit ses premiers pas, et devant notre émerveillement, à Yves et à moi, Aurélie haussa les épaules avec dédain :

— Qu'y a-t-il là d'extraordinaire ? Moi aussi, je marche, et on n'en fait pas toute une histoire !

Sans que je l'aie cherché, la situation se dénoua de manière inattendue, un samedi après-midi. Ce jour-là, il faisait beau, et j'emmenai Aurélie et Sébastien faire des courses au supermarché. Aurélie m'accompagnait toujours avec plaisir car elle adorait trouver, dans les rayons, les produits que je désirais. Nos achats terminés, nous revînmes à la voiture. Je déverrouillai les portières et enlevai Sébastien du Caddie. Je le posai sur le sol pour ouvrir la portière arrière, mais, tandis que je me détournai, il m'échappa et se mit à courir sur le parking. Dans l'allée en face, une voiture démarra en marche arrière, se dirigeant vers Sébastien. Je hurlai :

— Sébastien !

Il prit peur, trébucha, tomba presque sous les roues de la voiture qui continuait à reculer. En un éclair, Aurélie bondit. D'un geste rapide, elle tira son petit frère à elle, juste à temps. Elle revint à moi et me le tendit sans un mot. Je remarquai que son visage était très pâle. Bouleversée, je serrai contre moi mon enfant.

— Merci, Aurélie, dis-je d'une voix qui tremblait. Sans toi, il aurait été écrasé.

Je vis, dans le regard de la fillette, un reste de peur et beaucoup d'étonnement, comme si elle venait d'avoir une révélation. D'un ton incrédule et surpris, elle dit :

— Je n'ai pas réfléchi. Lorsque j'ai vu qu'il allait passer sous les roues de la voiture, j'ai couru pour l'empêcher.

Elle regarda Sébastien qui, dans mes bras, pleurait sans se rendre compte du danger auquel il avait échappé. Pour la première fois, elle s'adressa à lui directement :

— Vilain garçon ! s'exclama-t-elle sur un ton mi-grondeur mi-tendre. A partir de maintenant, il va falloir que je te surveille pour t'empêcher de faire des bêtises !

En rentrant à la maison, je racontai la scène à Yves. Avec émotion, il remercia sa fille et la félicita. Celle-ci prit un air modeste et satisfait, tout en remarquant :

— Je suis contente d'avoir fait ça. Après tout, Sébastien, je l'aime bien. Je viens seulement de m'en rendre compte. Et maintenant, je me sens responsable de lui.

Je n'ai pas répondu, mais j'ai échangé avec Yves un regard heureux.

A partir de ce jour, Aurélie adopta envers Sébastien une attitude de grande sœur protectrice. Le petit garçon, ravi de la voir enfin s'intéresser à lui, l'accueillait avec des cris de joie et des sourires. Elle le promenait, jouait avec lui, m'aidait lorsque je lui donnais son bain, et prenait son rôle très au sérieux. Notre vie familiale avait enfin atteint l'équilibre que je désirais tant, et je m'en réjouissais.

Puis Sébastien apprit à parler, balbutia quelques mots. Il m'appelait maman, et insensiblement Aurélie fit de même. Si, par exemple, je lui refusais quelque chose, et qu'il insistait pour l'obtenir, Aurélie confirmait ma décision :

— C'est non, Sébastien. Maman a dit non.

Néanmoins, elle n'employait ce mot qu'avec Sébastien. Lorsqu'elle s'adressait à moi directement, elle continuait à m'appeler Claudine.

Et puis, un jour de printemps où il faisait beau, Sébastien prit son ballon pour aller jouer dans le jardin. Aurélie l'arrêta :

— Attends, on va demander à maman. Maman, cria-t-elle de l'entrée, on peut aller jouer dehors ?

Maman, et non Claudine... Cela avait été instinctif, comme lorsqu'elle avait tiré son petit frère des roues de la voiture. Je donnai l'autorisation demandée et, en même temps, je ressentais une joie profonde : l'enfant rétive du début était devenue ma petite fille.

Je ne dis pas que tout devint rose du jour au lendemain. Il y eut encore, de temps à autre, des problèmes, mais ils furent ceux d'une famille normale, une famille par ailleurs unie et chaleureuse, telle que je l'avais toujours souhaitée, et que nous formions enfin, tous les quatre.

UN NOËL SANS FRONTIÈRE

Le ciel était gris et bas, et quelques flocons de neige voletaient. Assise près de la fenêtre, dans sa petite cuisine, Rolande les observait, le cœur lourd. En cette veille de Noël, elle se sentait profondément malheureuse. Personne n'était auprès d'elle, et la soirée ainsi que la journée du lendemain ne lui apporteraient que tristesse et regrets.

Elle avait toujours aimé Noël, une fête qu'elle trouvait chaleureuse, qui apportait lumière et bonheur au cœur de l'hiver. Mais, cette année, cette fête lui montrerait davantage encore à quel point elle était seule.

La veille des vacances, le père Noël était passé dans les écoles, et avait distribué à chaque enfant une orange et une *quignolle*, cette brioche de forme particulière que les gens du Nord réservent à Noël. En cette année 1950, la France finissait de sortir des années d'occupation et de rationnement. L'année précédente avaient été supprimées les cartes de pain. En plus de la liberté du pays était revenue celle, grisante, de pouvoir acheter librement de la nourriture et de pouvoir manger à sa faim.

Mais cette pensée réconfortante n'avait pas effleuré Rolande. Elle avait regardé les enfants courir dans les rues, et elle avait pensé, avec amertume, qu'elle ne connaissait même pas son petit-fils.

Elle poussa un profond soupir. Cette année, pour la première fois de sa vie, elle serait seule pour Noël. Toute seule. Son amie Henriette l'avait invitée, mais Rolande avait refusé. Elle ne voulait pas s'immiscer dans la famille d'Henriette, qui recevait ce jour-là ses enfants. Et puis, elle savait que la vue d'une famille heureuse et unie lui ferait mal. Elle revoyait les Noël d'autrefois, lorsque Maurice et Michel étaient tous les deux auprès d'elle. Depuis plusieurs années déjà, Michel était absent, mais, malgré tout, il restait Maurice, son compagnon de trente années... Et maintenant, lui non plus n'était plus là.

Ils avaient été mariés trente ans, mais ils se connaissaient depuis toujours. Dans ce petit village du Pas-de-Calais où ils étaient nés, tous les deux, ils habitaient la même rue. Ils avaient le même âge ; ils avaient fait ensemble, chaque jour, la route qui les conduisait à l'école ; ils avaient fait, ensemble, leur première communion ; ils avaient passé, ensemble, le certificat d'études. Enfants uniques tous deux, ils étaient d'inséparables compagnons de jeux. L'été, ils couraient dans la campagne, aux alentours du village. Maurice escaladait les talus pour offrir des fleurs à Rolande et grimpait aux arbres pour lui cueillir les premières cerises. Il les lui tendait et disait avec sérieux :

— Plus tard, je me marierai avec toi.

Elle riait, heureuse et flattée. Elle ne disait ni oui ni non. Mais son silence était un acquiescement. Et, dans le village, on prenait tellement l'habitude de les voir ensemble que, bien souvent, les gens constataient en souriant, comme une évidence :

— Ces deux-là, plus tard, on les mariera.

Ils se marièrent, en effet. Et pourtant, la guerre faillit ruiner leur projet. En 1912, Maurice partit faire son service militaire.

— Dans deux ans, je reviendrai, dit-il à Rolande. Et tu seras ma femme.

Mais, en juillet 1913, la durée du service fut prolongée à trois ans. Et, en août 1914, la guerre éclata. Elle devait durer quatre ans, quatre longues années au cours desquelles Rolande ne put jamais voir son fiancé, parce que le village où elle vivait se trouvait en territoire occupé. Maurice n'avait même pas le droit d'écrire, et elle n'avait de lui aucune nouvelle. Seule une carte de la Croix-Rouge lui apprit, en mars 1916, qu'il avait été blessé au visage par des éclats d'obus et qu'il se trouvait à l'hôpital.

Elle ne le revit qu'après l'armistice. Plusieurs cicatrices le défiguraient, et il détournait la tête, humilié, les larmes aux yeux, tandis qu'elle se jetait dans ses bras en pleurant.

— Je suis laid, maintenant, Rolande. Regarde-moi bien. Regarde-moi, insistait-il. Es-tu sûre de pouvoir encore m'aimer ?

Elle pleura davantage, et lui assura qu'elle l'aimerait encore plus.

Elle tint parole. Leur mariage eut lieu, avec cinq ans de retard, en juin 1919. Ils furent heureux, malgré les souvenirs de la guerre qui avaient meurtri Maurice et qui revenaient le hanter jusque dans ses cauchemars. Avec patience, Rolande le rassurait, lui apportait son amour, sa tendresse, sa compréhension.

Peu à peu, Maurice oublia l'horreur. Dans le village, les gens s'habituèrent à son visage mutilé. Il était un héros, l'un des rares jeunes gens à être revenus de la guerre. Il travaillait, comme l'avait fait son père avant lui, aux Chemins de fer comme cantonnier. Ils habitaient une petite maison, ils vivaient modestement, mais ils appréciaient leur bonheur tranquille avec plus d'intensité ; ils avaient eu peur de ne jamais le connaître à cause de la guerre qui avait détruit bien des vies. Et ce bonheur atteignit son paroxysme lorsque, en janvier 1924, naquit leur fils Michel.

Le premier sourire de Michel, sa première dent, ses premiers pas, ses premiers mots... Toute leur vie se concentra sur leur fils. C'était un petit garçon espiègle, attachant, qui leur rendait bien l'amour dont ils l'entouraient.

Année après année, le temps s'écoula, paisible. Comme ses parents l'avaient fait avant lui, Michel alla à l'école primaire, il fit sa communion solennelle, il passa et obtint son certificat d'études. Suivant les conseils de son père, il se fit embaucher aux Chemins de fer et devint, lui aussi, un « cheminot ».

Rolande était fière de lui. Il était devenu un beau jeune homme, grand, solide, et elle devait lever la tête pour le regarder. Elle pensait quelquefois, avec un serrement de cœur, que bientôt arriverait le moment où une fille viendrait le lui prendre. Parmi les jeunes filles du village susceptibles de plaire à Michel, elle cherchait celle qui, pour elle, représentait la bru idéale. Mais aucune ne lui convenait. Elle trouvait l'une trop légère, l'autre au contraire trop sévère. Elle se confiait, parfois, à Maurice.

Il riait de ses craintes :

— Allons, ne t'inquiète pas ! Michel a encore le temps d'y penser. Et puis, il est sérieux, notre garçon. Je crois qu'on peut lui faire confiance. Celle qu'il choisira sera une bonne petite.

Ces paroles rassuraient un peu Rolande. Mais elle continuait à se tourmenter en secret.

Michel avait quinze ans lorsque la Seconde Guerre mondiale éclata. Il n'avait pas encore l'âge de partir, et Rolande fut soulagée de le garder auprès d'elle. Elle maudissait cet acharnement des hommes à se battre, à se faire la guerre, à se tuer. Vingt ans après la fin de l'effroyable tuerie qui avait ensanglanté la France, tout allait-il recommencer ?

Maurice, lui, accusait les Allemands. C'étaient eux les seuls responsables, assurait-il. Il ne les aimait pas. A cause d'eux, parce qu'il avait dû défendre son pays qu'ils avaient envahi, il s'était retrouvé avec un visage couturé de cicatrices, un visage qu'il trouvait horrible et auquel, plus de vingt ans après, il n'était pas encore parvenu à s'habituer. Il lisait les journaux, écoutait les nouvelles à la TSF : grâce à la ligne Maginot, la France était à l'abri d'une invasion.

Des soldats britanniques arrivèrent à l'automne, s'installèrent dans les villages. Rolande prit l'habitude de les croiser lorsqu'elle sortait pour faire ses courses. Ils étaient sympathiques, se montraient optimistes. Ils distribuaient aux enfants du chocolat, des *toffees*, des chewing-gums. Michel se lia d'amitié avec plusieurs d'entre eux, et en échange d'œufs ou de légumes rapporta des boîtes de *Bully Beef* et quelques paquets de *Players*.

Tout au long de l'hiver, les Tommies firent de longues marches d'entraînement aux alentours du village. Le froid ne les arrêtait pas, ni la pluie battante, dont ils se protégeaient par une sorte d'imperméable jaune que Rolande trouvait laid. C'était la « drôle de guerre ». A la radio, les nouvelles étaient toujours les mêmes, laconiques et rassurantes : « Rien à signaler sur l'ensemble du front. Le moral de nos troupes est formidable. »

— Ça ne durera pas, prophétisait Maurice avec pessimisme. Avec les Boches, il faut s'attendre à tout. Je ne leur fais aucune confiance. Un de ces jours, ils vont nous jouer un tour à leur façon.

— Voyons, papa, protestait Michel. Que veux-tu qu'ils fassent ? La ligne Maginot est imprenable, on nous l'a assez répété. Ils ne peuvent pas passer.

— Ils trouveront bien autre chose. Ils vont nous envahir comme en 14, c'est moi qui vous le dis. Ils passeront par la Belgique.

— La Belgique est neutre, répondait Michel. Ils ne peuvent quand même pas violer sa neutralité.

Maurice haussait les épaules :

— Ils ne se gêneront certainement pas. Je ne leur fais aucune confiance, répétait-il.

Ces paroles affolaient Rolande. Elle avait connu quatre ans d'occupation, et elle ne les avait pas oubliés : la faim, la peur, le froid, des réquisitions incessantes, des menaces, des interdictions, dont la plus dure, pour elle qui avait un fiancé au front, avait été celle se rapportant au courrier : pas le droit d'écrire ni de recevoir de lettres... Elle se disait que Maurice se laissait emporter par la rancune qu'il éprouvait envers les Allemands, qu'il n'appelait jamais autrement que « les Boches ». Elle préférait croire les communiqués qu'elle entendait à la radio. Eux, au moins, décrivaient la situation telle qu'elle était, sans parti pris. Et ils avaient toutes les raisons de se montrer optimistes : « Nous vaincrons parce que nous sommes les plus forts. »

Et pourtant, les événements donnèrent raison à Maurice. Au mois d'avril 1940, subitement, les Allemands se déchaînèrent. Ils envahirent le Danemark et la Norvège, et puis, en mai, la Belgique et la Hollande. Les soldats anglais quittèrent précipitamment le village. L'affolement et l'angoisse régnaient.

— Ça ne m'étonne pas, triomphait sombrement Maurice. Je vous l'avais dit. C'est un coup des Boches. Avec eux, il faut s'attendre à tout.

Bientôt, des réfugiés belges passèrent, fuyant leur pays. Certains habitants du village se joignirent à eux. Rolande refusa de partir, de quitter Maurice et Michel qui devaient, plus que jamais, assurer leur travail. Les trains étaient pris d'assaut par ceux qui voulaient s'en aller.

Il fallut vivre dans l'insécurité, dans l'angoisse. Plus le temps passait, plus les Allemands avançaient. Le bruit courait que, avant la fin du mois, ils seraient là. Et lorsqu'ils arrivèrent dans le village, le 21 mai, ils étaient furieux ; peu de temps auparavant, six d'entre eux avaient été abattus par des soldats français et britanniques qui voulaient retarder l'avance ennemie.

Alors ils se vengèrent. Deux motocyclistes allemands tuèrent, dans sa cour, un fermier qui s'en allait nourrir ses chevaux, puis repartirent en trombe. Un autre fit remonter d'une cave où ils s'étaient réfugiés deux hommes qu'il abattit froidement. Ils tuèrent également deux habitants du village qui, comme Maurice, avaient fait la précédente guerre, ainsi qu'un réfugié belge. Puis ils s'en allèrent, laissant derrière eux douleur, consternation, révolte, incompréhension.

— Pourquoi ont-ils tué des gens qui ne les menaçaient même pas ? tonnait Maurice, furieux. Nous, pendant la guerre, on se battait, on se tirait dessus, mais c'était, si l'on peut dire, justifié. Tandis que là, assassiner froidement et sans raison des civils, en plus... C'est de la cruauté, de la lâcheté, de la barbarie ! C'est inexcusable.

Tout le monde l'approuvait. Ils apprirent, au cours des jours suivants, que des scènes semblables, pires encore, s'étaient produites dans d'autres villages des environs. A Aubigny-en-Artois, comble de l'atrocité, une compagnie de SS avait massacré près de cent civils, parmi lesquels cinq femmes et sept adolescents. La terreur et la haine emplissaient les esprits. Rolande pensait avec horreur que son fils ou son mari auraient pu être tués eux aussi, de la même façon, et elle vécut dorénavant dans la crainte.

Les jours suivants, des convois allemands passèrent, traversèrent le village sans s'arrêter. Puis, d'autres arrivèrent, et les Allemands s'installèrent. Le maréchal Pétain demanda l'armistice. Il fallut apprendre à vivre avec leur présence détestée. A la gare vinrent travailler des cheminots allemands, qui furent baptisés « Bahnhofs ». Maurice, de nouveau, vitupéra :

— Devoir travailler avec eux, maintenant ! Dire qu'il faut supporter ça aussi ! Rien ne nous sera épargné !

Michel, plus tolérant, essayait de raisonner son père :

— Allons, papa, ceux-là ne sont pas méchants. Ce sont des hommes comme toi et moi, qui ont été envoyés ici sans même le souhaiter. Ils n'ont rien à voir avec les soldats SS qui ont massacré des civils !

Mais Maurice secouait la tête et n'écoutait pas les paroles de son fils. Michel, par contre, sympathisa avec le plus jeune des « Bahnhofs » et, avec lui, se mit à apprendre l'allemand. Il s'attira immédiatement les reproches de son père :

— Que tu te sois lié d'amitié avec les Anglais, qui sont nos alliés, d'accord. Mais avec les Boches, là je dis non ! Un Boche est un ennemi.

Michel s'obstinait :

— Dieter est un garçon que j'apprécie. Comme nous, il désapprouve la guerre. Il n'a pas choisi d'être ici. Qu'il soit anglais, allemand ou français, un homme doit être jugé pour ses qualités, et non parce que la guerre décide d'en faire un allié ou un ennemi.

Ce furent là leurs premières discussions et leur première divergence d'opinions. Rolande se désolait de les voir s'affronter, eux qui s'étaient toujours bien entendus. Mais ils avaient le même caractère têtu, et chacun d'eux, persuadé d'avoir raison, demeurait inébranlable.

Les années de guerre passèrent, et l'occupation allemande se faisait de plus en plus pesante. Un ami de Maurice, qui était aussi le parrain de Michel, était entré dans la Résistance. Il proposa à Maurice de venir rejoindre le réseau. Mais ce dernier préféra refuser :

— Je me suis déjà battu, et ça m'a suffi. Je me sens trop vieux. Et puis, les Boches, je me méfie d'eux. A se mettre contre eux, on ne récolte que des catastrophes.

— Nous agissons dans l'ombre, et ils ne nous prendront pas.

Maurice secoua la tête :

— Méfie-toi, Jean. C'est tout ce que je peux te dire Méfie-toi d'eux. Ils ont plus d'un tour dans leur sac.

Une fois de plus, Maurice devait constater, avec douleur, qu'il avait eu raison de mettre en garde son ami. Celui-ci, en 1942, avec plusieurs compagnons, fut arrêté et fusillé pour faits de résistance. De nouveau, Maurice clama sa fureur :

— Mon meilleur ami ! Ils l'ont eu, ces sales Boches ! Ne serons-nous jamais débarrassés d'eux ?

Michel, cette fois, partagea la révolte de son père. Il pleura, comme l'enfant qu'il était encore :

— Mon parrain Jean... Je l'aimais bien, et ils l'ont tué...

Rolande, les larmes aux yeux, ne savait que dire pour le consoler. Plus que jamais, ce jour-là, ils souhaitèrent le départ des « Boches ».

Il leur fallut attendre encore deux longues années, et enfin, le 2 septembre 1944, leur village fut libéré. L'avance des Alliés avait fait fuir les Allemands, et les soldats anglais, de nouveau, furent accueillis avec allégresse. Enfin, l'oppression était terminée, l'ennemi était parti, et la liberté revenait !... Michel, emporté par l'enthousiasme, avait fait partie des FFI, avec un ami d'enfance, âgé comme lui de vingt ans. L'oncle de celui-ci, qui était officier au 43ᵉ Régiment d'Infanterie de Lille, leur démontra que la France avait besoin d'eux et qu'ils devaient se battre sur une échelle plus vaste. Alors, Michel annonça à ses parents qu'il allait s'engager.

Rolande poussa des cris d'effroi :

— T'engager ? Mais pourquoi ? C'est inutile. Les Allemands sont partis maintenant. Notre pays est libéré.

Maurice, par contre, approuva son fils :

— Les Allemands sont partis, c'est vrai, mais la guerre n'est pas terminée. Les soldats français qui ont été emmenés en mai 40 sont encore prisonniers en Allemagne. La France a besoin de tous les volontaires. Vas-y, mon garçon. Les Boches ont besoin d'être écrasés une bonne fois pour toutes. Va aider les Anglais et les Américains à le faire !

Rolande, impuissante à retenir son « petit » de vingt ans, le regarda s'en aller en pleurant.

— Allons, maman, reprocha-t-il, essuie tes larmes. Tout se passera bien, et lorsque je reviendrai, tu seras fière de moi.

Rolande se mordit les lèvres et retint la phrase qu'elle s'apprêtait à prononcer : « Et si tu ne reviens pas ?... »

Ses pires craintes se trouvaient réalisées : trente ans auparavant, elle avait vu son fiancé s'en aller à la guerre et elle avait passé ses jours et ses nuits à trembler pour sa vie ; et maintenant, alors que le pays retrouvait sa liberté et que l'on pouvait enfin respirer, elle devait recommencer à trembler, cette fois pour son fils. Sans pouvoir se retenir, elle pleura davantage.

Heureusement, fidèle à sa promesse, il écrivit souvent. Il était dans les Ardennes, à Givet. Il rapportait que, même en deuxième ligne, où il se trouvait, le bruit du canon, des mitrailleuses et des avions l'empêchait de dormir. Rolande s'inquiétait.

Cette année-là, pour la première fois depuis sa naissance, il ne fut pas auprès d'eux pour Noël. Cette fête, qui aurait dû être joyeuse parce que les Allemands étaient enfin partis, n'apporta à Rolande que des regrets. La lettre de Michel qu'elle reçut le lendemain, dans laquelle il parlait de canonnade sur le front et de l'avance des Allemands dans les Ardennes, ne fit qu'augmenter ses craintes. Il disait qu'ils étaient sous la neige, et que la température était de – 17 degrés. Rolande se tourmenta pour sa santé. Et s'il prenait froid ? Elle n'était pas auprès de lui pour lui conseiller de se couvrir chaudement... Ce jour-là, elle ressentit pour son fils une sourde rancune. Pourquoi était-il parti, alors que rien ne l'y obligeait ?...

A la fin du mois de janvier, son régiment revint à Lille, et il eut une permission de quarante-huit heures. Lorsqu'il arriva, elle se jeta dans ses bras, fière, heureuse et déchirée à la fois. Il la serra contre elle, et elle prit conscience qu'il n'était plus le petit garçon qu'elle avait toujours choyé. Il était devenu un homme.

Ces deux jours passèrent trop rapidement. Il repartit de nouveau, cette fois-ci pour le centre de la France. Ses lettres venaient de Sancergues, parlaient d'exercices de tir, de manœuvres et de longues marches avec un « barda » de six kilos. Plus d'Allemands ni de bruit de canonnade. Rolande retrouva enfin le sommeil. De son côté, elle envoyait de longues lettres remplies de recommandations, des colis, de la nourriture. Et puis, à la fin du mois d'avril, Michel écrivit que son régiment allait partir pour l'Allemagne.

De nouveau, elle s'inquiéta. En se rapprochant des Allemands, pensa-t-elle, Michel se rapprocherait du danger. Mais le risque de perdre son fils ne se trouvait pas là où Rolande le craignait. Il allait venir d'une manière différente, à laquelle elle ne s'attendait pas.

Le 8 mai 1945, l'Allemagne signait sa capitulation. La guerre était enfin terminée. Le monde apprit, avec horreur, l'existence des camps de concentration et des chambres à gaz. Les prisonniers de guerre, emmenés en mai et en juin 1940, allaient enfin revenir, cinq ans après.

Michel écrivit. Il était arrivé en Allemagne du Sud, et il était cantonné dans un petit village entouré d'un panorama splendide. Il décrivait les collines et les sapins sous le soleil, disait qu'il menait une vie de roi, qu'il était bien nourri, et que les civils allemands se montraient craintifs envers l'armée d'occupation.

— A leur tour, maintenant, d'être occupés, ces Boches ! disait Maurice avec une satisfaction vengeresse. Nous l'avons été suffisamment, nous, pendant quatre ans !

Mais Michel parlait aussi de marches exténuantes, d'exercices et de manœuvres dans la Forêt-Noire, de maquis allemands, de coups de feu et de soldats français tués. Rolande se remit à trembler pour la vie de son fils Cela ne finirait donc jamais ?...

Subitement, les lettres de Michel se firent plus rares, plus courtes et plus laconiques. Les semaines passèrent. Rolande guettait le facteur. Après de nombreux jours sans courrier, celui-ci, enfin, arrivait en brandissant une lettre et claironnait :

— Des nouvelles d'Allemagne, Rolande ! Il a écrit !

Elle se précipitait, décachetait fébrilement l'enveloppe, et était inévitablement déçue par la courte missive. Elle sentait chez son fils une réticence, elle devinait quelque chose qu'il n'avouait pas. Que se passait-il donc ? Une nouvelle inquiétude, plus sournoise, la rongeait.

L'été, lentement, s'écoula. Enfin, au mois de septembre, Michel revint en permission. Rolande se jeta de nouveau dans ses bras, et ne put s'empêcher de le trouver plus mûr. Elle lui vit un air décidé, un visage plus viril. Toute à sa joie de le revoir, elle l'entoura de prévenances, lui prépara son repas préféré, mais elle constatait qu'il paraissait préoccupé. Après le dessert – des meringues qu'il aimait particulièrement, et qu'elle avait confectionnées avec des œufs que Lucienne, la fermière, lui avait offerts « pour ce brave soldat qui s'était engagé » –, tandis que Michel allumait une cigarette, elle se décida :

— Qu'y a-t-il, mon garçon ? Il me semble te revoir lorsque tu étais petit et que tu voulais nous avouer quelque chose de difficile.

Michel parut soulagé et acquiesça :

— Oui, c'est vrai. J'ai quelque chose à vous dire, à tous les deux. Quelque chose de très important. Et je ne sais pas comment le dire, parce que je crois bien – je suis sûr, même – que ça ne vous plaira pas. Surtout à toi, papa.

Maurice se redressa, fronça les sourcils :

— Qu'est-ce que c'est ? Qu'as-tu fait, Michel ?

Michel fit un geste rassurant :

— Oh, rien de grave, rassure-toi. C'est même très simple, au fond : je suis tombé amoureux d'une jeune fille, et je vais l'épouser.

Il y eut un silence. Maurice, figé de surprise, ne disait rien. Rolande, d'une petite voix, demanda stupidement :

— Cette jeune fille... nous la connaissons ?

Michel termina sa cigarette, prit le temps de l'écraser dans le cendrier, releva la tête et regarda ses parents bien en face, l'un après l'autre :

— Non, vous ne la connaissez pas. Je l'ai rencontrée en Allemagne.

Maurice ne disait toujours rien, et Rolande voyait ses yeux se charger d'orage. Elle posa une question qui lui parut encore plus stupide :

— Mais alors... elle est allemande ?

Michel croisa les bras et, soutenant le regard affolé de sa mère, répondit d'une voix ferme :

— Oui, elle est allemande.

Le visage couturé de Maurice devint si blanc que les cicatrices boursouflées ressortirent encore plus hideusement. Il respira un grand coup, comme s'il manquait d'air, et dit, d'un ton à la fois incrédule et horrifié :

— Quoi ? Une Boche ? Tu es amoureux d'une Boche ? Et tu veux l'épouser ? Es-tu devenu fou ?

Michel, avec calme, regarda son père :

— Je me doutais bien que tu réagirais ainsi. Je sais que tu n'aimes pas les Allemands. Mais...

Maurice montra son visage, interrompant son fils :

— J'ai une bonne raison pour cela, tu ne crois pas ?

— Mais Ilse n'a rien à y voir, papa. Son père a été blessé, lui aussi, à Craonne, en 1916.

— Alors, dit Maurice – et sa voix s'enflait de colère –, tu veux épouser la fille d'un Boche qui, peut-être, m'a tiré dessus, et qui aurait pu me tuer ?

Michel secoua la tête :

— Mais, papa, elle n'y peut rien, répéta-t-il. Ses parents pourraient me reprocher la même chose, dans ce cas. Eux aussi ont souffert de la guerre. Leur fils aîné, Wilfried, a été tué en Russie, en 1942.

Maurice souffla bruyamment et, sans répondre directement, prit sa femme à témoin :

— Tu entends ça, Rolande ? Il veut épouser une Boche ! Après ce qu'ils m'ont fait ! Il est devenu fou ! Notre garçon est devenu fou.

Rolande, les larmes aux yeux, ne savait que dire. Elle se sentait assommée par une telle nouvelle. Et elle devinait avec appréhension que Michel n'écouterait pas les objections de son père.

Se tournant vers son fils, Maurice continua, en élevant la voix, de plus en plus furieux :

— Si la vue de mon visage ne te suffit pas, pense à tout ce qu'ils ont fait ! Les civils qui ont été massacrés, en 40, ça ne te fait rien ? Et Jean, ton parrain, qu'ils ont fusillé parce qu'il était résistant, tu l'as oublié aussi ?

Son visage, maintenant, était rouge de colère. Une expression douloureuse passa dans le regard de Michel, mais il répliqua, toujours aussi calme :

— Non, je n'ai rien oublié. Mais, encore une fois, Ilse n'a rien à voir avec tout ça. Essaie de comprendre, papa. Toi aussi, maman, comprends-moi. Ilse est douce et bonne, et si vous la connaissiez, vous seriez d'accord avec moi.

— Jamais ! tonna Maurice. Jamais ! Tu n'épouseras pas cette fille, Michel, ou alors...

Michel leva la main :

— Pas de menaces, papa, énonça-t-il froidement. J'ai bientôt vingt-deux ans, je suis majeur et je peux épouser qui je veux.

Rolande proposa timidement :

— Ne peux-tu réfléchir, Michel ? Tout cela me semble un peu précipité...

Son fils releva la tête avec assurance :

— Inutile de réfléchir. Je suis sûr de moi. Et puis, autant vous le dire franchement, nous ne pouvons pas nous le permettre : Ilse attend un enfant.

Rolande poussa une exclamation étouffée, et Maurice eut un sursaut indigné :

— Un enfant ! Si vite ! Mais qu'est-ce donc que cette fille ? Une fille à soldats ? Et elle te fait croire que l'enfant est de toi !

Michel devint pâle. Froidement, il dit :

— Ne l'insulte pas, papa. Ilse n'a connu que moi.

Rolande, de nouveau, intervint, prenant le parti de son mari :

— Mais enfin, Michel, une jeune fille sérieuse ne...

Son fils lui coupa la parole avec emportement :

— Mais Ilse était sérieuse avant de me connaître ! Ne pouvez-vous comprendre qu'elle a agi par amour ? Lorsque nous nous sommes vus, la première fois, nous avons compris, elle comme moi, que nous étions faits l'un pour l'autre. Et maintenant qu'elle attend un enfant, ça ne fait que renforcer ma décision : je vais l'épouser.

Maurice se leva et regarda son fils. Solennellement, il décréta :

— Je ne m'attendais pas à un coup pareil. Ecoute-moi bien, mon garçon : si tu épouses cette fille, ne reviens jamais ici avec elle.

Michel devint encore plus pâle :

— Alors je ne reviendrai plus. Si vous me demandez de choisir entre elle et vous, mon choix est fait. Mais, croyez-moi, il me brise le cœur.

Il se leva et, sans une parole de plus, partit s'enfermer dans sa chambre. Rolande, déchirée, se tourna vers Maurice :

— Pourquoi lui as-tu dit ça ? Pourquoi ? Ne pouvais-tu pas essayer...

— Non, coupa-t-il presque férocement. Non, Rolande, je ne peux pas accepter ça. Je préfère qu'il s'en aille, puisque c'est ce qu'il veut, et ne plus jamais le revoir. Même si je dois en mourir, termina-t-il plus bas.

— Mais, Maurice, c'est notre seul enfant...

Le regard de Maurice se durcit :

— Ce n'est pas une raison pour accepter une chose pareille. S'il voulait vraiment me faire mal, il ne pouvait pas mieux choisir. Je ne peux pas, Rolande, c'est impossible. Ne peux-tu me comprendre, toi ?

Il tourna vers elle son visage mutilé, que le chagrin, soudain, ravageait. Elle le regarda, et ses yeux s'emplirent de larmes. Oui, elle pouvait le comprendre, mais elle ne voulait pas perdre son unique enfant. Avec affolement, Rolande se dit qu'il fallait trouver une solution.

Toute la soirée, elle essaya de fléchir Maurice, mais il demeura inébranlable. Comme elle insistait, il finit par se mettre en colère et lui ordonner sèchement de se taire. Elle passa une nuit blanche, se tournant et se retournant dans le lit, sanglotant tout bas, malheureuse et déchirée. Elle comprenait Maurice, mais, bien qu'elle n'aimât pas non plus les Allemands, elle était capable d'admettre que la jeune fille dont parlait Michel était étrangère à tout ce que Maurice leur reprochait. Elle déplorait que son mari fût aussi intransigeant, et elle déplorait encore plus d'être impuissante à le faire changer d'avis.

Le lendemain matin, Michel se leva alors que Maurice s'apprêtait à se rendre à son travail. Le jeune homme entra en pyjama dans la cuisine, les cheveux ébouriffés, et Rolande revit les matins où, petit garçon, il était venu tant de fois les rejoindre à l'heure du petit déjeuner. Alors, il se précipitait vers eux joyeusement, les embrassait avec affection. Un regret poignant lui tordit le cœur tandis qu'elle levait les yeux vers l'homme qu'était devenu son enfant. Immobiles tous les deux, le père et le fils se regardaient. D'une voix qui ne tremblait pas, Michel demanda :

— Ce que tu as dit hier soir, papa, tu le penses toujours ?

La main sur la poignée de la porte, Maurice, prêt à sortir, répondit sans hésitation :

— Bien sûr. Et je le penserai jusqu'à ma mort.

Ces paroles, prononcées durement, blessèrent profondément Michel. Rolande vit ses lèvres trembler. Mais aussitôt, avec froideur, il se détourna.

— Il est donc inutile d'insister. Puisque c'est ainsi, je reprends ma valise et je repars. Ilse m'attend. Je lui avais confié mon inquiétude quant à votre réaction. Je vais aller lui dire que vous ne voulez pas d'elle, simplement parce qu'elle est allemande.

— C'est ça, s'emporta Maurice, va le lui dire. Une Boche dans ma famille ! Si je m'attendais à ça... Je ne l'accepterai jamais !

Furieux, il enfonça sa casquette sur son front, et sortit en grommelant qu'il allait être en retard. Il claqua la porte et s'en alla à grands pas. Avec désespoir, Rolande regarda son fils :

— Il ne pense peut-être pas ce qu'il dit, plaida-t-elle faiblement. Avec le temps, il changera d'avis.

— Oh non, il ne changera pas d'avis, riposta amèrement Michel. Comment peux-tu dire ça, maman ? Tu le connais bien, pourtant.

— Justement, je le connais bien, et je peux le comprendre. Essaie de le faire, toi aussi. A cause des Allemands, il a beaucoup souffert. Et ta décision d'épouser une fille de ce pays est pour lui trop difficile à accepter.

— Mais eux aussi, maman, ils ont souffert. Si tu voyais certaines villes d'Allemagne ! Je les ai vues, moi ! Détruites par les bombardements. Leurs habitants ont été tués, et ceux qui restent sont réduits à vivre dans les caves. Et les parents d'Ilse... Ils ont perdu leur fils aîné, tué en Russie. C'est dur pour eux, tu ne crois pas ? Plus dur que de le voir épouser une fille d'un pays ennemi !

Rolande se mordit les lèvres pour s'empêcher de répondre. Elle savait Maurice capable de dire que, s'il devait choisir entre ces deux possibilités, il préférerait encore la première. Elle étouffa un sanglot :

— Mon garçon, demanda-t-elle faiblement, que vas-tu faire ?

Avec décision, il releva la tête :

— Tout simplement ce que j'ai dit. Je vais rejoindre Ilse et je vais l'épouser.

— Mais... tu es encore soldat... et... Comment vivras-tu ?

— Elle m'attendra chez ses parents jusqu'à ce que je quitte l'armée. Et ensuite, je travaillerai aux chemins de fer, comme je le faisais ici. Des trains, il y en a aussi en Allemagne. Et ce ne sont pas les places qui manquent. Il y a eu tant de tués en Russie !

— Mais... sauras-tu t'adapter ? Ce ne sera pas facile...

Le visage de Michel perdit sa dureté. Il s'éclaira d'une grande tendresse :

— Je serai avec Ilse. Ensemble, nous ne craignons rien. Et je saurai m'adapter sans problème. J'ai appris l'allemand avec Dieter, souviens-toi. Et Ilse parle parfaitement le français. Un de ses oncles, qui était instituteur, le lui a appris.

Rolande osa enfin dire ce qui la tourmentait vraiment :

— Et... tu ne viendras plus ? Je ne te verrai plus, mon petit ?

Michel eut un geste de recul :

— Je ne reviendrai pas, non. Ou alors, ce sera avec ma femme. Mais tu as entendu ce qu'a dit papa ?

Rolande baissa la tête, et des larmes emplirent ses yeux. Sans y croire vraiment, elle murmura :

— J'essaierai de le faire changer d'avis.

— Tu as perdu d'avance. Il ne changera pas d'avis. Et c'est tant pis.

Il se détourna, ouvrit la porte du couloir :

— Je vais aller refaire ma valise.

Rolande eut un cri, se précipita vers lui, les bras tendus :

— Michel ! Mon petit !

Elle se retrouva en train de sangloter éperdument contre sa poitrine. Il l'entoura de ses bras, visiblement bouleversé, répétant :

— Maman... maman... Ne pleure pas, voyons...

Mais elle ne pouvait pas s'en empêcher. Elle pleura longtemps, sachant qu'elle le perdait. Lorsqu'il se détacha d'elle pour aller faire son bagage, elle ressentit un tel arrachement qu'elle eut l'impression que la vie la quittait. Elle dut s'asseoir et lutter pour ne pas s'évanouir. La clarté du jour, subitement, était devenue une obscurité menaçante. Son fils s'en allait, et elle savait qu'elle ne le reverrait jamais.

Après son départ, elle continua à pleurer. Lorsque Maurice rentra et qu'il vit ses larmes, il l'apostropha avec colère :

— Ah non ! Pas de ça, Rolande ! Je refuse que tu passes tes journées à pleurer pour un fils qui nous a préféré une Boche et qui a choisi d'aller vivre avec elle. Puisqu'il ne s'occupe pas de nous, il faut faire la même chose. A partir de maintenant, je ne veux plus entendre parler de lui. Et je ne veux pas te voir pleurer !

Alors, le cœur dévoré de désespoir, elle dut cacher son chagrin.

Dans le village, les avis étaient partagés. Maurice avait clamé à tout le monde qu'il n'avait plus de fils, et beaucoup d'hommes l'approuvaient. Mais il y avait d'autres personnes, surtout des femmes, qui, comme Rolande, se montraient plus tolérantes et avouaient que, dans un cas semblable, pour garder leur fils, elles auraient accepté une belle-fille allemande. Mais celles-là n'osaient pas en parler à Maurice, car il se mettait en colère. Ou alors, son visage couturé se figeait, son regard prenait une dureté minérale, et il répliquait d'un ton glacial :

— Je ne sais pas de quoi vous parlez. Mon garçon a fait son choix, il est parti, et, pour moi, c'est comme s'il n'existait plus.

A Rolande, il faisait les mêmes réponses, lorsqu'elle s'aventurait à lui parler de Michel. Elle s'interrogeait. Etait-il possible que Maurice fût si dur, que son fils ne lui manquât pas, même un peu ? Elle-même n'en pouvait plus, parfois, de ne rien savoir, de n'avoir aucune nouvelle.

Elle pleurait en cachette, essayant de supporter une existence où l'espoir de revoir son fils semblait banni à jamais. Elle comprenait de moins en moins l'attitude de Maurice qui se bloquait dans son intransigeance, qui avait transformé son cœur en pierre et qui parvenait à vivre ainsi. Elle, elle en était incapable.

Noël arriva, et de nouveau Michel fut absent. Une fois de plus, elle dissimula ses larmes en pensant que, dorénavant, chaque Noël serait ainsi, amputé de la présence de son enfant. Henriette, sa voisine, qui était aussi son amie, essayait de la consoler, et lui conseillait de se rapprocher de Maurice, puisque lui, au moins, lui restait. Ce qu'elle fit, tout en continuant à déplorer le caractère entêté de son mari, qui s'obstinait toujours dans son refus. Michel possédait le même caractère, et aucun d'eux ne céderait, elle le redoutait. Son fils ne leur écrivait jamais, et cela aussi lui faisait mal. Les avait-il rayés de sa vie ?

Un matin de février, Victor, le facteur, arriva en brandissant une lettre :

— Elle vient d'Allemagne, Rolande ! Des nouvelles de Michel, sans doute.

Maurice était à son travail. Rolande, le cœur battant à grands coups, prit l'enveloppe. L'écriture n'était pas celle de Michel. Dès que Victor fut sorti, elle s'assit, et dut laisser son cœur se calmer avant d'ouvrir l'enveloppe. Elle déplia une grande feuille, couverte d'une écriture serrée et féminine. Tout de suite, elle regarda la signature : Ilse. La vue brouillée par les larmes, Rolande se mit à lire. La lettre tremblait dans ses mains, les mots dansaient devant ses yeux :

Michel est têtu, et il ne veut pas une lettre envoyer. Alors, je le fais, parce que je veux avec vous la joie partager. Je veux une merveilleuse nouvelle vous dire. Nous avons un garçon. Il s'appelle David. Michel et moi, nous avons choisi ce prénom, pour montrer que nous sommes contre ce que des hommes de mon pays ont fait. Quand j'étais une petite fille, j'avais une amie juive. Elle était arrêtée, avec ses parents. Je n'ai jamais revu elle, ni eux. Quand il sera grand, j'expliquerai mon enfant pourquoi il s'appelle David.

Michel va bien. Il est très heureux d'avoir un fils. J'espère que l'apprendre vous serez contents. J'espère aussi qu'un jour, nous nous rencontrerons. Ne vous inquiétez pas. J'aime Michel et je fais tout ce que je peux pour heureux le rendre. Ilse.

Rolande s'aperçut que les larmes coulaient sur ses joues. Elle les essuya avant de reprendre la lettre et de la relire, encore et encore. Une grande clarté illuminait son cœur : elle avait un petit-fils. Comment était-il ? se demanda-t-elle. Avait-il les yeux de Michel ? Comme elle aurait voulu le voir ! Elle attendit avec impatience que Maurice revînt de son travail. Lorsqu'il saurait, lui aussi, il s'adoucirait peut-être, il perdrait son intransigeance. C'était une si merveilleuse nouvelle, comme disait Ilse.

Rolande pensa à sa belle-fille. Elle lui était reconnaissante d'avoir écrit. Elle trouvait que sa lettre reflétait, comme Michel leur avait dit, un caractère doux et bon. Et par cette lettre, elle leur montrait le chemin à suivre : grâce à cet enfant qui venait de naître, ils devaient oublier la guerre qui avait opposé leurs deux pays. Ils devaient chasser la haine, et laisser la place à l'amour.

Dès que Maurice revint, Rolande lui tendit la lettre avec un sourire rayonnant :

— Maurice ! Ilse a écrit ! Nous avons un petit-fils. Il s'appelle David.

Le visage couturé de Maurice devint rouge, puis très pâle. Il jeta un coup d'œil sur l'enveloppe que tenait sa femme :

— Notre garçon n'a pas jugé bon de l'écrire lui-même ? C'est ça, hein ? dit-il d'une voix glaciale.

Toute joie envolée, Rolande balbutia :

— Mais... Maurice... n'es-tu pas content ?

Il se mit en colère, furieux de la voir se réjouir d'un événement qui le blessait :

— Content ? répéta-t-il en élevant la voix. Content de quoi ? De savoir qu'un enfant boche porte mon nom ?

Rolande tenta de lutter :

— Mais, Maurice... ne pourrions-nous pas accepter, maintenant ?

— Jamais ! s'emporta-t-il. J'ai déjà dit que je n'accepterai jamais ! Et je ne veux plus en entendre parler. Déchire cette lettre, jette-la dans le feu, c'est tout ce qu'elle mérite. Je t'interdis d'y répondre, tu entends ? Je te l'interdis.

Il passa dans l'arrière-cuisine pour se laver les mains :

— Tu peux servir le repas, continua-t-il d'un ton neutre. J'ai faim.

Les larmes aux yeux, Rolande cacha la lettre sous le napperon du buffet. Frustrée, malheureuse, elle prit sur le feu le *fricot* qu'elle avait préparé. Comme dans un brouillard, elle écouta Maurice parler de ses problèmes de travail, ne répondant que par monosyllabes. Quand il repartit, après le repas, elle le regarda comme s'il était un étranger. Comment pouvait-il être aussi dur ?...

Cette nuit-là, il fit sa première crise cardiaque. Il faillit mourir, et Rolande, affolée, oublia tout, sauf le désir qu'elle avait de le garder auprès d'elle. Lorsqu'il fut hors de danger, le médecin la prit à part et ne lui cacha pas son inquiétude :

— Une autre crise n'est pas à écarter. Il lui faut du repos, du calme, une vie tranquille. Evitez-lui tout sujet de contrariété.

Rolande, persuadée que la lettre d'Ilse n'était pas étrangère à cette crise subite, décida de ne plus aborder le sujet avec Maurice. Elle avait pensé à répondre à Ilse en cachette, faisant fi de l'interdiction de Maurice. Mais maintenant elle ne l'osait plus.

Quelques jours après, un ami de Maurice, venu lui rendre visite, posa une question qui fit trembler le cœur de Rolande :

— Et ton fils, là-bas en Allemagne ? Il est au courant de ce qui t'est arrivé ?

Maurice sembla soudain avoir du mal à respirer. Il porta une main à sa poitrine.

— Non, haleta-t-il. Il n'a pas besoin de savoir. Puisqu'il est parti, ce que je peux devenir ne l'intéresse plus.

Rolande, effrayée par sa pâleur, changea de conversation. Mais, le soir même, ce fut lui qui revint sur le sujet :

— Ce que j'ai dit à Albert, tout à l'heure... je te le dis à toi aussi, au cas où tu aurais eu l'idée d'écrire à Michel. Je te le défends, Rolande, tu entends ?

De nouveau, il haletait, se comprimait la poitrine des deux mains. Se rappelant les recommandations du médecin, Rolande s'empressa de le rassurer :

— Mais oui, mon chéri. Ne t'inquiète pas. Je ferai ce que tu voudras.

Et, pour l'amour de Maurice, pour ne pas mettre sa vie en danger, elle tint sa promesse.

La vie continua, et Ilse n'envoya pas d'autre lettre. Le silence de ses beaux-parents avait dû la décourager. Les mois passèrent, formèrent des années, et Rolande, en secret, imaginait son petit-fils. « Il doit sourire, maintenant », se disait-elle. Puis, un peu plus tard : « Il doit marcher, et balbutier quelques mots, dire papa, maman. » Savait-il parler français, au moins ? Il ne connaissait que ses grands-parents maternels. Savait-il qu'il en avait d'autres, en France ? Et qu'une grand-mère, déchirée d'être loin de lui, pleurait parfois en cachette, à cause du manque intolérable de ne pouvoir le serrer dans ses bras ?...

A chaque Noël, seule avec Maurice, elle pensait au petit. Elle souffrait en écoutant Henriette parler de ses petits-enfants et des cadeaux qu'elle leur ferait. Pour rester fidèle à la promesse faite à Maurice, Rolande n'osait même pas envoyer une carte, et encore moins un jouet. Quant à Maurice, jamais il ne parlait de son fils, ni de son petit-fils. Y pensait-il, quelquefois ? Elle ne savait que croire. Et elle n'osait pas lui poser la question.

Quatre années s'étaient écoulées depuis la lettre d'Ilse lorsque, subitement, sans que rien ne le laissât prévoir, à la fin de l'été 1950, Maurice fit une seconde crise cardiaque. Plus grave encore que la première, elle le laissa sans forces, anéanti. Quelques jours après, le médecin le déclara hors de danger, mais il prévint Rolande :

— Maintenant, il doit vivre au ralenti. Une autre crise pourrait être fatale.

Terrifiée à l'idée de le perdre, elle l'entoura de soins, de tendresse, d'amour. Lui-même se rendait compte qu'il avait failli mourir, et elle le surprenait souvent immobile, le regard fixé au loin. Avec un espoir tremblant, elle se disait qu'après avoir été si près de la mort, Maurice réfléchissait, et allait enfin se décider à se réconcilier avec son fils...

Mais elle fut déçue. Un soir, il l'appela auprès de lui, et déclara gravement :

— J'ai failli mourir, Rolande, et la prochaine fois, j'y resterai peut-être. Alors j'ai pensé à quelque chose... Il faut que tu me fasses une promesse.

Il fronçait les sourcils et avait une expression contrariée qui inquiéta Rolande. Il enchaîna aussitôt :

— Si je meurs, promets-moi de ne pas avertir Michel. Je ne veux pas qu'il vienne à mon enterrement avec cette Boche. J'en ai des sueurs rien que d'y penser. Promets-le-moi, Rolande.

Elle avait eu un sursaut, et ne put s'empêcher de protester :

— Mais, Maurice, c'est ton fils !

Il s'agita, se comprimant la poitrine de ses deux mains, d'un geste qu'elle connaissait et qu'elle appréhendait.

— Je n'ai plus de fils... Il a choisi de me bafouer... et... cette Boche... Rien à faire... Promets-moi...

Il haletait, et sa pâleur fit peur à Rolande. Pour ne pas le contrarier, elle ignora l'indignation et la souffrance qui lui brûlaient le cœur, et elle promit.

Un mois plus tard, elle se souvint de sa promesse, lorsque Maurice eut sa troisième crise, qui lui fut fatale. Hébétée de douleur, elle regarda le corps sans vie, n'arrivant pas à croire que son compagnon de trente années venait de la quitter. Son visage mutilé exprimait une impassibilité glaciale, et elle versa des larmes brûlantes en pensant qu'il était mort sans pardonner à son fils, emportant avec lui sa rancœur, figé à jamais dans son intolérance. Au-delà des cicatrices qui l'avaient tant fait souffrir, elle revoyait le jeune homme d'autrefois, au visage intact, qui croyait que la vie était belle et bonne. Lorsqu'il était revenu blessé de la guerre, avec tout son amour elle avait voulu le rendre heureux. La naissance de Michel lui avait apporté un grand bonheur, mais c'était par son fils qu'il avait connu, des années plus tard, souffrance et amertume. Et maintenant, dans cette épreuve qui la frappait, Rolande avait besoin du soutien de son fils.

Mais elle n'osait pas trahir la promesse qu'elle avait faite à Maurice si peu de temps avant sa mort. Elle revoyait ses yeux pleins d'inquiétude, et son expression apaisée lorsqu'elle l'avait rassuré. Elle expliqua en pleurant aux gens du village qu'elle ne voulait pas se parjurer. Ils furent nombreux à ne pas comprendre, et Henriette, la première, lui répéta que Michel avait le droit de savoir. Mais Maurice fut enterré comme il le souhaitait, sans la présence de son fils et, surtout, de sa belle-fille.

Ensuite, lorsqu'elle se retrouva seule dans sa petite maison, Rolande eut une crise de désespoir, si intense qu'elle crut bien perdre la raison. Dans sa tête résonnaient les commentaires désapprobateurs qu'elle avait entendus, autour d'elle, concernant l'absence de Michel, des bribes de phrases qui, toutes, la condamnaient : « Quand même... son fils... Dans un cas pareil... » Sa souffrance se faisait plus aiguë : avait-elle eu tort de ne pas le prévenir ?...

Au cours des semaines qui suivirent, elle se posa la question sans cesse. Elle vivait comme un automate, agissant mécaniquement, enfermée dans son immense douleur. Un matin, alors que Maurice était décédé depuis un mois, elle eut soudain une illumination : Maurice avait exigé d'elle la promesse que Michel ne vînt pas à son enterrement avec sa femme. Mais, maintenant, elle était libre de lui apprendre que son père n'était plus là et qu'elle se retrouvait seule.

Elle écrivit une lettre, dans laquelle elle avoua tout : le désir qu'elle avait eu d'écrire en cachette, parfois, la souffrance de ne pas connaître son petit-fils, et, pour terminer, la promesse faite à Maurice.

J'ai agi ainsi par amour pour lui, expliquait-elle. *Si vous le pouvez, pardonnez-moi, et surtout, pardonnez-lui d'avoir été aussi dur. Au fond de lui, je suis persuadée que sa propre attitude le rendait malheureux, mais il ne l'aurait jamais admis. Pourriez-vous m'écrire et me donner de vos nouvelles ? C'est si dur de ne rien savoir de vous !*

Elle termina sa lettre en pleurant, et ses larmes mouillèrent le papier. Elle l'envoya à la seule adresse qu'elle connaissait, celle qu'Ilse avait indiquée lorsqu'elle avait annoncé la naissance de David. Puis elle attendit.

Et, en cette veille de Noël, elle attendait encore. Elle n'avait reçu aucune réponse. La lettre était partie depuis presque trois semaines. Pourquoi ne répondaient-ils pas ? Avaient-ils été lassés par son long silence et, comme Maurice, avaient-ils décidé de couper toute relation ? Ou, peut-être, avaient-ils déménagé, et la lettre n'était pas arrivée jusqu'à eux ? Mais Rolande avait indiqué son adresse au verso, et, dans ce cas, le courrier lui reviendrait. L'angoisse la consumait, en même temps qu'une sensation de désespoir à l'idée d'être seule pour Noël, tandis qu'autour d'elle, dans toutes les maisons, des familles entières se retrouvaient avec bonheur. Sa détresse était si grande qu'elle souhaitait mourir.

Ce fut à cet instant qu'elle entendit frapper à la porte d'entrée. Surprise, elle releva la tête. Qui pouvait venir à cette heure ? Elle n'attendait personne. Avec un soupir, elle traversa la cuisine, puis le couloir, d'un pas lent et accablé. Les coups reprirent, plus forts, plus impatients. Elle s'avança et ouvrit la porte.

Un éblouissement la fit chanceler. Elle cligna plusieurs fois des yeux comme si le soleil l'aveuglait, les ferma, les rouvrit, stupéfiée par un bonheur incrédule. Ils étaient bien là, devant elle, tous les trois. Elle vit d'abord son fils. Il la regardait avec le sourire qu'il avait, dans son enfance, lorsqu'il avait fait une bêtise et qu'il venait demander pardon. Près de lui, une jeune femme blonde tenait la main d'un petit garçon dont la ressemblance avec Michel au même âge reporta subitement Rolande vingt ans en arrière.

— David... balbutia-t-elle.

L'enfant lâcha la main de sa mère et se précipita vers Rolande en s'exclamant, dans un excellent français :

— Tu sais qui je suis, mémé ? Moi aussi, je sais qui tu es. Papa et maman me l'ont expliqué : tu es ma mémé française.

Les larmes aux yeux, elle le reçut contre elle et l'embrassa avec emportement :

— David, mon petit... murmura-t-elle, éperdue de bonheur.

Puis elle se tourna vers son fils et sa belle-fille :

— Merci d'être venus, oh merci ! Justement, j'étais en train de me demander... Entrez, je vous en prie, entrez.

Michel souleva une valise et un gros sac posés près de lui, qu'elle n'avait pas remarqués :

— Pouvons-nous rester quelques jours, maman ? Nous sommes venus passer Noël avec toi.

Tenant toujours l'enfant contre elle, elle s'approcha de son fils et l'embrassa, avec un amour infini :

— Quelle question, mon garçon ! Vous pouvez rester aussi longtemps que vous voudrez. Entrez, entrez !

Ils lui obéirent et, lorsque Ilse franchit le seuil, Rolande lui dit avec sincérité :

— Bienvenue dans ma maison, à vous qui êtes la femme de mon fils.

Elle avait oublié ce qu'avait répété Maurice tant de fois : « Jamais cette Boche ne viendra chez moi. » Sans aucune arrière-pensée, elle embrassa affectueusement Ilse, qui lui répondit gentiment, avec un léger accent :

— Merci. Il y a longtemps que je voulais la maman de Michel connaître. David aussi.

Rolande les emmena dans sa cuisine, où ils s'installèrent. Elle leur offrit du café, des biscuits, tandis qu'Ilse continuait à expliquer :

— Nous avons reçu votre lettre. Michel était en colère parce que son père ne voulait pas de nous pour l'enterrement. Et il ne voulait pas répondre. Mais je lui dis : « Michel, ta maman est seule, maintenant, et malheureuse. Et si nous faisons une merveilleuse surprise ? Allons Noël avec elle passer. » Mes parents sont chez ma sœur. Et nous, nous sommes venus, conclut-elle avec un charmant sourire.

David s'était installé sur les genoux de Rolande et grignotait un biscuit, tandis qu'elle lui caressait les cheveux. Michel reprit :

— Au début, je ne voulais pas. La réaction de papa m'avait tellement blessé ! Et puis, Ilse a fini par me persuader. David aussi, qui voulait venir chez sa mémé française.

Rolande serra l'enfant contre elle :

— Quel bonheur pour moi de le connaître enfin ! Toutes ces années où j'ai pensé à lui... Quel beau petit garçon ! Il te ressemble beaucoup, Michel. J'ai l'impression de te revoir au même âge. Et il parle si bien français ! Qui le lui a appris ?

Ilse se mit à rire :

— C'est Michel, bien sûr. Il parle toujours David en français, et moi je parle en allemand. Et David, les deux langues il sait.

Michel se leva :

— Je vais installer les bagages dans mon ancienne chambre.

David bondit sur ses pieds :

— Je peux aller avec toi, papa ?

— Oui, viens. Je vais te montrer la maison où je vivais quand j'étais un petit garçon comme toi.

Ils sortirent de la pièce, et les deux femmes restèrent seules. Rolande sourit à Ilse :

— Merci d'être venus. C'est un grand bonheur.

— Pour moi aussi, dit la jeune femme. Et surtout pour Michel. Il était triste de ne plus sa maman voir.

Elles se mirent à bavarder tandis que Michel faisait visiter la maison à David et que les pièces résonnaient du rire de l'enfant. Puis elles préparèrent le repas, essayant de composer un menu de fête avec les quelques provisions de Rolande.

— Pour demain, proposa celle-ci, j'irai chercher un poulet à la ferme. Ce soir, je vous ferai une omelette aux herbes, et une montagne de crêpes au sucre.

Elles se retrouvèrent toutes deux en train de confectionner les crêpes, bavardant comme des amies. David, intéressé, trempait son doigt dans la pâte lorsqu'il croyait qu'elles ne le regardaient pas. Et Rolande, en souriant, se rappelait que Michel, lui aussi, avait fait la même chose. Le comportement de son petit-fils lui montrait que tous les enfants du monde agissaient de la même façon, quel que fût le pays où ils vivaient.

Elle écoutait Ilse parler, elle l'observait tandis qu'elle s'adressait à son mari et à son fils, et elle voyait l'amour et la tendresse qui éclataient dans ses yeux, dans chacun de ses gestes. Elle comprenait que Michel fût tombé amoureux d'elle. C'était grâce à elle qu'ils étaient là, aujourd'hui, tous les trois. Rolande se disait qu'elle était plus humaine et plus sage que bien des jeunes femmes qu'elle connaissait, tout en étant une « Boche ». Et elle se rendit compte alors combien Maurice avait eu tort.

Lorsque le repas fut prêt, ils s'attablèrent, et tout en mangeant, ils ne cessèrent de bavarder. Ils continuèrent encore longtemps, et c'était surtout Rolande qui interrogeait, intarissable, voulant tout savoir sur ces années où elle avait été privée d'eux. David, excité, ne pensait pas à dormir. Elle sortit pour lui les jeux qui avaient été ceux de Michel. Il fut ravi de les découvrir. Michel se mit à jouer avec lui, et Rolande, en les regardant, regretta que ce bonheur fût assombri par l'absence de Maurice.

Puis, ensemble, ils s'habillèrent chaudement pour se rendre à la messe de minuit. Sur la route qui menait à l'église, tandis que les cloches les appelaient, ils rencontrèrent des personnes du village à qui Rolande, heureuse, expliqua la venue de Michel. Celui-ci, fièrement, présenta sa femme et son fils. Dans l'église, ils gagnèrent leur place habituelle, Rolande et Ilse du côté des femmes, Michel et David de l'autre côté. Et ce fut David qui occupa la chaise de Maurice.

La messe commença. Rolande ne pouvait pas s'empêcher de penser aux messes de minuit des années précédentes où elle était seule avec son mari. Même si, maintenant, son fils était revenu, elle souffrait de se dire que, à cause de son intolérance, Maurice s'était privé d'un grand bonheur.

Tandis que résonnait, sous les voûtes de l'église, le chant de Noël, un chant qui parlait de paix et d'amour entre les hommes, elle regarda *ses* enfants et son petit-fils, et elle se mit à pleurer.

LA FUGUE DE SANDRINE

Sandrine arriva sur le palier, tira la clef de sa poche. Avant même de la mettre dans la serrure, elle entendit, dans l'appartement, les cris et les pleurs d'enfant. Elle soupira et serra les lèvres avec exaspération. Décidément, les vacances de printemps commençaient bien !

« C'est toujours la même chose, pensa-t-elle. J'en ai marre à la fin, plus que marre. »

Elle ouvrit la porte, faillit trébucher dans l'entrée sur une petite voiture abandonnée là, laissa tomber son cartable avec mauvaise humeur. Une voix lasse parvint de la cuisine :

— C'est toi, Sandrine ?

« Qui cela pourrait-il être, se dit la jeune fille agacée. A part mon père, je suis la seule à avoir la clef de cet appartement. »

— Oui, c'est moi, répondit-elle néanmoins.

Elle repoussa, d'un geste machinal et habituel, les cheveux qui lui tombaient dans les yeux. Un petit garçon blond arriva en courant, d'un élan se précipita vers elle comme un chiot affectueux.

— Dine ! cria-t-il sur un ton joyeux. Dine !

Il s'accrocha aux jambes de Sandrine, poissant son jean de ses mains tachées de confiture. Elle le repoussa, doucement mais fermement :

— Fais attention, Xavier. Regarde, tu as sali mon nouveau pantalon.

L'enfant leva vers elle des yeux clairs et incompréhensifs. De nouveau, elle soupira, avec découragement passa une main sur son front et entraîna Xavier :

— Allons, viens terminer ton goûter.

Dans la cuisine, les pleurs d'enfant continuaient, en un fond sonore irritant. Sandrine poussa la porte. Assise dans sa chaise haute, son petit visage rouge de colère, Julie trépignait et s'agitait. D'un geste rageur, elle repoussa le yaourt posé devant elle et le renversa.

— Oh ! non ! cria Laure.

Elle se tourna vers Sandrine :

— Cette enfant a un caractère insupportable. Elle refuse de manger son yaourt !

Sandrine regarda la jeune femme, ses longs cheveux blonds et lisses, son visage mince et délicat. Malgré elle, elle fut touchée par la fatigue qui cernait les grands yeux mauves. Elle s'approcha de Julie, ôta le yaourt renversé :

— Eh bien, c'est qu'elle n'a pas faim. Elle mangera mieux ce soir, voilà tout.

Laure se leva, regarda l'heure :

— Occupe-toi d'elle, Sandrine. Il faut que j'emmène Xavier chez le pédiatre. Je vais être en retard. Viens, Xavier, je vais te laver le visage et les mains.

Le petit garçon avait terminé sa tartine de confiture. Il quitta la table et suivit sa mère dans la salle de bains. Quelques minutes après, Laure cria de la pièce voisine :

— A tout à l'heure, Sandrine ! Si je suis en retard, prévois quelque chose pour le repas !

La porte d'entrée claqua. Sandrine regarda autour d'elle avec accablement : la cuisine était dans un désordre indescriptible. Des jouets traînaient sur le sol. La table était jonchée des reliefs du goûter, et Xavier avait renversé son verre de lait. Dans l'évier trempait une casserole où étaient attachés des aliments brûlés. Il y avait des traces de yaourt jusque sur le carrelage. Madame Dubois, la femme de ménage, ne viendrait pas avant le lendemain matin. Sandrine secoua la tête avec colère : c'était à elle de remettre de l'ordre, une fois de plus ! Elle grommela sourdement :

— Une bonne à tout faire, voilà ce que je suis, moi, ici ! Et une bonne d'enfants, en plus !

Julie, qui avait cessé de pleurer, la regarda avec des yeux interrogateurs. Sur son petit visage, les larmes finissaient de sécher.

— Tiens, lui dit Sandrine en lui tendant un biscuit. Tu en veux bien ?

La petite fille observa gravement le biscuit, puis se décida à le prendre. Pendant qu'elle le mangeait, Sandrine s'activa, rangea les jouets, débarrassa la table, l'essuya, lava les traces de yaourt sur le sol, et eut bien du mal à nettoyer la casserole. Lorsqu'elle eut tout remis en ordre, elle souffla un instant :

— Voilà, c'est terminé. A toi, maintenant. Tu dois avoir soif. Veux-tu un peu d'eau ?

Elle fit boire Julie, l'enleva de sa chaise :

— Oh ! mais tu es toute mouillée ! Il faut te changer.

Elle l'emmena dans la salle de bains. Là aussi, le désordre lui sauta aux yeux. Elle décida de l'ignorer. Elle changea la petite fille, puis se dit qu'elle en avait assez fait pour le moment. Elle revint dans la salle de séjour, s'assit dans un fauteuil, Julie dans les bras. La petite se mit à sucer son pouce et ferma les yeux. Sandrine allongea les jambes, laissa ses regards errer par la fenêtre, et se mit à réfléchir. En plus de la lassitude et de l'exaspération qu'elle éprouvait, elle se sentait malheureuse et incomprise. Elle pensa à Sophie, sa meilleure amie, qui lui avait dit le matin même :

« Ce soir, ce sont les vacances ! Je pars pour dix jours en Savoie, avec mes parents. Chic alors ! »

Un peu jalouse, Sandrine n'avait pas répondu. Sophie était fille unique, elle avait des parents qui l'aimaient, une mère qui s'occupait d'elle. Sandrine, elle, ne savait pas ce qu'étaient la douceur et la tendresse maternelles. Sa mère était morte alors qu'elle n'avait que quelques mois. Sandrine n'avait aucun souvenir d'elle. Comme son père, représentant de commerce, voyageait beaucoup, c'était sa grand-mère qui l'avait élevée.

Elle habitait un petit village du Nord, et Sandrine avait passé son enfance à courir dans les champs avec d'autres enfants. Elle se rappelait les jours de vent et de soleil, le chant des oiseaux, l'odeur des confitures, et puis l'amour immense de sa grand-mère, qui l'enveloppait dans un cocon de sécurité. Son père venait les voir chaque week-end, et Sandrine poussait des cris de joie lorsqu'il arrivait, ses yeux clairs emplis de tendresse posés sur elle. Il la prenait dans ses bras, la levait très haut, la juchait sur ses épaules. Elle s'accrochait à ses cheveux et, ravie, dominait le monde. Elle sentait qu'elle était très importante pour lui, et cela lui donnait une impression agréable de fierté et de bonheur mêlés.

Et puis, un jour, la chère grand-mère était tombée malade et, malgré les efforts du médecin, elle s'était éteinte doucement. Sandrine avait alors huit ans ; elle n'avait pas compris, sur le moment, pourquoi l'aïeule qui l'aimait tant l'avait subitement abandonnée. Elle avait eu la sensation d'avoir froid, d'être perdue dans un monde hostile et sombre. Heureusement, son père était là, son père qui était venu la chercher. De toutes ses forces, de tout son besoin d'amour, Sandrine s'était accrochée à lui.

Il l'avait emmenée vivre avec lui à Lille. Comme il voyageait souvent, il avait engagé une gouvernante qui s'occupait de Sandrine pendant la semaine. C'était une femme sèche, qui s'acquittait efficacement du travail pour lequel elle était payée, mais sans aucune tendresse. Sandrine était toujours bien habillée, bien coiffée, l'appartement était propre et bien rangé, mais l'attitude indifférente de la femme tempérait les élans de Sandrine.

Aussi, à chaque fin de semaine, lorsque son père revenait, la fillette explosait de joie. Elle l'avait à elle toute seule pour deux jours et, sans s'en apercevoir, elle ne vivait que pour ces deux jours-là.

Il existait entre le père et l'enfant une agréable complicité. Le dimanche, ils sortaient, allaient au restaurant, au cinéma, au zoo, et Sandrine était fière de ce père qui ne s'occupait que d'elle. Elle apprit à lui préparer son petit déjeuner, qu'elle lui apportait dans sa chambre. Assise au bord du grand lit, elle le regardait manger avec appétit et se sentait heureuse. Pour lui, elle s'efforçait d'avoir les meilleures notes à l'école, afin qu'il fût content. Elle voulait lui plaire en tout, toujours le satisfaire. Elle l'adorait.

Julie bougea, grogna un peu, suça bruyamment son pouce et se rendormit. Rappelée à la réalité, Sandrine la regarda avec une rancune mêlée d'attendrissement. Elle l'aimait bien, malgré tout, cette petite fille, ainsi que l'attachant Xavier. Mais comme tout était devenu difficile depuis qu'ils avaient envahi l'appartement de leur présence !

Sandrine se rappellerait toujours ce samedi d'octobre, qui avait marqué la fin d'une existence qu'elle croyait immuable. Ce jour-là, il faisait gris et il pleuvait, comme si le temps avait voulu, à l'avance, se mettre à l'unisson de la peine qu'elle allait éprouver. Ce fut après le petit déjeuner que son père lui parla. Elle ne lui avait jamais vu cette sorte de gêne, démentie par l'enthousiasme qui faisait briller ses yeux et dont elle pressentait obscurément qu'elle n'était pas responsable.

« Sandrine, il faut que je te dise... Voilà, j'ai rencontré une jeune femme que j'aime beaucoup. Elle s'appelle Laure. Je désire que tu la connaisses. Elle va venir demain. J'espère que vous vous plairez, toutes les deux. Vois-tu, termina-t-il avec maladresse, je voudrais qu'elle vienne vivre avec nous. »

Ce fut, pour Sandrine, comme si elle recevait un coup de poing dans l'estomac, et son univers, à cet instant, explosa en miettes. Elle comprit, en une seconde, qu'elle n'était plus la seule. Une autre lui prenait son père, une autre allait s'immiscer dans leur vie et la repousser, elle, Sandrine, dans l'ombre. Elle eut envie de hurler son indignation, sa révolte, de trépigner, de supplier. Mais un coup d'œil à son père arrêta les sanglots qui déjà lui nouaient la gorge. Il la regardait avec une anxiété mêlée d'espoir, et elle comprit qu'il attendait d'elle qu'elle accepte. Elle l'aimait tant qu'elle refusait l'idée même de le décevoir. Elle voulait le rendre heureux, même si elle devait, pour cela, se meurtrir le cœur. Alors elle consentit que Laure vînt le lendemain. Et ce soir-là, seule dans son lit, elle pleura longuement.

Le lendemain, elle s'efforça d'être aimable, de sourire, de répondre aux questions de Laure avec complaisance, alors qu'une détresse et une jalousie insupportables lui brûlaient le cœur. Elle voyait les yeux de son père se poser sur Laure avec une expression qui lui donnait envie de hurler, de sangloter, de s'enfuir. Mais, pour lui, elle avait décidé d'accepter, et elle s'en tiendrait à sa décision, coûte que coûte. Et lui, inconscient de l'effort qu'elle exigeait de ses onze ans, la regardait avec approbation, ravi de la voir si docile et si agréable.

Laure prit une place de plus en plus importante dans leur existence, et Sandrine jamais ne protesta. Elle voyait son père heureux et cela seul importait, même si elle n'était plus l'artisan de ce bonheur. Le jour où il lui annonça qu'il allait épouser Laure, elle ne fit aucun commentaire. Elle savait que cela allait arriver. Elle sentit simplement son cœur devenir lourd comme une pierre, et elle eut l'impression qu'un énorme nuage gris lui cachait définitivement la clarté du soleil.

Ils partirent quinze jours en voyage de noces, sans plus s'occuper d'elle. Comme c'était la période des grandes vacances, ils l'envoyèrent en Normandie, chez son oncle Thomas, le frère de sa mère. Lorsqu'ils revinrent, détendus, souriants et bronzés, elle eut mal de constater leur bonheur évident, où elle n'avait aucune place. Elle serra les dents sur les sanglots qu'elle étouffait, et décida de vivre quand même, recueillant comme des trésors les miettes d'affection que son père lui accordait.

A vrai dire, il semblait toujours éprouver pour elle la même tendresse. Mais il s'occupait beaucoup moins d'elle, presque entièrement accaparé par Laure. Et l'air d'adoration avec lequel il regardait sa jeune femme agaçait profondément Sandrine, qui détournait la tête pour ne plus le voir. Ils étaient terminés, les dimanches passés en tête à tête, et les petits déjeuners dans l'intimité de la grande chambre. Maintenant, son père en fermait la porte à clef, et Sandrine avait ressenti ce geste comme un affront, un rejet, une désertion vis-à-vis d'elle-même. Malheureuse, elle se jugeait incomprise et délaissée. Elle s'efforçait de ne pas haïr celle qui lui prenait ainsi son père, et essayait de supporter le mieux possible sa présence.

Ce fut Laure elle-même qui rendit les choses plus faciles. Elle était douce, gentille, avec une délicatesse et une fragilité qui la rendaient touchante. Seule avec elle toute la semaine – madame Boussart, la gouvernante, avait été remerciée –, Sandrine finit par se rapprocher d'elle. Et elles trouvèrent toutes les deux, dans leur amour pour le même homme, une possibilité d'entente. Elles prirent l'habitude de préparer, pour chacun de ses retours, un gâteau qu'elles confectionnaient ensemble avec application. Peu à peu, Sandrine dut s'avouer que Laure lui apportait une chaleur, une tendresse qu'elle n'avait pas connues avec madame Boussart. Mais, chaque week-end, elle devait partager son père, et un douloureux pincement au cœur lui disait qu'elle ne s'habituerait jamais à ce partage.

La situation commença à se dégrader lorsque Laure fut enceinte. Elle eut une grossesse difficile, devint la proie de nausées et de malaises constants. Ce fut à ce moment-là qu'elle commença à se reposer sur Sandrine, à lui demander de menus services :

« Sandrine, fais ceci... Sandrine, s'il te plaît, apporte cela... »

Sandrine obéissait, et son apparente docilité incitait Laure à demander davantage. Lorsque Xavier naquit, la joie et la fierté de son père blessèrent Sandrine. Il se pencha sur le bébé qu'il admira longuement, releva la tête et regarda avec émotion sa jeune femme, pâle et languissante, étendue dans le lit :

« Mon fils... murmura-t-il d'une voix rauque. Il est beau. Merci, Laure. »

Sandrine était sortie de la chambre pour ne pas éclater en sanglots. Les yeux dans les yeux, ils ne s'étaient même pas aperçus de son départ.

Quand Laure était revenue à la maison avec Xavier, ça avait été encore pis. Il y avait eu les langes, les biberons à préparer, les nuits où le bébé pleurait sans cesse. Laure ne s'était remise que très lentement, et c'était Sandrine qui, de nouveau, avait dû se charger d'une grande partie des tâches ménagères. Et, à chaque week-end, lorsque son père venait, il s'intéressait à peine à elle. Il se précipitait tout de suite vers le berceau, sans s'apercevoir du regard plein d'attente et d'amour blessé que Sandrine fixait sur lui.

Lorsque Xavier eut un an, Laure fut de nouveau enceinte. Outre les malaises dus à la grossesse, elle souffrit cette fois de migraines violentes qui l'obligeaient à se coucher. Ces fois-là, Sandrine devait en plus s'occuper du bébé. Malgré elle, elle s'attacha à ce petit frère qui la reconnaissait et gazouillait lorsqu'il la voyait arriver. Chaque soir, dès que Laure l'avait baigné, Sandrine lui donnait son biberon, et elle le berçait pour l'endormir.

Ensuite, elle contemplait son petit visage innocent et se sentait fondre de tendresse.

Puis Julie naquit. Avec deux bébés, l'appartement devint un véritable capharnaüm, bruyant de surcroît. Laure était loin d'être douée pour le rangement, et Sandrine, qui n'aimait pas le désordre, passait son temps à remettre les objets à leur place. Et puis, dès son retour de l'école, Laure la sollicitait sans cesse :

« Sandrine, mets les langes à sécher... Sandrine, veux-tu courir jusqu'à la pharmacie ? Il n'y a plus de lait en poudre. »

Sandrine obéissait toujours sans protester, et Laure prenait l'habitude de s'appuyer sur elle, sans se rendre compte qu'elle lui demandait parfois beaucoup.

Mais, pour Sandrine, il y avait plus grave. Depuis la naissance de Xavier, et plus encore celle de Julie, elle avait l'impression, chaque fois plus nette, de ne plus compter pour son père. Il ne lui demandait plus des nouvelles de l'école, ne s'intéressait plus à son travail, signait son carnet de notes en le parcourant d'un œil distrait et indifférent. A chacun de ses retours, il ne s'occupait plus que des petits, allant jusqu'à bêtifier stupidement devant Julie.

Sandrine le trouvait ridicule, et souffrait de voir sa belle admiration s'effriter. Une douloureuse déception se mêlait à la jalousie qu'elle éprouvait sans vouloir se l'avouer. En même temps, une rancune lui venait contre sa petite sœur, qui transformait son père si séduisant en un adulte gâteux avant l'âge. A l'école, elle avait essayé de se confier à son amie Sophie. Celle-ci avait haussé les épaules avec insouciance :

« Bah ! Ça ira mieux quand les enfants seront plus grands. En attendant, tu n'as qu'à refuser de te conduire en esclave. Si tu ne dis jamais rien, ils en profitent, c'est normal. Tu n'as qu'à te faire respecter, ma vieille ! »

Mais Sandrine, lorsqu'elle voyait Laure débordée, ne se sentait pas le courage de la laisser tomber. Elle ne pouvait faire autrement que l'aider. Et c'était devenu une habitude si bien ancrée qu'elle en était désormais prisonnière.

Pourtant, depuis quelque temps, sans bien savoir pourquoi, Sandrine se sentait étouffer. Elle éprouvait une sorte de saturation, supportait de plus en plus difficilement les pleurs des enfants et les demandes incessantes de Laure. Elle ne se détendait que lorsqu'elle était en classe. Dès qu'elle revenait à l'appartement, elle avait l'impression d'être prise au piège.

Avec découragement, elle constatait qu'elle ne pouvait se confier à personne. Laure n'aurait pas compris. Quant à son père, il lui semblait tellement éloigné d'elle qu'elle n'osait plus aller vers lui. Mécontente, elle songeait qu'elle était devenue, alors qu'elle n'avait que quinze ans, la bonne-d'enfants-à-tout-faire de la famille.

Le lendemain, qui était un mercredi, elle se leva tôt afin d'aller, selon son habitude, à la piscine. Elle put accaparer la salle de bains et s'habilla rapidement. Dans la cuisine, Laure faisait manger Julie. Xavier, assis à la table, buvait un bol de lait. Il se tourna vers Sandrine et lui sourit :

— Bonjour, Dine !

Elle caressa d'une main affectueuse ses cheveux bouclés, embrassa Julie, puis Laure :

— Je vais à la piscine. A tout à l'heure.

Laure leva vers elle un visage las :

— Avant de partir, pourrais-tu faire quelques courses ? Il faudrait des petits pots pour Julie, et des jus de fruits pour Xavier.

— Je suis désolée, Laure, mais je n'ai pas le temps. Il faut que je passe chez Véronique, une fille de ma classe. Elle m'attend. Elle a été absente ces deux derniers jours, et je dois lui porter les cours à recopier.

Ce n'était pas vrai et, en faisant ce mensonge, Sandrine eut un peu honte. Mais elle avait envie, subitement, de regimber, de montrer qu'elle n'était pas toujours disponible. Prise d'un léger remords, elle ajouta, pour adoucir son refus :

— Madame Dubois va arriver. Tu le lui demanderas.

Et elle sortit bien vite, sans attendre la réponse.

A la piscine, elle nagea longtemps, et cela lui fit du bien. Elle adorait l'eau et se souvenait des étés où, chaque année, son père l'emmenait en vacances au bord de la mer. Il l'appelait, alors, « mon petit poisson », à cause de sa facilité à se mouvoir dans cet élément liquide où elle se laissait porter par les vagues. Mais Laure était allergique au climat marin, et elle affirmait que la plage n'était pas conseillée pour les bébés. Et Sandrine, privée de la mer, devait se contenter d'un bassin rectangulaire pour satisfaire son désir de natation.

En sortant de la piscine, elle rencontra Stéphanie, une autre de ses amies. Elles firent un bout de route ensemble.

— Que vas-tu faire de tes vacances ? demanda Stéphanie.

Sandrine soupira. Des vacances où elle serait enfermée avec les deux enfants, avec Laure qui lui demanderait sans cesse de l'aider, allaient lui apporter plus de fatigue que de repos. Au moins, à l'école, il y avait les copines, les bavardages à la récréation, et, en classe, on pouvait se reposer tout en faisant semblant d'écouter...

Elle répondit d'une voix sourde :

— Oh ! rien de spécial. Et toi ?

— Moi, je pars demain chez mes grands-parents, tu sais, ceux qui habitent au Touquet. Je vais pouvoir faire des promenades à cheval dans la forêt. Hmmm... J'adore !

Une jalousie brutale assombrit le visage de Sandrine. Comme ses amies avaient de la chance ! L'une en Savoie, l'autre au Touquet... Tandis qu'elle, Sandrine, ne pouvait pas bouger à cause de Laure et de ses deux enfants, dont elle était devenue la servante... Subitement, elle éprouva envers eux un tel ressentiment que, pendant un très court instant, elle les détesta.

— En attendant, continuait Stéphanie, si tu venais cet après-midi chez moi ? Nous écouterons des disques, et je te montrerai la nouvelle décoration de ma chambre. J'ai mis plein de posters de mes chanteurs préférés. Tu verras !

Sandrine accepta sans hésiter. L'invitation de Stéphanie lui permettrait d'échapper à un après-midi qui serait sans doute pénible. Elle se vit dans la chambre de Stéphanie, qu'elle connaissait déjà, imagina leurs fous rires, et son visage s'éclaira.

— D'accord, je viendrai, dit-elle en serrant le bras de son amie d'une pression affectueuse. J'espère simplement que Laure ne me trouvera pas une corvée au dernier moment.

— Oh ! Dans ce cas, dit Stéphanie avec irrespect, envoie-la promener ! Tu n'es pas son esclave, quand même !

Cette réflexion accentua le désir de Sandrine de secouer enfin le joug qui pesait sur elle et qu'elle ne supportait plus. Comme ses amies, elle avait envie de se sentir libre, insouciante et heureuse. Et elle se demandait comment elle avait pu, au fil des années, se laisser transformer en une domestique soumise et toujours prête à rendre service.

Elle quitta Stéphanie, toute ragaillardie à l'idée de la retrouver dans l'après-midi. Mais, dès qu'elle arriva à l'appartement, elle déchanta bien vite.

Madame Dubois venait de partir, et il régnait un semblant d'ordre qui ne tarderait pas à disparaître. Avant de s'en aller, elle avait préparé le repas, une purée pour les enfants, des steaks et de la salade. Laure tourna vers Sandrine un visage tiré par la souffrance :

— Sandrine, tu feras manger les enfants, et tu les coucheras pour leur sieste. Je vais prendre un cachet et aller m'allonger. Je n'en peux plus. C'est encore une de ces horribles migraines.

Sandrine s'immobilisa. D'une voix que la déception et la colère enrouaient, elle dit :

— Mais... Mais... J'ai rencontré Stéphanie. Elle m'a invitée à aller chez elle cet après-midi.

Laure pressa ses doigts contre ses tempes :

— Tu iras demain, Sandrine. Ce n'est pas grave. Téléphone-lui pour la prévenir. Aujourd'hui, il faut que tu restes pour garder les enfants. Je ne peux pas faire autrement. Avec cette migraine, je n'y vois plus rien.

Elle se leva et, d'une démarche mal assurée, se dirigea vers la chambre. Dans son parc, Julie tendit les bras vers elle et se mit a pleurer. Xavier, qui jouait avec des cubes, assis sur la moquette, leva la tête d'un air interrogateur. Ses lèvres tremblèrent dangereusement.

— Maman ! cria-t-il.

Laure fit un geste d'impuissance et disparut dans la chambre. Restée sur place, Sandrine la regarda partir avec une révolte mêlée d'agacement, où dominait une forte envie de pleurer.

— Ce n'est pas possible ! Elle l'a fait exprès !

Mécontente, elle souleva Julie qui hurlait, s'adressa à Xavier :

— Viens dans la cuisine. Nous allons manger.

Le petit garçon abandonna ses cubes et la suivit. Dans la cuisine, elle installa Julie dans sa chaise haute, aida Xavier à s'asseoir. Pour faire taire sa petite sœur, elle lui donna un des biscuits dont elle raffolait. Le bébé cessa ses pleurs, se saisit du gâteau et se mit à le grignoter avec appétit, subitement consolé.

Sandrine fit chauffer la purée, mit un steak haché dans la poêle, pour elle et pour Xavier, assaisonna un peu de salade. Elle travaillait avec des gestes rapides, saccadés, qui trahissaient sa colère. Le petit garçon la suivait d'un regard grave. Elle plaça devant lui, dans son assiette, de la viande qu'elle écrasa avec une fourchette, ajouta de la purée et lui donna sa cuillère :

— Tiens, Xavier. Mange.

Julie, qui avait terminé son biscuit, s'agitait dans sa chaise. Avec un soupir, Sandrine remplit une soucoupe de purée et en présenta une cuillère à sa sœur. Celle-ci, d'un geste brusque, repoussa le tout en détournant la tête en signe de refus. L'assiette échappa des mains de Sandrine, tomba sur le sol, et la purée s'éparpilla partout.

— Oh non ! Regarde ce que tu as fait ! Tu es vraiment insupportable.

Sandrine se retint de gifler l'enfant. Machinalement, elle s'agenouilla, essaya de réparer les dégâts. Elle se sentait nerveuse, agressive, au bord des larmes.

— Décidément, songea-t-elle, furieuse, ça devient mon rôle dans cette maison, de nettoyer le carrelage de la cuisine.

— Dine, j'ai fini, dit Xavier.

Sandrine se releva, tenta de se calmer :

— C'est bien. Attends, je vais te donner ton yaourt.

Elle en proposa également une cuillerée à Julie qui, de nouveau, fit le geste de tout balayer. Avec impatience, Sandrine enleva sa petite sœur de sa chaise :

— Si tu n'as pas faim, ce n'est pas la peine d'insister. Je vais te changer et te coucher. Au moins, nous aurons un peu de tranquillité.

Lorsque les enfants furent dans leur lit, elle revint dans la cuisine et mangea du bout des dents. La piscine l'avait d'abord mise en appétit, mais la contrariété avait tout gâché. Elle plaça ensuite les assiettes et les couverts dans le lave-vaisselle, nettoya la cuisinière, mit la pièce en ordre. Elle essayait de refouler la frustration qu'elle ressentait, et qui peu à peu se transformait en colère. Elle pensa à prévenir Stéphanie et passa dans le living pour téléphoner.

Son amie fut déçue de sa défection :

— Oh ! Tu ne peux vraiment pas te libérer ?

— A la place, je viendrai demain, proposa Sandrine.

— Ce n'est pas possible. Je pars demain matin pour Le Touquet, tu sais bien, je te l'ai dit.

Sandrine se mordit les lèvres :

— Ah oui, c'est vrai. Je l'avais oublié. Eh bien alors, tant pis. Au revoir, Stéphanie, bonnes vacances.

Elle raccrocha avant de se mettre à pleurer. Elle avait à peine reposé le récepteur que le téléphone sonna. C'était Sophie, tout excitée :

— Alors, ma vieille, comment ça va ? Ici, en Savoie, c'est super ! Je viens d'arriver ce matin. Il fait un temps splendide. Et chez toi, est-ce qu'il fait beau ?

Sandrine jeta un regard maussade, par-delà la vitre, vers des nuages gris qu'un vent violent bousculait :

— Oh non, pas du tout.

— Tu ne me parais pas très en forme. Ta voix est toute drôle. A mon avis, tu aurais bien besoin de vacances, toi aussi. Ne peux-tu prendre quelques jours de repos ? Je t'ai trouvée fatiguée ces derniers temps. Rien ne vaut un changement d'air, crois-moi.

Sandrine soupira :

— De toute façon, avec Laure et les enfants, ce ne sera pas des vacances.

— Ce n'est pas ça que je voulais dire. Il faudrait que tu puisses aller te reposer quelque part, sans eux. Cela te ferait le plus grand bien.

Le cœur lourd, Sandrine ne répondit pas. Elle laissa Sophie papoter quelques instants, et lorsque celle-ci raccrocha, elle ressentit subitement un grand vide. De nouveau, elle ne put s'empêcher d'envier ses amies. Elles étaient en vacances, heureuses et insouciantes, tandis qu'elle, Sandrine, servait de nurse et se trouvait par là même ligotée. Elle sentit une révolte, jusque-là inavouée, se mêler à sa rancune et à sa frustration. Elle pensa aux douze jours qui s'étendaient devant elle, pendant lesquels elle serait à l'appartement du matin au soir ; un immense découragement l'envahit.

Les paroles de Sophie lui revinrent à l'esprit. Des vacances sans Laure ni les enfants. Quel soulagement ce serait ! Presque un rêve... Mais Laure ne la laisserait pas partir, elle parlerait de sa mauvaise santé, de l'aide précieuse que lui apportait Sandrine.

Une idée vint soudain frapper la jeune fille, si séduisante que celle-ci s'y attarda. Et, peu à peu, la saturation où elle était parvenue, jointe à son soudain désir de liberté, transformèrent cette simple idée en projet, puis en décision.

Toute joyeuse, Sandrine sauta sur ses pieds. Elle aussi, finalement, aurait ses vacances. Et puisqu'on ne voulait pas les lui offrir, elle les prendrait elle-même !

« Après tout, pensa-t-elle avec une rancune qui devenait féroce, si je pars, cela leur fera comprendre que je ne suis pas à leur disposition. J'en ai marre, à la fin, et je refuse de continuer comme ça. »

Elle savait parfaitement où elle voulait aller, pour ces vacances impromptues : chez son oncle Thomas, le frère de sa mère, qui habitait Granville, en Normandie. Son dernier séjour chez lui remontait à quatre ans, lors du voyage de noces de son père et de Laure.

Elle avait apprécié ces deux semaines où il y avait eu la plage, le soleil, la mer. Son oncle, qui était célibataire et qui vivait seul, s'était occupé d'elle avec sollicitude. Il l'avait emmenée visiter l'Aquarium où elle avait pu admirer les coquillages, les nombreuses sortes de poissons, et l'otarie qui joue avec une balle. Un après-midi, ils étaient allés au zoo de Champrepus et, au retour, pour le dîner, ils s'étaient arrêtés dans un restaurant bâti sur un ancien moulin à eau.

Sandrine gardait de ces vacances un souvenir ravi. Et c'était là que, instinctivement, elle voulait aller pour se détendre, pour échapper quelque temps à une dépendance, une servitude qui lui étaient devenues pesantes.

Silencieusement, elle passa dans sa chambre, emplit de linge un sac de sport. Une excitation fébrile la transportait, et elle ne pensait plus qu'à son désir de partir. Elle alla dans la salle de bains et, poussée par un souffle de révolte irrépressible, prit les produits de maquillage de Laure. Elle se farda, s'admira avec complaisance. Elle paraissait plus dure, plus âgée. Satisfaite, elle revint dans la salle de séjour. Elle prit, sur le bloc posé près du téléphone, une feuille de papier sur laquelle elle écrivit rageusement :

J'ai besoin de vacances, et je les prends. A plus tard, peut-être. Sandrine.

Avec une impression de triomphe, elle plaça le message bien en vue, au beau milieu de la table. Puis, sans regret, elle ouvrit la porte et sortit sans bruit de l'appartement.

Elle dégringola les escaliers, se retrouva dehors, se mit à marcher d'un pas rapide. Une grisante sensation de liberté fit monter en elle une bouffée d'enthousiasme. Enfin, elle avait réagi, avait secoué ses chaînes, s'était comportée en adulte. Elle sortit son porte-monnaie, compta son argent de poche, fit la grimace. Elle n'avait pas assez pour se payer le voyage. « Qu'à cela ne tienne, pensa-t-elle, je vais faire du stop ! » Ce serait bien plus amusant, et cela ajouterait du piquant à l'aventure.

Elle marcha longtemps. Elle se sentait des ailes, avait envie de danser, de chanter, de courir. Au bout du voyage, la mer l'attendait, et douze jours d'oisiveté totale, sans pleurs d'enfant, sans exigences à satisfaire sans cesse... Elle lança son sac en l'air, le rattrapa.

— Youpi ! cria-t-elle.

Une vieille dame, qui promenait son chien, se retourna et regarda la jeune fille avec surprise. Elle secoua la tête et son visage exprima une réprobation presque comique. Sandrine se retint d'éclater de rire.

« Elle ne peut pas comprendre, se dit-elle. Je me sens libérée ! »

Elle sortit de la ville, gagna l'entrée de l'autoroute. Elle se plaça sur le côté et leva le pouce. Quelques minutes passèrent. Les voitures, les camions roulaient très vite, sans même l'apercevoir, semblait-il. Sandrine souriait, ne s'impatientait pas. L'exaltation qu'elle éprouvait lui aurait permis d'attendre de longues heures s'il avait fallu.

Bientôt, une superbe Mercedes ralentit, s'arrêta plus loin.

« Chic alors ! pensa Sandrine. Quelle belle voiture ! Là-dedans, je suis sûre de voyager confortablement ! »

Elle courut jusqu'à la portière, l'ouvrit. Le conducteur, un monsieur âgé et distingué, se pencha vers elle :

— Où allez-vous ?

— Je pars en vacances chez mon oncle, en Normandie. Pouvez-vous m'emmener ?

— Je ne vais que jusqu'à Paris. Mais montez, je vous en prie, vous aurez déjà fait une partie du trajet.

Sandrine obéit avec empressement, s'installa sur le siège, son sac à ses pieds. Un grand berger allemand, qui dormait à l'arrière, se redressa et vint la flairer avec application. Ravie, Sandrine se retourna et, sans peur, enfouit ses mains dans le pelage soyeux :

— Oh ! Le beau chien ! Comment s'appelle-t-il ?

Le vieux monsieur sourit :

— C'est une chienne, et elle se nomme Queen. L'année où je l'ai achetée, l'initiale du nom des chiens de race était la lettre Q. Nous avons eu bien du mal à la baptiser.

— Queen ! Queen ! appela Sandrine.

La chienne dressa les oreilles et posa sur Sandrine des yeux intelligents. D'un coup de langue, elle lui fit part de son approbation.

— Elle vous a adoptée. C'est assez rare. Habituellement, elle est très méfiante envers les étrangers.

Sandrine caressa la belle tête fine :

— Elle doit sentir que j'aime les chiens. A vrai dire, je les adore. J'en avais un autrefois...

Elle revit Poppi, le chien de sa grand-mère, un corniaud sans race précise, toujours prêt à la suivre dans ses escapades autour du village... Il était déjà vieux pourtant. Comme elle avait pleuré lorsqu'il était mort !

Le vieux monsieur lui lança un regard intrigué :

— Comment se fait-il que vous voyagiez seule ? Ce n'est pas très prudent, à votre âge, de faire du stop.

Sandrine mentit avec aplomb :

— J'ai dix-huit ans. Je suis étudiante à l'université de Lille. A chacun de mes congés scolaires, je vais rejoindre mon oncle, à Granville. J'ai l'habitude, vous savez.

Il parut se satisfaire de cette explication et ne lui demanda pas quelles études elle faisait, ce qui l'aurait bien embarrassée. Il objecta simplement :

— Vos parents ne sont pas inquiets lorsque vous voyagez ainsi ?

L'amertume rendit la voix de Sandrine lourde de rancune :

— Je n'ai plus ma mère. Quant à mon père et à sa nouvelle femme, ce que je peux faire ne les concerne pas vraiment. Je crois qu'ils s'en fichent.

Pressentant un drame familial, le vieux monsieur n'insista pas. Il se concentra sur sa conduite. La luxueuse voiture donnait l'impression de glisser, et Sandrine se sentait bien. Détendue, heureuse, avec toujours cette impression enivrante de liberté nouvelle.

— Puis-je aller à l'arrière, près de Queen ?

Le vieux monsieur eut un sourire amusé :

— Si vous voulez, acquiesça-t-il.

Sandrine enjamba le dossier de son siège, se glissa près de la chienne, passa un bras autour de son cou, la caressa. Queen marqua sa satisfaction par des coups de langue répétés. Sandrine se serra contre elle, en songeant qu'elle voudrait bien posséder un chien semblable. Mais, dans l'appartement, avec Xavier et Julie de surcroît, il n'en était pas question. Elle enfouit son visage dans les longs poils en murmurant à Queen des mots de tendresse.

Les kilomètres défilaient à une allure vertigineuse. Il y eut le péage, puis de nouveau le ruban de l'autoroute, que la Mercedes avalait avec une efficacité, une douceur et une rapidité reposantes. La tête de la chienne posée sur son genou. Sandrine regardait défiler le paysage, trop excitée pour fermer les yeux et s'assoupir, comme le faisait Queen. Si ses amies la voyaient ! Elle ne les enviait plus, maintenant. Ce qu'elle vivait était bien plus passionnant que ce qu'elles pouvaient connaître, elles, avec leurs vacances routinières !

La Mercedes ralentit. Son conducteur expliqua :

— Il faut que je prenne de l'essence.

Sandrine vit un panneau. Prochaine sortie : Roye. Déjà ! pensa-t-elle. Après avoir fait le plein d'essence, le vieux monsieur gara la voiture devant la boutique :

— Je vais aller prendre un café. Désirez-vous quelque rafraîchissement ?

— Non, merci, dit Sandrine. Je vais rester dans la voiture avec Queen.

— Il faudrait la sortir. Si cela ne vous ennuie pas, je vais lui mettre sa laisse et vous la promènerez un peu.

— Oh ! oui ! approuva Sandrine sans hésiter. Je veux bien.

Elle se retrouva avec Queen sur le parking. Elle l'emmena de l'autre côté, à l'endroit où une pelouse verte remplaçait agréablement le bitume. Là-bas, sur l'autoroute, les voitures filaient à vive allure. A droite, des prairies, des champs et des bois semblaient sortir timidement de l'hiver, et les arbres se paraient de vert tendre. Le vent fouettait les joues de Sandrine, faisait voler ses cheveux. La sensation d'évasion revint, plus forte, plus exaltante.

— Allons, viens, dit-elle à Queen. Il faut retourner à la voiture.

Elle entraîna la chienne, qui se mit à courir avec elle. Elle arriva tout essoufflée près de la Mercedes. Le vieux monsieur sortait de la boutique, un gobelet dans la main. Il était en compagnie d'un grand gaillard barbu, habillé sportivement. Il fit signe à Sandrine qui s'approcha, intriguée.

— J'ai rencontré ce monsieur près du distributeur. Il est routier. Il repart, avec son camion, à Evreux. J'ai pensé que cela vous rapprocherait de votre but. Il est d'accord pour vous emmener.

Le grand gaillard tendit une main énergique à Sandrine.

— Salut ! lui dit-il sans façon, en la tutoyant d'emblée. Moi, c'est Yvon. Et toi ?

Sandrine le regarda. Elle lui vit un visage ouvert, un sourire sympathique, des yeux chaleureux. Elle jugea qu'il devait avoir dans les trente-cinq ans. Il lui plaisait. Avec spontanéité, elle répondit :

— Moi, c'est Sandrine.

— Venez, intervint le vieux monsieur. Il faut reprendre votre sac.

Elle remit Queen dans la Mercedes, prit son sac, se tourna vers le compagnon de route qu'elle quittait :

— Merci, monsieur.

Il lui serra la main en s'inclinant cérémonieusement.

— Au revoir, mademoiselle, et bon voyage.

Après une caresse à Queen, qui répondit par un grand coup de langue, elle suivit Yvon. Celui-ci la conduisit à un semi-remorque, garé sur le parking des poids lourds :

— Nous y sommes. Monte, Sandrine.

La jeune fille se hissa, se retrouva sur le siège du passager, regarda autour d'elle avec un intérêt tout neuf :

— Comme c'est haut ! On a l'impression de tout dominer.

— Nous allons sortir à Roye, expliqua Yvon. Nous prendrons la route normale jusqu'à Evreux.

Sandrine, occupée à observer la cabine, acquiesça distraitement. Une photo, collée en bas du pare-brise, attira son attention. Elle représentait une jeune femme blonde qui souriait, les cheveux dans les yeux, avec deux enfants, une fille et un garçon. Yvon mit le contact, et le lourd camion s'ébranla. Le bruit et les secousses tirèrent une grimace amusée à Sandrine. Quelle différence avec la Mercedes !

Cette fois-ci, son compagnon était d'une nature bavarde. Il parla d'abord de tout et de rien, raconta quelques anecdotes qui firent rire Sandrine, puis, sans en avoir l'air, se mit à l'interroger. Inexplicablement, mise en confiance par les yeux bruns à l'expression amicale, elle se retrouva en train de tout raconter. Elle parla de sa vie telle qu'elle était devenue, de l'impression qu'elle avait d'étouffer, de son désir soudain de partir. Yvon la regarda avec compréhension et sympathie.

— Tu as eu raison. Il faut savoir couper les ponts, de temps à autre. Tu leur as dit, au moins, où tu allais ?

Sandrine fit le même mensonge :

— Bien sûr. Et puis, j'ai dix-huit ans. Je suis majeure et libre de faire ce qui me plaît.

Elle tourna vers lui un visage où se lisaient l'assurance, le défi, et une pathétique vulnérabilité. Yvon ne fit aucun commentaire, et Sandrine se dit avec une puérile satisfaction qu'elle l'avait certainement convaincu.

Ils roulaient à présent sur des routes qui traversaient la campagne. Un soleil peureux apparut entre quelques nuages, se cacha à nouveau. Sandrine voyait des noms de villes : Breteuil, Beauvais, Gisors... Comme elle était bien loin de Lille, déjà ! Elle consulta sa montre : bientôt dix-sept heures. Une pensée fugitive vint la surprendre. A cette heure-ci, Xavier et Julie devaient être en train de goûter. Comment Laure avait-elle réagi en trouvant le message ? Avec un geste agacé, Sandrine repoussa cette question importune. Elle ne regrettait rien. Elle avait bien agi, avait dit Yvon.

Le trajet se déroula agréablement. Yvon se déclarait ravi d'avoir un compagnon de route, ce qui coupait la monotonie, affirma-t-il. Il parla de son métier à Sandrine, raconta des incidents qui lui étaient arrivés, la plupart cocasses. Sandrine riait de bon cœur. Ils firent une halte dans un bar pour routiers, et Yvon tint à lui offrir un chocolat chaud. En remontant dans le camion, elle se dit qu'elle avait l'impression de connaître son compagnon depuis toujours.

L'après-midi finissait. Déjà, une ombre violette s'attardait au ras des champs. A l'ouest, près d'un pan de ciel subitement dégagé, des nuages floconneux se teintaient de rose. Yvon observa :

— Si tout va bien, nous arriverons à Evreux vers vingt heures. Je ne vais pas plus loin. C'est là que j'habite. As-tu prévu un endroit où passer la nuit ?

Sandrine prit un air détaché :

— Oh ! Je trouverai bien un hôtel.

— Ça te fera des frais. Et puis, toute seule dans un hôtel... Si tu veux, tu peux venir chez moi. Il y a de la place. Tu dormiras dans le divan de la salle de séjour.

Elle lui lança un regard qui exprimait une suspicion si évidente que le jeune homme se mit à rire :

— Tu n'as rien à craindre. Je ne suis pas Barbe Bleue, tu sais. J'ai une femme et deux enfants. Regarde, ce sont eux, là, sur la photo.

Encore réticente, Sandrine interrogea :

— Mais... elle ne dira rien, ta femme, justement ? Lui amener une inconnue comme ça, brutalement...

Il secoua la tête avec bonhomie :

— Au contraire, Elisabeth sera ravie. Les enfants aussi. Et puis, tu sais, continua-t-il avec un regard sérieux et amical, si j'avais une jeune sœur, je n'aimerais pas qu'elle soit seule sur les routes, à la merci de n'importe qui.

— Merci, Yvon, dit Sandrine, touchée de cette sollicitude qu'elle sentait sincère. Dis-moi, parle-moi de tes enfants. Quel âge ont-ils ?

— Sylvain a dix ans, Gaëlle huit. Ils sont sympas, tu verras. Sylvain te montrera sa collection de petites voitures, c'est sa passion. Tu n'y couperas pas. Quant à Gaëlle, elle te fera admirer sa poupée Barbie et ses vêtements. Je te préviens tout de suite, tu as intérêt à t'extasier, sinon elle sera horriblement vexée.

Sandrine rit et promit de faire preuve d'une admiration délirante. Yvon parla longuement de ses enfants, disant qu'ils étaient de bons petits, racontant leurs défauts et surtout leurs qualités, expliquant ce qu'il souhaitait pour eux. La tendresse et la fierté qui brillaient dans ses yeux émurent Sandrine.

Avec un pincement au cœur, elle pensa : « Comme je voudrais que papa parle de moi de cette façon ! Mais ce serait plutôt Xavier et Julie qui auraient ses louanges. Moi, je ne compte plus pour lui. »

Elle se secoua pour chasser le regret qui, insidieusement, venait gâcher sa joie.

Yvon rangea le camion près des autres, sous le grand hangar, sauta sur le sol. Sandrine l'imita, fit quelques pas dans la cour.

— Attends-moi ici, lui dit-il. Je passe au bureau et je reviens tout de suite.

La jeune fille alla jusqu'au portail, jeta un coup d'œil dans la rue. Le soir était tombé. A la lueur des lampadaires, elle vit, plus loin, une place plantée de marronniers. L'enseigne lumineuse d'un hôtel clignotait. Elle s'imagina devoir entrer seule dans le hall, demander une chambre. Elle frissonna. Yvon, derrière elle, lui tapa sur l'épaule :

— Ça y est. On y va ?

Il lui prit familièrement le bras, et elle le laissa faire avec gratitude. Grâce à lui, elle n'était pas seule dans une ville inconnue. Ils marchèrent plusieurs minutes, puis Yvon s'arrêta :

— Nous y voici. Attends, je prends ma clef.

Il ouvrit, fit passer Sandrine, referma derrière eux. La lumière jaillit, une bruyante cavalcade envahit le couloir :

— Papa ! C'est papa !

Les deux enfants, Sylvain et Gaëlle, accouraient. Sandrine les regarda s'accrocher à Yvon, remarqua leurs yeux brillants et leur sourire heureux. Une jeune femme sortit à ce moment d'une pièce qui devait être la cuisine, une cuillère en bois à la main. Elle avait des cheveux courts et frisés, un visage rond et sympathique. Elle s'avança vers eux :

— Voyons, les enfants, ne bousculez pas ainsi votre père !

— Maman, maman, papa a ramené une invitée !

— Je le vois bien, dit la jeune femme en s'approchant. Bonjour, mademoiselle. Bienvenue chez nous. Comment allez-vous ?

— Elle s'appelle Sandrine, intervint Yvon. Et tu peux la tutoyer. Elle a l'intention d'aller en vacances chez son oncle, à Granville. Je l'ai aidée à faire un bout de chemin.

Elisabeth sourit à Sandrine :

— Je reconnais bien là mon Yvon. Jamais le dernier à rendre service. Entre donc, Sandrine. Enlève ton blouson. Je finis de préparer le dîner. Nous allons manger sans tarder.

Sylvain et Gaëlle entourèrent Sandrine. Ils l'emmenèrent dans une agréable salle à manger, où le couvert était mis. Elisabeth ajouta une cinquième assiette.

— Je suis désolée de vous déranger, s'excusa Sandrine, rose de confusion.

— Ça ne me dérange pas, au contraire. Et puis, ton arrivée est une agréable diversion pour les enfants. Regarde-les, ils sont ravis.

Ils vinrent tous deux vers Sandrine, assise sur le divan, et firent ce qu'avait prévu leur père : Sylvain fit rouler, l'une après l'autre, ses petites voitures ; Gaëlle installa Barbie vêtue d'une somptueuse robe de bal près de Sandrine, et lui fit admirer tous les autres vêtements. La jeune fille poussa les exclamations de ravissement attendues, et bientôt se retrouva sur le tapis, occupée à faire rouler les voitures, et, en même temps, à essayer à Barbie ses différentes tenues.

Le repas vint interrompre ce joyeux intermède. Il était délicieux, et Sandrine, d'abord intimidée, fut vite mise à l'aise par l'attitude bon enfant de ses hôtes. Yvon insista même pour qu'elle boive un verre de vin, et elle sentit la tête lui tourner. Après le repas, elle aida Elisabeth à débarrasser la table, mais de nouveau les enfants l'accaparèrent :

— Viens voir mes livres d'images.

— Je vais te montrer l'album de photos que j'ai prises avec mon nouvel appareil.

Elle se prêta de bonne grâce à leurs exigences. Leur fraîcheur et leur spontanéité lui plaisaient. Yvon, qui lisait son journal dans un fauteuil, remarqua :

— Tu vois, Sandrine, dans quelques années, ton frère et ta sœur seront comme eux. Lorsqu'ils étaient petits, Sylvain et Gaëlle n'étaient pas toujours faciles. Et si Elisabeth avait eu sous la main une adolescente pour l'aider, sûr qu'elle en aurait profité. C'est une réaction normale, comprends-tu ? Tout ça pour te dire que Laure n'est pas si coupable que tu le crois. Et ça s'arrangera, tu verras.

Ils passèrent une soirée sympathique. Elisabeth raconta des potins, parla des voisins qui partaient le lendemain en Bretagne. Yvon sauta sur l'occasion :

— Mais pour Sandrine, c'est excellent, ça ! Peut-être pourraient-ils l'emmener ? S'ils vont dans la même direction... Je vais leur téléphoner tout de suite.

Il s'absenta un court instant, revint avec un grand sourire :

— Ils peuvent te prendre jusqu'à Avranches, dit-il à Sandrine. C'est formidable, tu seras pratiquement arrivée. Et je serai rassuré de te savoir avec eux. C'est vrai, en faisant du stop, il y a toujours un risque. Ils t'attendent demain à neuf heures. Je te conduirai chez eux, ce n'est pas loin. Ils sont jeunes et sympathiques. Une trentaine d'années, environ. Ils sont instituteurs tous les deux.

De nouveau, Sandrine remercia Yvon pour sa sollicitude. Si elle avait eu un grand frère comme lui, tout aurait sans doute été plus facile...

Puis il fut l'heure de se coucher. Yvon dut se fâcher pour obliger les enfants à aller dans leur chambre, car ils ne voulaient pas quitter Sandrine. On lui laissa l'usage de la salle de bains, et tandis qu'elle se déshabillait, se brossait les cheveux, se démaquillait et se lavait les dents, Yvon et Elisabeth installaient le divan dans la salle de séjour. Quand elle revint en pyjama, son lit l'attendait :

— Voilà, Sandrine. Dors bien. Bonne nuit, et à demain.

Ils quittèrent la pièce, laissant un abat-jour à la lumière tamisée près d'elle. Elle se coucha, éteignit la lampe. Les draps étaient frais. Elle se recroquevilla sur elle-même. La chaleur et l'affection qu'elle venait de trouver dans cette famille lui avaient fait un bien immense. Une jeune femme qui ne se plaignait pas, des enfants qui ne pleuraient pas... Cela la changeait agréablement de ce qu'elle connaissait habituellement. D'où lui venait, alors, cette impression sournoise d'être soudain esseulée, perdue, abandonnée, sans personne à aimer ?...

Demain, elle les quitterait, ses gentils hôtes, et elle ne les reverrait sans doute jamais. Penseraient-ils à elle, quelquefois ? Et son père, que devait-il penser de sa fugue ? Xavier et Julie la réclameraient-ils ? Elle ne savait plus que croire. Avait-elle bien fait de partir ? Chaque soir, avant de coucher Xavier, elle faisait un câlin avec lui, et elle s'apercevait, là, maintenant, qu'il lui manquait. Elle essuya d'un geste rageur les larmes qui picotaient ses paupières, se tourna et se retourna dans le lit, insatisfaite et malheureuse. Elle finit par s'endormir, la poitrine oppressée par les sanglots qu'elle s'obstinait à refouler.

Le lendemain, cette désagréable impression avait disparu. Sandrine se réveilla d'excellente humeur. Dans le ciel, un gai soleil brillait. Elle prit le petit déjeuner dans la cuisine baignée de lumière blonde, en même temps que les deux enfants. Lorsqu'elle fut prête à partir, Yvon lui proposa :

— Viens. Je t'emmène chez Jean-Pierre et Anne-Marie. Ils t'attendent pour neuf heures.

Sandrine se tourna vers les enfants, les embrassa avec une sincère affection.

— Tu reviendras, dis ? lui demanda Gaëlle.

— Peut-être. En tout cas, je vous enverrai une carte postale de Granville.

— C'est gentil, dit Elisabeth. En même temps, ça me rassurera de savoir que tu es bien arrivée.

Sandrine remercia chaleureusement la jeune femme de son accueil, et, poursuivie par les vœux de bon voyage des enfants, sortit avec Yvon. Dans la rue, le soleil les accueillit, éclatant, incitant à l'aventure. A plusieurs maisons de là, une 2 CV verte était garée, et un jeune homme hirsute, vêtu d'un jean et d'un pull usagé, plaçait des bagages dans le coffre.

— C'est Jean-Pierre, annonça Yvon. Viens, je vais te présenter.

Ils s'approchèrent. Le jeune homme les vit arriver, sourit en apercevant Yvon.

— Je t'amène Sandrine, dit celui-ci. Je te la confie. Prends bien soin d'elle.

— Ne t'en fais pas. Tu peux compter sur moi.

Jean-Pierre adressa à Sandrine un sourire cordial, lui tendit la main :

— Salut. Je m'appelle Jean-Pierre. Anne-Marie ne va pas tarder, nous partons dans deux minutes.

Une jeune femme en effet arriva, menue, vive, frétillante. Elle tendit un trousseau de clefs à Jean-Pierre :

— Nous pouvons partir. J'ai bien vérifié. Tout est en ordre.

Elle sourit à Sandrine :

— Ainsi, voilà notre passagère ! Bienvenue à bord de notre carrosse. Monte, je t'en prie.

Elle ouvrit la portière arrière. Sandrine leva les yeux vers Yvon.

— Eh bien, au revoir, lui dit-elle d'une voix étranglée.

Yvon se pencha et sans façon l'embrassa fraternellement. Sa barbe chatouilla agréablement les joues de Sandrine.

— Bon voyage. Et bonnes vacances.

— Merci, Yvon, dit Sandrine avec force. Merci pour tout.

Elle se retrouva assise à l'arrière de la 2 CV, qui démarra bruyamment, après plusieurs secousses. Elle se retourna et, par la vitre, aperçut Yvon, immobile sur le trottoir, qui les regardait s'éloigner. Elle lui fit un petit signe d'adieu et il leva le bras, en un grand geste amical qui lui fit chaud au cœur.

La voiture sortit de la ville, prit une route de campagne.

— Tu comprends, expliqua Jean-Pierre à Sandrine, nous ne sommes pas pressés, et nous préférons prendre des routes secondaires. C'est plus calme, et ça rend le voyage plus attrayant. Nous mettrons peut-être un peu plus longtemps, mais nous serons plus détendus à l'arrivée.

Sandrine approuva. Elle avait tout son temps. Elle s'appuya au dossier de son siège et laissa errer ses regards sur la campagne normande. Anne-Marie se tourna alors vers elle :

— Ça ne te dérange pas si nous chantons ? Nous n'avons pas de radio dans la voiture et, habituellement, nous occupons nos voyages en chantant les comptines que nous apprenons à nos élèves. Tu pourras nous accompagner si tu le désires.

Et les chansons défilèrent. Sandrine se retrouva entonnant à tue-tête *Il pleut bergère, Frère Jacques*, et quantité d'autres titres qui lui rappelèrent ses années d'enfance. S'il y avait un chant qu'elle ne connaissait pas, ses compagnons le lui apprenaient, et ils le reprenaient ensuite en chœur.

Occupé ainsi, le voyage fut agréable et amusant. Il fut coupé par le repas, pris dans un petit restaurant sympathique, où Sandrine tint à payer sa part. Vers quatre heures de l'après-midi – Jean-Pierre, avec son « escargot », comme il appelait sa voiture, ne roulait pas vite –, ils aperçurent, au loin, les toits de la ville d'Avranches.

— Nous arrivons, dit Jean-Pierre. C'est ici que nous nous séparons. Anne-Marie et moi, nous allons vers le Mont-Saint-Michel. Toi, Sandrine, c'est bien à Granville que tu vas ?

— Oui, c'est ça. Vous pouvez me laisser à l'entrée de la ville. Je me débrouillerai.

— Je vais te déposer à l'arrêt des autocars. Il y a un service régulier. Ça ira ?

— Oui, très bien. Merci beaucoup.

Elle descendit de voiture et quitta le jeune couple en réitérant ses remerciements, enchantée du trajet effectué en leur compagnie. Elle trouva facilement un bus pour Granville et, après avoir pris son billet au chauffeur, elle alla s'installer sur un siège du fond.

« Enfin, je touche au but », songea-t-elle avec satisfaction.

En regardant par la vitre, elle éprouva une délicieuse sensation de dépaysement. Elle oubliait tout, Laure, les enfants, les problèmes. Elle avait l'impression d'être libérée. La route longeait la côte, et par moments on apercevait la mer. La marée était basse, et Sandrine admira la plage immense et, au loin, la silhouette du Mont-Saint-Michel.

Les villages se succédaient, et leurs noms chantaient dans les souvenirs de Sandrine : Saint-Jean-le-Thomas, Carolles, Jullouville, Saint-Pair. Lorsque le bus parvint enfin à destination, la jeune fille sauta sur le sol avec enthousiasme. Enfin, elle était arrivée, après un voyage sans histoire au cours duquel elle avait rencontré des gens sympathiques. Comme elle avait bien fait de partir !

— En route vers l'oncle Tom, maintenant ! pensa-t-elle.

Elle sourit, amusée. Oncle Tom... Il s'appelait Thomas, mais elle l'avait surnommé ainsi après qu'il lui eut offert, pour ses dix ans, un roman intitulé *La Case de l'oncle Tom*, qu'elle avait beaucoup aimé.

Elle se rappelait parfaitement la disposition des rues, et retrouva l'appartement avec facilité. Elle grimpa vivement les escaliers, se retrouva devant la porte où était épinglée une carte de visite au nom de Thomas Janvier.

— C'est bien ça, se dit-elle, rassurée. Je ne me suis pas trompée.

Elle appuya sur la sonnette, deux, trois fois de suite. Rien ne bougea à l'intérieur. Machinalement, elle regarda sa montre. Bientôt dix-huit heures... Son oncle travaillait dans une banque et ne tarderait pas à rentrer. Sans s'impatienter, elle s'assit sur la dernière marche, son sac de sport près d'elle, et attendit.

— Sandrine ! Est-ce bien toi ? Que fais-tu là ?

Oncle Tom venait d'arriver et fixait la jeune fille avec des yeux ronds. Son expression de stupéfaction était si comique que Sandrine éclata de rire.

— C'est bien moi, oncle Tom ! J'ai eu envie de prendre des vacances et, tout naturellement, j'ai pensé à toi. N'es-tu pas content de me voir ?

— Euh... Eh bien... c'est-à-dire... Tu aurais pu prévenir, quand même.

— Je n'ai pas eu le temps. Je suis partie subitement, sur un coup de tête. Je t'expliquerai.

— Enfin... Puisque tu es là, entre.

Il sortit sa clef, ouvrit la porte. Dans l'entrée, il regarda mieux sa nièce :

— Tu as grandi, dis donc, depuis la dernière fois. Mon Dieu, comme tu ressembles à ta mère ! J'ai l'impression de la revoir au même âge.

L'allusion à la mère de Sandrine fit passer entre eux un courant d'émotion qui les rapprocha. Sandrine fit un pas en avant et avoua d'une toute petite voix :

— J'ai eu des problèmes à la maison. C'est pour ça que je suis venue. Je me suis dit que toi, au moins, tu me comprendrais. J'ai eu raison, n'est-ce pas ?

Il regarda cette adolescente tendue vers lui, qui lui rappelait la sœur aînée tant admirée, tant aimée, et perdue trop vite. Avec douceur, il dit :

— Viens par ici. Tu me raconteras tout.

Il l'entraîna dans le living où régnait une odeur de tabac froid. Il ouvrit la fenêtre, débarrassa le divan de journaux et d'une pile de vêtements qui l'encombraient.

— Ne fais pas attention au désordre. Lucienne, la femme de ménage qui vient tous les jours, est malade. Et tu sais, un homme seul, à moins d'avoir la manie du rangement, a plutôt tendance à tout laisser traîner...

Sandrine s'assit, passa sa main dans ses cheveux et, mise en confiance par l'intérêt amical qu'elle lisait dans le regard de son oncle, raconta tout. Il la laissa parler, et lorsqu'elle eut terminé, sans un mot, il se dirigea vers le téléphone. Sandrine se redressa, inquiète :

— Oncle Tom ! Que fais-tu ?

Le combiné à la main, il se tourna vers elle :

— Je préviens chez toi, tout simplement. N'as-tu pas pensé qu'ils pourraient être inquiets ?

Sandrine eut un peu honte de son égoïsme. Non, elle n'y avait pas pensé. Néanmoins, elle protesta :

— A cette heure-ci, tu vas avoir Laure au bout du fil. Je ne veux pas lui parler. Elle va m'assaillir de questions, sans compter les jérémiades et les plaintes.

— Tu n'auras pas à parler. Je vais simplement dire que tu es bien arrivée, c'est tout.

Il composa le numéro, attendit un instant. Sur le divan, Sandrine, crispée, ne bougeait pas.

— Allô ? Laure ?... Ici, c'est Thomas. Oncle Tom, oui. Hum, eh bien... — Il se racla la gorge. — Je vous appelle parce que Sandrine vient d'arriver chez moi.

Il y eut, dans l'appareil, une exclamation si aiguë que Sandrine l'entendit.

— Ça va, ne vous inquiétez pas. Son voyage s'est bien passé. Non, non... Elle a voulu prendre un peu de recul, tout simplement. Comment ? Ah ! attendez. — Il se tourna de nouveau vers Sandrine. — As-tu l'intention de rester ici longtemps ?

— Au moins toutes les vacances ! jeta Sandrine d'une voix basse mais vibrante.

La demande de Laure réveillait son ressentiment. Sans aucun doute, se dit-elle, la petite domestique lui manquait déjà !

— Pendant les vacances, répéta son oncle dans le téléphone. Oui, je sais, elle aurait dû vous prévenir. Je le lui ai dit aussi. C'est d'ailleurs pour ça que j'ai tenu à vous appeler tout de suite... Oui, je m'en doute. Euh... Je crois qu'elle ne veut pas vous parler. Oui, oui, je le lui dirai. Mais non, ne me remerciez pas. Au revoir, Laure.

Oncle Tom reposa le combiné, se passa une main sur le front, regarda Sandrine :

— Elle m'a paru drôlement soulagée de te savoir ici. Comme je le prévoyais, elle était très inquiète. Ton père ne rentre pas avant demain, et elle n'a pas encore osé le prévenir. Elle espérait que d'ici là tu serais revenue.

Sandrine haussa les épaules :

— Mon père... Je me demande bien comment il va réagir. Mon absence ne fera pas un grand vide. Lorsqu'il revient pour le week-end, c'est à peine s'il me voit. Il ne s'occupe que de Xavier et Julie.

— Sandrine, serais-tu jalouse ?

Elle explosa, féroce, indignée :

— Bien sûr que je suis jalouse ! C'est trop injuste, à la fin ! Je sais bien que Xavier et Julie sont aussi ses enfants, mais ça n'empêche pas que je suis toujours sa fille, non ?

Elle s'interrompit, leva les yeux vers lui qui la regardait avec commisération.

— Oh ! oncle Tom, gémit-elle. Je suis malheureuse...

Il lui tapota maladroitement l'épaule.

— Cette coupure te fera du bien. Tu as besoin de vacances. Je te trouve une petite mine et des joues pâles. S'il fait beau comme aujourd'hui, tu pourras faire de longues promenades. Le changement d'air et le repos te remettront vite d'aplomb. Le problème, c'est que tu seras souvent seule. Je ne suis pas en vacances, moi, et je suis pris toute la journée.

— Oh ! ça ne me dérange pas, au contraire. Si tu savais à quel point j'ai besoin de calme ! Et puis, pendant les week-ends, tu seras là.

Oncle Tom toussota, baissa la tête, contempla ses doigts :

— Justement, à propos de week-end... Eh bien, voilà : depuis l'année dernière, j'ai une amie, Brigitte. Elle habite et travaille à Coutances. Mais elle vient passer chaque week-end avec moi. Elle arrive le vendredi soir ou le samedi matin.

— Ah ! dit Sandrine, désappointée.

— Mais ça ne fait rien, tu ne nous dérangeras pas. Il faudra que tu dormes sur le divan, comme tu l'as fait il y a quatre ans. Allons, ne prends pas cet air déçu. Finalement, je suis très content que tu sois là. Nous nous entendons bien, tous les deux. Et puis, sans vouloir t'accaparer comme Laure, je dois dire que ton arrivée est providentielle : en échange de mon hébergement, tu remplaceras Lucienne pour le rangement et le ménage. Ça ne te prendra pas beaucoup de temps, et ça me rendra service. Attends de voir la cuisine. Et la salle de bains !

Il leva les yeux au ciel, avec un air de catastrophe si cocasse que Sandrine se mit à rire :

— D'accord, oncle Tom. Et merci de m'accepter. Tu es très chic.

Ils passèrent une excellente soirée. Ils mangèrent une pizza surgelée qu'oncle Tom fit réchauffer dans le four, puis du fromage et des fruits. Ils bavardèrent, parlèrent de leur vie respective, et Sandrine put déverser dans une oreille compréhensive les griefs qu'elle avait peu à peu accumulés.

Oncle Tom lui raconta certains épisodes de sa propre enfance, qui enchantèrent Sandrine, car ils lui faisaient découvrir un aspect de sa mère qu'elle ne connaissait pas. Oncle Tom la décrivait fière, ardente, passionnée.

— Tu tiens beaucoup d'elle, Sandrine. Lorsqu'elle avait ton âge, moi j'avais dix ans. Je me souviens que je l'admirais énormément.

Un attendrissement inconnu gagnait Sandrine. Cette mère dont elle n'avait aucun souvenir, grâce à son oncle, elle la voyait revivre devant elle.

— Je me souviens de son bonheur lorsque tu es née. Elle était si fière de toi ! Pour elle, tu étais le plus beau bébé du monde. Ton père était radieux. Lorsque, quelques mois plus tard, une hépatite virale l'a emmenée très rapidement, j'ai vu son désespoir et je peux dire que tu as été, alors, sa seule consolation. Tiens, attends, je vais te montrer une photo que j'ai gardée. Tu devais avoir trois mois à l'époque, et tu es dans les bras de ta mère.

Il fouilla dans un tiroir, sortit un vieil instantané qu'il tendit à Sandrine. La photo avait été prise à l'extérieur, dans un jardin. Elle représentait une jeune femme qui souriait, debout dans le soleil. Elle tenait dans ses bras un tout petit enfant, qui regardait l'objectif avec de grands yeux étonnés. Le visage de la jeune femme exprimait une sérénité heureuse, épanouie.

Une émotion intense étreignit Sandrine.

— Oncle Tom... pourrais-je avoir cette photo ?

— Bien sûr, ma petite fille. Je te la donne.

Dans un élan affectueux, elle alla vers lui, l'embrassa :

— Merci, oncle Tom, merci pour tout. Je suis très contente d'être venue.

Lorsqu'elle se retrouva seule, avant de s'endormir, elle contempla longtemps la photo qui les représentait, sa mère et elle, dans le jardin ensoleillé. Et, pendant la nuit, elle rêva d'une jeune femme souriante qui l'aimait et qui la serrait contre elle avec tendresse.

Lorsque son oncle fut parti, le lendemain matin, elle jeta un regard autour d'elle. Elle remarqua le désordre auquel elle n'avait pas prêté attention la veille. Avec énergie, pleine d'entrain, elle se mit à ranger, nettoya la cuisine, mit le linge qui encombrait la salle de bains dans la machine à laver, passa l'aspirateur dans la chambre et le living. Etrangement, ces tâches ne lui paraissaient pas fastidieuses. Elle avait mis la radio et fredonnait en travaillant. Le fait d'évoluer seule dans l'appartement lui donnait l'illusion d'être la maîtresse de maison, et elle se sentait importante et responsable. C'était une impression nouvelle et très agréable.

Elle descendit faire quelques courses, revint préparer le repas. Exceptionnellement, son oncle, qui habituellement mangeait dans un bar en compagnie de quelques collègues, avait décidé qu'il reviendrait chaque jour déjeuner avec elle.

Il fut ravi de trouver l'appartement rangé, fit honneur aux pommes de terres sautées et aux filets de limande qu'elle lui servit. Il n'avait qu'une heure de liberté et repartit très vite. De nouveau seule, elle débarrassa la table, fit la vaisselle, remit de l'ordre partout. Puis elle regarda le ciel. Il y avait de nombreux nuages, qui de temps à autre laissaient filtrer un rayon de soleil. Sandrine n'hésita pas, elle avait tant envie d'aller voir la mer ! Elle prit son blouson, les clefs que lui avait laissées son oncle, et sortit.

En marchant vite, elle sortit de la ville, longea le port, huma avec satisfaction l'air du large. Plus loin, elle descendit sur la plage, se dirigea vers la mer. La longue bande de sable était déserte, et Sandrine retrouva avec ravissement le décor qu'elle avait gardé intact dans son souvenir. Des mouettes se poursuivaient avec des cris perçants. Sandrine leva la tête pour admirer leur vol gracieux. Un vent vif lui rabattait les cheveux dans les yeux. Elle les repoussa sans impatience, se tourna vers le large. La mer roulait des flots agités. Le soleil, se glissant parfois entre deux nuages, les illuminait d'une clarté d'argent.

Longtemps, la jeune fille demeura immobile, yeux fermés, visage offert à la brise. Elle sentait s'éloigner d'elle sa rancœur, son insatisfaction. Le bruit des vagues lui apportait l'apaisement dont elle avait besoin. Elle songea à Laure et aux enfants comme à des personnages que l'éloignement rendait irréels. Lorsque, après une longue promenade sur la plage, elle revint au logement de son oncle, elle se sentait rassérénée.

Mise en appétit par l'air marin, elle se fit un chocolat chaud, qu'elle but après avoir mangé plusieurs biscuits secs. Puis, avec une lassitude heureuse, elle s'installa dans l'un des fauteuils, alluma la télé. Vautrée paresseusement, elle pensa qu'il était bien agréable de pouvoir rester oisive, et soupira de soulagement à l'idée de ne plus avoir à supporter les exigences de Laure et les criailleries des enfants.

Lorsque son oncle rentra, elle éteignit la télé, prépara le repas du soir. Elle avait acheté des bouquets qu'elle servit avec une mayonnaise et du persil, puis une salade frisée qu'elle assaisonna avec des croûtons et de l'ail. Tout en mangeant, elle raconta sa promenade, répétant sans cesse à quel point elle était enchantée. A l'issue du repas, son oncle se frotta l'estomac d'un geste significatif :

— Hum... Tu es un vrai petit cordon-bleu. Je risque de grossir pendant ton séjour.

Sandrine ramassa les assiettes en souriant à ce compliment :

— Si tu veux, oncle Tom, dimanche je ferai un gâteau.

Son oncle baissa les yeux, embarrassé :

— Humm... Justement, au sujet de dimanche... Brigitte sera là. Elle arrive demain matin, et restera deux jours. Je ne peux pas l'empêcher de venir, comprends-tu, Sandrine ? Et souvent, le dimanche, nous allons déjeuner au restaurant tous les deux. Cela ne t'ennuiera pas de rester seule ?

— Oh ! non, dit Sandrine un peu trop précipitamment. Non, pas du tout. Il ne faut surtout pas changer tes habitudes pour moi, oncle Tom.

Mais une ombre était descendue sur sa joie. Elle voyait avec réticence l'intrusion d'une inconnue dans ce qui était, depuis la veille, son nouveau domaine, où elle évoluait avec aisance. Et puis, cette Brigitte ne gâcherait-elle pas l'entente qui existait entre oncle Tom et elle ? Avec puérilité, Sandrine souhaita qu'elle ne puisse pas venir.

Cet espoir s'avéra déçu. Le lendemain matin, une jeune femme élégante et maquillée arriva alors que Sandrine lavait les bols du petit déjeuner dans la cuisine. En apercevant la jeune fille, elle la toisa avec hauteur :

— Vous êtes la nouvelle femme de ménage ?

— Attends, Brigitte, intervint oncle Tom. Il faut que je te dise...

Il raconta l'arrivée inopinée de Sandrine, expliqua qu'il avait accepté de la garder pendant les vacances.

— Charmante nièce, qui arrive ainsi sans prévenir, commenta Brigitte d'un ton acerbe.

Elle se tourna vers la jeune fille qui, muette, ne bougeait pas.

— Eh bien, Sandrine, puisque Sandrine il y a, je tiens à préciser tout de suite que je n'ai que le week-end, moi, pour voir Thomas. Alors j'espère que vous saurez vous montrer discrète, car je ne tiens pas à voir notre intimité sans cesse perturbée.

Sur ces mots impératifs, elle retourna dans le living, prit son sac de voyage, se dirigea vers la chambre. Avant de la suivre, oncle Tom regarda Sandrine et lui fit un petit signe d'impuissance. Serrant les dents pour résister à la colère qu'elle sentait monter, Sandrine se remit rageusement à sa vaisselle.

En relevant la tête, elle vit, par la porte entrouverte, son oncle qui s'efforçait de calmer Brigitte, et elle comprit, aux gestes saccadés et aux froncements de sourcils de celle-ci, qu'elle était mécontente.

« C'était trop beau, pensa-t-elle. J'ai l'impression que ça va être charmant, ici, au cours des deux prochains jours. »

A Lille, le temps était maussade et froid. Ce même matin, Bernard, le père de Sandrine, se leva de très mauvaise humeur. Il n'avait pratiquement pas fermé l'œil de la nuit, à la fois effondré et furieux. Il était rentré la veille au soir, après plusieurs jours d'absence, et n'avait d'abord rien compris lorsque Laure lui avait annoncé la nouvelle. Il avait cru qu'elle lui cachait volontairement une partie de la vérité, et avait fait subir à la jeune femme un véritable interrogatoire :

— Mais enfin, Laure, ce n'est pas possible ! Sandrine n'a pas pu partir comme ça ! Il s'est passé quelque chose... Vous vous êtes disputées ?

Laure n'avait pu que donner toujours la même version et montrer le petit message laissé par Sandrine. A toutes les questions de Bernard, elle avait répondu négativement : non, Sandrine n'avait rien dit ; non, elle n'avait pas paru différente des autres jours ; non, elle ne s'était pas plainte, jamais. Laure elle-même avouait qu'elle ne comprenait pas.

Cette nuit avait été, pour Bernard, épouvantable. Des souvenirs, en foule, avaient surgi du passé, qu'il avait cru oubliés et qui étaient, pourtant, tellement vivants : Sandrine poussant des cris de ravissement lorsqu'il la levait très haut et la maintenait au bout de ses bras tendus, Sandrine se précipitant, à chacun de ses retours, le visage irradié de joie... Il revoyait le bébé adorable, la petite fille espiègle et attachante, puis l'adolescente grave et raisonnable dont il était si fier.

Lorsque certains de ses collègues lui parlaient des conflits qui les opposaient à leurs enfants, il affirmait invariablement, sûr de lui :

— Moi, je reconnais que j'ai de la chance. Ma fille est formidable. Je n'ai aucun problème avec elle.

Mais, maintenant, il s'interrogeait. La fuite de Sandrine avait fait se lever en lui un monde de questions, et sa belle certitude subitement n'existait plus.

— Pourquoi ? se répétait-il pour la centième fois. Pourquoi est-elle partie ?

Son week-end était complètement gâché. Lui qui se réjouissait, chaque samedi, de pouvoir passer deux jours avec ses enfants qu'il voyait si peu, il se trouvait aujourd'hui complètement désorienté. Il entendait, dans la salle de bains, le gazouillis de Julie que Laure habillait.

Xavier vint vers lui en pyjama, traînant par l'oreille son grand lapin en peluche :

— Papa... où elle est, Dine ?

D'une main distraite, il caressa la tête blonde levée vers lui :

— Elle va revenir, mon petit bonhomme. Ne t'en fais pas. Bientôt elle sera là.

Un doigt dans la bouche, le petit garçon observa son père sans répondre. Comme s'il prenait une décision subite, Bernard annonça à l'enfant :

— Viens, nous allons lui téléphoner. Tu en profiteras pour lui demander quand elle reviendra. D'accord ?

Xavier opina gravement. Le visage tendu, Bernard composa le numéro de son beau-frère.

— Sandrine, c'est pour toi !

Sandrine posa l'éponge avec laquelle elle nettoyait l'évier de la cuisine. Elle pénétra dans le living, intriguée :

— Pour moi ? Qui est-ce ?

Son oncle lui tendit le combiné :

— C'est ton père. Il veut te parler.

Le cœur de Sandrine manqua un battement. Les jambes flageolantes, elle s'approcha du téléphone, prit le récepteur :

— Allô ? dit-elle, les lèvres sèches.

Il y eut un silence. Puis la voix de son père lui parvint, lointaine, étrangement assourdie :

— Sandrine, tu vas bien ?

Sandrine releva la tête avec défi.

— Mais oui, je vais très bien. Oncle Tom m'a accueillie très gentiment. Et chez lui, je profite de mes vacances.

Elle entendit la voix de son père se charger de reproche :

— Laure a été très inquiète. Et moi, je ne fais que me demander... Dis-moi, Sandrine, que s'est-il passé ? Pourquoi es-tu partie ainsi, sans prévenir ?

Sandrine secoua ses longs cheveux, d'un mouvement de tête impatient :

— Je me doutais bien que tu ne comprendrais pas. Je ne pouvais plus continuer comme ça, il fallait que je m'en aille. J'étais devenue la bonne d'enfants, le robot dressé pour rendre service. Mais je ne suis pas un robot, j'ai besoin d'affection, qu'on s'occupe de moi...

Sa voix s'étrangla. Elle avala sa salive, lui trouva un goût de larmes.

— Sandrine, ma petite fille... Je ne me doutais pas que... Attends, Xavier veut te parler.

Une petite voix, claire et fraîche, retentit :

— Dine ? Où tu es, Dine ? Tu vas bientôt revenir ?

Sandrine sentit une émotion inattendue l'envahir. Elle se mordit les lèvres, s'obligea à répondre posément :

— Mais oui, ne crains rien, Xavier. Et toi, sois bien sage en attendant.

Son père intervint de nouveau :

— Tu es vraiment décidée à passer tes vacances seule, à Granville ?

— Bien sûr. Je suis venue ici pour ça. Et puis, je ne suis pas seule. Oncle Tom est là.

— Eh bien, je vois que ce n'est pas la peine d'insister. En tout cas, s'il y a quoi que ce soit, n'hésite pas à m'appeler, Sandrine.

Sandrine leva les yeux et aperçut, appuyée à la porte de la chambre, Brigitte qui, immobile, l'observait avec curiosité. Depuis combien de temps écoutait-elle la conversation ? Agacée, la jeune fille lui tourna le dos.

— Oui, répondit-elle brièvement, oui, d'accord. Et embrasse Laure pour moi. Au revoir.

Elle raccrocha et, pour échapper au regard inquisiteur de Brigitte, courut se réfugier dans la cuisine.

A l'autre bout du fil, Bernard considéra le téléphone avec incrédulité, avant de se rendre compte que la communication venait d'être coupée.

Il se passa la main dans les cheveux, du geste qu'il avait souvent lorsqu'il était ému ou mécontent. L'attitude de Sandrine le déroutait complètement. Il ne la reconnaissait plus. Elle lui avait paru dure, presque agressive, bien différente de la petite fille docile et aimante qu'il avait toujours connue. Il s'était efforcé de ne pas se fâcher, de ne pas lui ordonner de revenir. Il savait, d'après les expériences de ses collègues de travail, que ce n'était pas la bonne solution. Ce qu'il fallait avant tout, c'était essayer de comprendre.

Il réfléchit longuement. Une bonne d'enfants, avait-elle dit, un robot... Pourquoi se considérait-elle ainsi ? Elle avait dit aussi : « J'ai besoin qu'on s'occupe de moi. » Etait-ce là l'aveu d'un enfant qui, se croyant délaissé, s'imaginait être moins aimé ? Et lui, il n'avait rien remarqué. Mais elle n'avait jamais rien dit.

Comment aurait-il pu se douter que, sous l'apparence calme qu'elle offrait habituellement, une tempête s'accumulait ? Il pensa à Françoise, sa première femme. Elle était renfermée, secrète ; et parfois, il lui arrivait de prendre une décision subite qui s'avérait, pour ses proches, apparemment incompréhensible. Sandrine avait-elle hérité de cet aspect du caractère maternel ?

— Laure ! appela-t-il. Laure !

La jeune femme apparut, Julie dans les bras.

— Laure, je viens d'avoir Sandrine au téléphone. D'après ce que j'ai pu comprendre, elle est partie parce qu'elle en avait marre. Elle dit n'avoir été rien d'autre qu'une bonne d'enfants, un robot. C'est son expression. As-tu une idée de ce qu'elle veut dire par là ?

Laure secoua la tête, d'abord surprise. Puis elle se rappela, d'un seul coup, les services qu'elle demandait à Sandrine, et l'aide que la jeune fille lui apportait d'elle-même. Et elle commença à comprendre.

— Je n'en ai pas pris conscience, avoua-t-elle, mais il est vrai que je m'étais mise à compter sur elle. Comme elle ne disait rien, j'en ai peut-être profité un peu trop. A force de s'accumuler, tout ça a débordé. Ça pourrait expliquer son départ si brutal.

— Et moi, dit Bernard, je me rends compte que je l'ai délaissée, pris par l'exubérance de Xavier et de Julie. Oh ! Laure, j'espère qu'il n'est pas trop tard ! Lorsqu'elle reviendra, nous ferons un effort tous les deux, n'est-ce pas ?

La jeune femme sourit, posa une main sur celle de son mari :

— Oui, Bernard, je te promets d'essayer. Je l'aime bien, ta fille, c'est une bonne petite. Et je ne veux pas qu'elle soit malheureuse.

L'appel de son père avait fortement troublé Sandrine. Toute la matinée, elle resta distraite, mécontente d'elle-même. La question de Xavier l'avait émue. Se pouvait-il que son petit frère s'ennuyât d'elle ? Mais cela ne changerait pas sa décision de rester chez oncle Tom. Elle avait décrété qu'elle prendrait des vacances, et elle n'éprouvait aucunement l'envie de les écourter.

Pourtant, l'attitude de Brigitte fut bien près de tout gâcher. La jeune femme critiqua le repas que Sandrine servit, estimant que c'était trop cuit, trop sec, trop fade. Elle fut si désagréable que Sandrine, au bord des larmes, partit se réfugier de nouveau dans la cuisine. Ce fut là que son oncle vint la trouver peu après, très embarrassé.

— Je suis désolé, Sandrine. Je reconnais que Brigitte a un caractère épouvantable. Essaie de ne pas lui en vouloir. Elle est furieuse parce qu'elle pensait être seule avec moi pendant le week-end, et ta présence l'importune. Prends patience, ça ira mieux lundi, quand elle sera partie. Cet après-midi, je l'emmène au cinéma. Tu vas être tranquille.

Lorsqu'ils furent sortis, Sandrine s'empressa d'ouvrir toutes les fenêtres de l'appartement. Brigitte avait fumé cigarette sur cigarette, et l'atmosphère était irrespirable. Puis la jeune fille prit son blouson et décida d'aller se promener sur la plage.

Le vent chassa l'impression désagréable qu'elle ressentait, la mer exerça sur elle son effet lénifiant. Purifiée, revigorée, Sandrine sentit son équilibre et son optimisme revenir. Elle marcha longtemps, respirant à pleins poumons l'air du large, se grisant des senteurs marines et vivifiantes, s'emplissant les yeux du décor toujours changeant des vagues, qui frangeaient le sable d'une mousse de dentelle blanche. De nouveau, elle oublia tout et rentra complètement ravie, du rêve plein les yeux.

Avec une énergie nouvelle, elle prépara pour le repas du soir des croque-monsieur. Elle venait de les terminer lorsque Brigitte et oncle Tom revinrent, accompagnés de deux autres couples.

— Ce sont des amis, annonça oncle Tom. Et voici ma nièce, Sandrine, qui passe ses vacances à Granville.

Ils la saluèrent et l'ignorèrent aussitôt. Ils s'installèrent dans les fauteuils, sur le divan, burent l'apéritif qu'oncle Tom leur servit, tout en discutant. Sandrine regagna son refuge habituel, la cuisine.

Au bout d'un moment, oncle Tom entra :

— Sandrine, que peux-tu faire pour le repas ? J'ai invité mes amis à dîner.

Sandrine montra les croque-monsieur. Oncle Tom les regarda et secoua la tête :

— Il n'y en a pas assez. Peux-tu en faire d'autres ? Et peut-être aussi une salade ? Et un dessert ?

Elle refit des croque-monsieur. Elle courut jusqu'à l'épicerie voisine acheter deux laitues, et les prépara. Elle ouvrit, pour le dessert, une grosse boîte de salade de fruits qu'elle plaça dans des coupes et qu'elle mit à rafraîchir au réfrigérateur.

« Ici, ce n'est pas une bonne d'enfants que je suis, c'est une cuisinière », songea-t-elle, mi-amusée, mi-fâchée.

Elle alla dans le living, débarrassa les verres à apéritif, mit le couvert, servit à table ; son oncle se reposa entièrement sur elle, comme si elle était la maîtresse de maison. Il ne s'occupa que des boissons, et vint la rejoindre dans la cuisine pour faire le café, tandis qu'elle commençait l'abondante vaisselle. Il lui sourit, le visage épanoui, lui donna une tape amicale sur l'épaule :

— Bravo, Sandrine. Tu es épatante !

Elle fit la vaisselle, l'essuya, remit tout en place. Lorsque les amis de son oncle s'en allèrent, il était plus de minuit. Elle eut encore à laver les tasses à café, à mettre en ordre le living et à installer le divan où elle dormait. Elle laissa la fenêtre ouverte car la pièce était une véritable tabagie.

Lorsqu'elle fut couchée, elle fut incapable de s'endormir. Elle pensa à son père, à Xavier qui réclamait sa présence. Pour la première fois depuis son arrivée, elle se rendit compte que son petit frère lui manquait. Tous les soirs, avant que Laure aille le mettre au lit, elle lui racontait une histoire. C'était toujours les mêmes qui revenaient, car l'imagination de Sandrine n'était pas inépuisable. Mais Xavier ne s'en lassait jamais. Avec autorité, il réclamait :

« Dine, raconte-moi l'histoire du petit ours qui avait mangé trop de miel. »

Avec un sourire, Sandrine obéissait. L'enfant écoutait, les yeux grands ouverts, attentifs et graves. La jeune fille aimait ces instants où son petit frère et elle étaient très proches. Quand elle avait terminé, le petit garçon se blottissait contre elle, et c'était ce que Sandrine appelait « le moment du câlin ».

Depuis qu'elle n'était plus là, qui racontait à Xavier le conte chaque soir ? Sandrine, subitement, se sentit fautive, et en même temps très triste. Ici, personne ne réclamait sa présence. Au contraire, depuis l'arrivée de Brigitte, elle avait l'impression d'être indésirable. Elle s'endormit avec une sensation désagréable d'insatisfaction qui persista jusque dans son sommeil.

La journée du dimanche fut pénible. Tout au long de la matinée, Brigitte ignora délibérément Sandrine, sauf pour lui donner des ordres d'un ton péremptoire et agressif. Comme la jeune fille n'osait pas se rebeller, ce fut oncle Tom qui, à plusieurs reprises, dut essayer de raisonner son amie.

« Il y a au moins cet avantage avec Laure, pensa Sandrine, c'est que lorsqu'elle me demande un service, elle le fait gentiment. »

Vers midi, le couple partit déjeuner au restaurant, et Sandrine, débarrassée de la présence hostile de Brigitte, poussa un soupir de soulagement. Elle se prépara un repas léger et, après avoir mangé, alluma la télévision. Vers le milieu de l'après-midi, le temps jusque-là nuageux s'éclaircit et le soleil apparut. Sandrine n'hésita pas. Elle sortit et se mit à marcher vers le port.

Elle revint une heure plus tard, ses longs cheveux tout ébouriffés, la tête bruissante du murmure des vagues et du cri des mouettes. L'appartement était vide. Sandrine s'installa de nouveau devant la télévision et se passionna pour l'intrigue d'un film, chose qu'elle ne pouvait jamais faire à Lille, avec les enfants qui la dérangeaient sans cesse.

La sonnerie du téléphone la fit sursauter. Elle crut que son père l'appelait une nouvelle fois. Le cœur battant, elle décrocha. C'était oncle Tom.

— Sandrine ? Je voulais te prévenir de ne pas nous attendre pour le dîner. Nous avons rencontré des amis, et ils nous ont invités à passer la soirée avec eux.

N'hésite pas à te coucher si tu es fatiguée. Nous essaierons de ne pas faire de bruit en rentrant.

Elle se fit un sandwich, regarda le film sur la première chaîne puis se décida à se coucher. Elle dormait lorsque oncle Tom et Brigitte rentrèrent. Ils la réveillèrent, et elle ne put se rendormir que lorsqu'ils eurent gagné leur chambre.

Et le lendemain, à l'aube, elle fut tirée du sommeil par Brigitte qui voulait partir tôt. Lorsque celle-ci s'en alla enfin, Sandrine ressentit ce départ comme une véritable délivrance. Oncle Tom lui-même, sans son amie à qui il ne voulait pas déplaire, se montra plus amical et plus disponible, comme s'il souhaitait faire oublier à sa nièce la mauvaise impression laissée par Brigitte.

Sandrine entama avec allégresse la nouvelle semaine qui s'étendait devant elle. Le lundi, elle alla jusqu'à la pointe du Roc, monta jusqu'à la Haute Ville, fit le tour des remparts. Avant de rentrer, elle acheta deux cartes postales, l'une pour Yvon et Elisabeth, l'autre pour son père et Laure. Sur chacune d'elles, elle écrivit quelques mots enthousiastes, affirmant qu'elle passait des vacances formidables. Ce soir-là, elle se coucha satisfaite et rassérénée.

Le mardi, la pluie l'accueillit dès son réveil. La jeune fille regarda le ciel plombé et fit la moue. La promenade habituelle s'annonçait mal si ce temps-là continuait.

Le matin, elle fit le ménage, les courses, prépara le repas. Mais l'après-midi, après le départ d'oncle Tom à son travail, elle se surprit à tourner en rond. Elle prit un livre, mais le sujet ne l'intéressa pas et elle l'abandonna très vite. Elle alluma la télé, changea plusieurs fois de chaîne, finit par l'éteindre. Elle se rendit compte alors que le silence de l'appartement la mettait mal à l'aise. Avec étonnement, elle constata qu'elle s'ennuyait. Elle souhaita avoir près d'elle, à cet instant précis, Xavier et Julie. Eux, au moins, auraient su mettre de la vie dans ces pièces austères.

Finalement, elle prit la décision de descendre jusqu'à la librairie voisine pour acheter des revues. La pluie tombait toujours, drue et serrée. Les rares passants longeaient les murs ou se réfugiaient sous leurs parapluies.

A la librairie, Sandrine s'installa devant le stand des revues et se mit à les feuilleter. Elle en choisit deux, et, avant d'aller payer à la caisse, elle jeta un coup d'œil à la collection de romans d'amour installée un peu plus loin.

— Rien ne vaut un bon policier, dit une voix à son oreille.

Elle se retourna, surprise, rencontra le regard vert et espiègle d'un garçon d'une vingtaine d'années. Il avait une allure décontractée, d'abondants cheveux bruns et un sourire irrésistible. Sandrine le trouva très séduisant. Elle ne sut que répondre et se sentit rougir bêtement. Le jeune homme lui montra les cinq ou six livres qu'il tenait en main :

— Si tu veux, je te prêterai les miens. D'accord ?

Un peu choquée devant cette familiarité venant d'un inconnu, Sandrine hésita entre deux partis. Jouer à l'offusquée et lui tourner le dos, ou bien accepter et lier connaissance. Elle le regarda mieux.

Il était vraiment séduisant, et n'avait rien à voir avec les adolescents gauches et boutonneux qu'elle fréquentait dans sa classe au lycée. Et puis, cette rencontre tombait à pic pour chasser l'ennui qu'elle ressentait depuis le matin. Sans compter ce qu'elle aurait à raconter, ensuite, à ses amies. Elles en verdiraient de jalousie, c'était certain. Elle n'hésita plus.

— D'accord, dit-elle en s'efforçant de prendre un air naturel.

Le garçon sourit, remarqua ses revues :

— Qu'as-tu acheté là ? *Okay, Podium*... Tu aimes ?

— Oui, c'est ce que nous achetons habituellement, Sophie, Stéphanie, et moi. Nous nous les passons ensuite.

— J'avoue que je préfère les romans policiers. J'en dévore à un rythme incroyable. C'est ma passion.

Elle trouva qu'il s'exprimait bien, sans rudesse et sans mots grossiers comme les garçons qu'elle connaissait. Ils discutèrent un moment. Il lui demanda son prénom, lui expliqua qu'il était étudiant et qu'il se nommait Patrice. Lorsqu'elle passa à la caisse pour payer ses achats, il l'accompagna, et il sortit de la librairie avec elle.

La pluie tombait toujours, avec la même uniforme monotonie. Patrice proposa :

— Si on allait prendre un pot quelque part ?

Sandrine accepta. Ils se mirent à courir sous la pluie et se réfugièrent dans le premier bar qu'ils rencontrèrent. Patrice commanda deux Coca et sortit de sa poche un paquet de cigarettes, qu'il présenta à Sandrine :

— Tu fumes ?

Sandrine fut tentée de dire oui. Son père la trouvait trop jeune pour fumer, et pour ne pas lui déplaire elle lui obéissait. Mais il lui était déjà arrivé, avec Sophie ou Stéphanie, de griller quelques cigarettes chez l'une ou l'autre. Cependant, elle manquait de pratique et elle eut peur, si elle acceptait, de se mettre à tousser. Elle jugea plus sage de refuser, tout en espérant que Patrice ne la trouverait pas mal dégourdie. Mais il ne fit aucun commentaire, s'adossa à son siège, et la regarda d'une façon qui la rendit soudain plus âgée, plus féminine, plus expérimentée.

— Parle-moi de toi. Tu habites Granville ?

— Non, je suis venue passer les vacances chez mon oncle. Le reste du temps, je vis à Lille et je suis étudiante. Et toi ?

— Moi aussi, je suis étudiant. Deuxième année de droit. Mais pour le moment je suis également en vacances, et je suis revenu chez mes parents. Ils habitent entre Saint-Pair et Kairon. Tu connais ?

Sandrine secoua la tête. Autour d'eux, le brouhaha des conversations et l'ambiance chaleureuse du café renforçaient la satisfaction qu'elle éprouvait. Elle venait de faire la connaissance d'un garçon qui, sans aucun doute, contribuerait à rendre ses vacances passionnantes, et elle se sentait euphorique.

Ils passèrent une heure ensemble, discutèrent de leurs goûts respectifs, comparèrent les mérites de leurs chanteurs préférés. L'animation rosissait les joues de Sandrine, et le sourire de Patrice faisait scintiller ses yeux. Lorsqu'ils se quittèrent, il lui donna rendez-vous pour le lendemain, au même endroit, et elle accepta avec un enthousiasme ravi.

Elle revint chez son oncle Tom en chantant. Elle était si heureuse qu'elle avait envie de trouver tout le monde aimable. Même la pluie devenait une amie, qui avait permis une rencontre si exaltante. Sandrine sourit en pensant à Patrice. Il possédait du charme, de l'assurance. Et puis, il avait cinq ans de plus qu'elle, et c'était flatteur de retenir l'attention d'un garçon aussi âgé.

Jusqu'ici, elle n'avait eu que des copains qui, comme elle, avaient quinze ans, seize au plus. Une seule fois, elle avait accepté de sortir avec l'un d'eux, mais lorsqu'il avait voulu l'embrasser, cela lui avait paru extrêmement désagréable. Elle n'avait pas voulu renouveler l'expérience, ni avec lui, ni avec un autre. De toute façon, elle les trouvait tous maladroits et ridicules, avec leur grosse voix, leur visage couvert de boutons, leur air fanfaron qui ne les empêchait pas de rougir parfois d'une manière incompréhensible. Patrice, lui, était bien mieux que tous ces adolescents stupides.

Elle ne parla pas de sa rencontre à oncle Tom. Peut-être craignait-elle, sans se l'avouer, qu'il ne refroidît son enthousiasme par des paroles de prudence. Peut-être aussi ne voulait-elle pas confier ce nouveau et palpitant secret, qui n'était qu'à elle seule. Ce soir-là, elle s'endormit en souriant à l'image d'un jeune homme aux yeux verts qu'elle savait retrouver le lendemain.

Il était déjà là lorsqu'elle arriva, l'accueillit avec empressement, de nouveau lui offrit un Coca, déclara qu'il était content de la revoir. Sous son regard, elle s'épanouissait. Comme la pluie avait cessé, il lui proposa une promenade jusqu'à la plage. Elle acquiesça aussitôt, lui avoua son amour pour la mer.

— C'est la même chose pour moi, répondit-il. L'été, je passe tous mes après-midi sur ma planche à voile. C'est grisant. Tu connais ? Tu en as déjà fait ?

— Non, dit Sandrine avec un soupir. A vrai dire, mes dernières vacances ici remontent à quatre ans.

— Si tu reviens cet été, promit Patrice, je te ferai essayer ma planche. C'est tout un art, tu sais.

Tout en marchant, il entoura les épaules de la jeune fille de son bras, et ce geste fit plaisir à Sandrine. Elle se dit que Patrice considérait leurs relations comme durables, puisqu'il parlait de leurs vacances d'été. Enchantée, elle leva la tête vers lui et lui sourit.

La plage les accueillit, immuable et pourtant toujours différente. Sous les nuées sombres, les vagues gris argent se poursuivaient furieusement. Le vent arrivait en bourrasques humides et salées, chargées d'embruns. Serrée contre Patrice, Sandrine se taisait. Elle se sentait bien, elle oubliait tout. Laure, Xavier et Julie lui paraissaient aussi lointains que s'ils n'avaient jamais existé.

— Quand j'étais petit, racontait Patrice, je refusais de quitter la plage. Je pleurais lorsque mes parents me disaient qu'il fallait rentrer. Dès que j'ai su nager, la mer est devenue ma grande amie. Il y a quelques années, lorsque j'ai pu enfin m'acheter ma planche à voile, je suis devenu le garçon le plus heureux de la terre.

— Moi aussi, dit Sandrine, j'adore la mer. Tout enfant déjà, je m'y trouvais tellement à l'aise que mon père m'appelait son « petit poisson ».

Ils se racontèrent des souvenirs d'enfance et, de fil en aiguille, Sandrine en arriva à confier ses problèmes familiaux, le remariage de son père, la sensation qu'elle avait eue de ne plus compter pour lui, et la façon dont elle était devenue la bonne d'enfants. Elle expliqua qu'elle en avait eu marre, et qu'elle avait éprouvé le besoin de s'aérer un peu.

Patrice opina de la tête avec gravité :

— Je comprends ce que tu veux dire. Je n'ai pas connu cette situation personnellement, mais j'ai une sœur aînée qui est mariée et qui a deux petits enfants. Je suis content d'aller la voir de temps en temps, mais je suis soulagé aussi lorsque je repars. Il y a des moments où l'agitation et le bruit que font ses enfants sont vraiment pénibles.

Sandrine fut heureuse de la compréhension de son nouvel ami. Ils revinrent en marchant lentement et en bavardant. Patrice la reconduisit jusqu'à sa rue et, avant de la quitter, se pencha et l'embrassa sur la joue.

— A demain, Sandrine. Toujours au même endroit. D'accord ?

— D'accord, Patrice. A demain.

Elle le regarda s'éloigner, délicieusement troublée par son baiser tendre et amical. Elle monta à l'appartement avec l'impression de vivre un rêve éveillé. Elle prépara le dîner en chantant, et toute la soirée elle fut d'une humeur charmante. Oncle Tom remarqua :

— Ces vacances te font du bien, Sandrine. Tu n'as plus l'air excédé que tu avais en arrivant. Au contraire, je te trouve détendue, reposée, épanouie. Je suis bien content pour toi, ma petite fille.

Sandrine baissa les yeux, eut un sourire mystérieux. Elle savait, elle, à quoi était dû ce changement. Il avait pour nom Patrice...

Le lendemain, le temps fut très changeant. De brusques averses succédaient à des éclaircies radieuses.

— Une promenade aujourd'hui me semble trop risquée, observa Patrice. Qu'en penses-tu ? Si nous allions plutôt au cinéma ?

Sandrine approuva avec entrain. Patrice sourit, lui prit la main :

— Et devine quel film je t'emmène voir ? Un policier bien entendu. Ça te va ?

De nouveau, elle acquiesça sans hésiter. En compagnie de Patrice, tout était bien.

Ils arrivèrent alors que le film venait de commencer. La salle était presque vide. Dès qu'ils furent assis, Patrice attira Sandrine à lui, et elle osa blottir sa tête au creux de son épaule. Elle ne bougea pas, suivant avec détachement l'intrigue qui semblait passionner Patrice. Ce qui lui arrivait à elle était bien plus important que l'action du film. Elle avait l'impression d'être devenue une autre ; la petite gamine insignifiante à laquelle son père prêtait à peine attention n'existait plus. Une nouvelle Sandrine l'avait remplacée, plus mûre, plus séduisante. Et lorsque, à la fin de la séance, Patrice l'embrassa, cette sensation se fit certitude.

Lorsqu'ils sortirent, Sandrine, éblouie, cligna des yeux. Le soleil brillait dans un ciel fraîchement lavé par une récente averse. Constellées de gouttes de pluie que la lumière irisait, les voitures glissaient sur l'asphalte mouillé avec un chuintement complice. La main dans la main, les jeunes gens revinrent lentement jusqu'au domicile d'oncle Tom. Patrice commentait avec animation certaines scènes du film, et Sandrine l'écoutait, silencieuse. L'euphorie qu'elle ressentait n'avait besoin d'aucune parole.

Devant la lourde porte, ils s'arrêtèrent. Entre-temps, le ciel de nouveau s'était couvert, des nuages sombres s'accumulaient, et de grosses gouttes, déjà, s'écrasaient avec force autour d'eux. Patrice serra Sandrine contre lui et l'embrassa longuement. Elle ferma les yeux, s'accrocha aux épaules du garçon, prise de vertige. Lorsqu'il la lâcha, elle chancela. Il lui sourit, et des étincelles s'allumèrent dans ses yeux verts.

— A demain, Sandrine.

D'une voix basse qui semblait ne pas vouloir lui obéir, elle murmura :

— A demain, Patrice.

Sous la pluie qui augmentait d'intensité, il courut jusqu'à sa petite voiture garée plus loin. Quand il eut disparu, Sandrine se secoua et, avec l'impression d'évoluer dans un monde ouaté, monta jusqu'à l'appartement.

Elle resta distraite toute la soirée. Elle mangea à peine et, rêveuse, répondit d'un air absent aux questions d'oncle Tom. Celui-ci l'observa avec attention :

— Qu'y a-t-il, Sandrine ? On dirait que tu es dans les nuages. Qu'as-tu fait cet après-midi ?

Elle rougit, fit un geste vague :

— Rien de spécial. Il ne faisait pas assez beau pour que j'aille me promener. J'ai regardé la télévision.

La soirée lui parut interminable. Le bavardage d'oncle Tom dérangeait ses pensées. Elle fut soulagée lorsqu'il gagna enfin sa chambre. Elle put alors revivre à loisir les événements de la journée.

Une fierté se mêlait à sa joie : lorsqu'elle raconterait son aventure à Sophie et à Stéphanie, sans aucun doute elles l'envieraient. Pour une fois, les rôles seraient inversés. Ce fut en souriant qu'elle s'endormit, l'esprit et le cœur emplis de l'image de Patrice.

— Quel temps. Ça fait des heures qu'il pleut !

Sandrine but son Coca sans répondre. Peu lui importait le temps, du moment qu'elle était avec Patrice. Par-dessus la petite table, il lui saisit la main, la serra dans la sienne :

— Qu'est-ce qu'on pourrait faire ? Pas question d'aller se promener. D'autre part, je ne tiens pas à rester ici tout l'après-midi, ni à retourner au cinéma. Que dirais-tu d'aller chez moi ? Mes parents ne sont pas là aujourd'hui. Nous écouterons des disques. Tu veux bien ?

Les yeux verts se faisaient charmeurs, et Sandrine ne résista pas. Sous la pluie, la voiture de Patrice offrait un abri accueillant et intime. Un petit animal amusant, couvert de poils rouges et affublé de deux énormes yeux, se balançait, pendu au rétroviseur. En riant, Sandrine lui donna une chiquenaude. Il se mit à tournoyer.

— Il est marrant. Qu'est-ce que c'est ?

— Je n'en sais rien, avoua Patrice. C'est une amie qui me l'a offert.

A ces mots, un pincement de jalousie vrilla le cœur de Sandrine. Qui était cette amie ? Patrice l'aimait-il ? Elle se dit qu'elle lui offrirait, elle aussi, un cadeau avant de s'en aller. Cette pensée lui rappela que bientôt les vacances se termineraient, et qu'alors ils devraient se séparer. C'était si déplaisant qu'elle refusa de s'y attarder. Elle n'en avait pas encore parlé avec oncle Tom. Il valait mieux ne s'occuper que de l'instant présent et de l'aventure qu'elle était en train de vivre.

La voiture quitta Granville, gagna la campagne. Sous la pluie, les rues étaient désertes. Après avoir roulé quelques minutes, Patrice s'arrêta devant une grande maison blanche, située un peu à l'écart des autres. Ils coururent en riant jusqu'à la porte d'entrée, que Patrice ouvrit d'un geste large :

— Bienvenue chez moi, Sandrine. Viens, allons rejoindre mon domaine personnel.

Elle le suivit jusqu'à sa chambre, une pièce assez grande, où régnait un désordre sympathique. Elle admira les posters accrochés aux murs, qui représentaient des affiches de films, et s'exclama devant les rangées d'étagères remplies de romans policiers.

— Ne le dis pas, confia Patrice, c'est un secret : plus tard j'aimerais écrire, moi aussi, ce genre de roman. J'en ai commencé un, déjà... Mais ne reste pas debout comme ça. Enlève ton blouson, et assieds-toi. Je vais te passer mes disques préférés.

Elle obéit, s'assit au bord du lit. Patrice mit un disque, s'installa sur la moquette, aux pieds de Sandrine. La deuxième chanson était un slow. Patrice se leva d'un bond, tira Sandrine par la main :

— Viens, je t'invite à danser.

— Mais... C'est que... Je ne sais pas très bien...

— Allons, ne dis pas non. Je t'apprendrai. Et puis, un slow, ce n'est pas difficile.

Elle se retrouva, troublée, dans les bras de Patrice. Elle fut consciente, soudain, de leur intimité, dans la chambre close, avec la pluie qui tambourinait sur les carreaux. Patrice la serra contre lui, enfouit son visage dans ses longs cheveux.

— Sandrine...

Il l'embrassa, et elle ferma les yeux. Puis il se mit à la caresser ; elle eut un recul. Elle voulut l'en empêcher, ne l'osa pas, se raidit. Il devenait de plus en plus entreprenant, et cela lui déplaisait. Lorsque le slow se termina, elle en profita pour lui échapper et alla se rasseoir, les joues en feu.

Il mit un autre disque et vint s'installer près d'elle. De nouveau, il la prit dans ses bras, l'embrassa, la caressa.

Sandrine se sentait de plus en plus mal à l'aise. Quand il voulut la coucher sur le lit, d'un geste instinctif elle le repoussa et se mit debout, tirant sur son pull et rejetant ses cheveux en arrière.

— Eh bien, dit Patrice en tendant une main vers elle, qu'est-ce qui te prend ? Viens donc !

Avec l'impression d'être traquée, Sandrine recula contre la porte :

— Mais... Non, non. Je ne voulais pas que... Enfin, je ne veux pas...

Il se redressa, à la fois incompréhensif et furieux :

— Comment ça, tu ne veux pas ? Alors, pourquoi as-tu accepté de venir ?

Les larmes aux yeux, elle haussa les épaules dans un geste d'ignorance :

— Mais... Je ne sais pas, moi... Pour être avec toi, tout simplement...

— Allons, Sandrine, ne joue pas à l'oie blanche. Tu viens jusque dans ma chambre, alors que je te dis que mes parents ne sont pas là et que nous sommes seuls. Que veux-tu que je croie ? Et maintenant, tu fais l'effarouchée !

— Mais... Je ne pensais pas que... tu avais imaginé que...

— Ne me regarde pas avec cet air affolé, en plus ! Figure-toi que je n'ai jamais forcé une fille. Si tu ne veux pas, n'en parlons plus. Je ne te retiens pas, tu peux partir. Des filles, tu sais, j'en ai autant que je veux !

Elle ne reconnaissait pas, dans ce garçon dur et insultant, le charmant compagnon des jours précédents. Elle essaya de s'expliquer, mais l'éclat glacial des yeux verts, dans le visage tendu par le dépit et la colère, l'arrêta.

Avec un sanglot, elle ramassa son blouson et, les joues brûlantes, humiliée et indignée à la fois, elle s'enfuit en courant.

Elle courut longtemps, hors d'elle, sous la pluie. Peu à peu elle se calma, fut capable de réfléchir ; ainsi, sa belle histoire était finie avant d'avoir commencé ! Mais aussi, pourquoi avait-elle réagi de cette façon ? Elle aurait pu se comporter différemment, comme la fille émancipée et affranchie qu'elle affirmait être. Et pourtant, elle ne regrettait pas sa réaction instinctive. Mais maintenant, elle se sentait perdue, malheureuse, sans protection. Il lui vint, très fort, le désir d'aller vers son père, de se blottir contre lui, de lui demander de la défendre. Elle était redevenue une petite fille avide d'affection et de sécurité.

La pluie tombait, monotone, ininterrompue. Lorsque Sandrine arriva enfin sur la route de Granville, elle était complètement trempée. Ses cheveux, plaqués sur son visage, ruisselaient lamentablement. Des voitures la dépassaient sans s'arrêter. L'une d'elles, en se serrant sur la droite pour croiser un énorme camion, roula dans une large flaque et l'aspergea d'une eau glacée et sale. Frissonnante, la jeune fille fit le reste du trajet dans un état second. L'appartement d'oncle Tom, lorsqu'elle y parvint enfin, lui apparut comme un véritable refuge.

Elle se déshabilla entièrement, prit une douche très chaude qui la revigora un peu. Elle mit ses vêtements mouillés dans la machine à laver et programma une lessive. Puis, vêtue d'un pantalon et d'un pull de rechange, elle se pelotonna dans un fauteuil et resta là, frileusement recroquevillée sur elle-même. Elle n'essaya pas de retenir les larmes qui se mirent à couler sur ses joues. Une pesante impression de solitude et de désolation l'écrasait. Elle eut envie, subitement, d'avoir son petit frère auprès d'elle. Un souvenir lui revint brutalement, sans raison apparente : un jour où elle s'était cognée très fort, elle n'avait pas pu retenir ses pleurs. Xavier était venu vers elle, l'air désolé :

— Tu as du chagrin, Dine ? avait-il demandé.

Et il lui avait donné, pour la consoler, son grand lapin en peluche qui était, pour lui, le remède à toutes les peines. C'était cette présence affectueuse et douce que Sandrine, à cet instant, désirait, avec une intensité presque insupportable. Ses pleurs redoublèrent et elle sanglota longuement, esseulée, malheureuse comme une enfant perdue.

Lorsque oncle Tom rentra, il remarqua les yeux rouges et le visage enchifrené de sa nièce :

— Je te trouve bizarre, Sandrine. Qu'as-tu ?

La jeune fille renifla :

— Je crois que je me suis enrhumée. Je suis sortie sous la pluie et j'ai pris froid.

Effectivement, elle éternua de nombreuses fois au cours de la soirée. Oncle Tom insista pour lui faire boire un grog, s'inquiéta de ses yeux brillants et de ses joues rouges.

— Prends deux aspirines. Tu parais avoir de la fièvre.

Elle passa une mauvaise nuit, fort agitée, entrecoupée de cauchemars. Quand elle se réveilla le lendemain matin, elle avait le nez complètement bouché, et sa gorge lui faisait mal chaque fois qu'elle avalait. De plus, un élancement pénible lui martelait les tempes.

— Toi, lui dit oncle Tom, tu as intérêt à rester ici aujourd'hui, et à te soigner. Je ne tiens pas à ce que tu tombes malade.

Pour comble de malchance, c'était samedi, et Brigitte ne tarda pas à faire irruption.

En apercevant Sandrine, elle s'écria d'un ton aigre :

— Vous êtes encore là, vous ! J'espérais que vous seriez partie.

Elle la regarda plus attentivement :

— Mais qu'avez-vous ? Vous êtes malade ?

— J'ai pris froid hier, dit Sandrine d'une voix neutre, et je me suis enrhumée.

— Eh bien, gardez votre rhume pour vous, ma petite. Je ne tiens pas à l'attraper.

Sandrine fit un effort pour ne pas répliquer vertement. Elle porta une main à sa tête douloureuse, se laissa tomber dans un fauteuil où elle se blottit, essayant d'ignorer Brigitte qui allait et venait dans l'appartement. La fièvre martelait ses tempes, son front brûlait, une irritation continue lui raclait la gorge. Elle ferma les yeux, prise de malaise. Elle passa la matinée dans le fauteuil, sommeillant par à-coups, souvent réveillée par les quintes de toux irrépressibles qui la secouaient.

Un soleil éclatant avait remplacé la pluie de la veille. Le beau temps incita oncle Tom et Brigitte à sortir. Après leur départ, Sandrine alla jusqu'à la cuisine, se fit un grog qu'elle but avec plusieurs cachets d'aspirine. Puis elle revint dans le living, s'allongea sur le divan et s'endormit.

La sonnerie du téléphone la réveilla. Elle ouvrit les yeux, rassembla ses idées, décida de répondre. Elle tituba jusqu'à l'appareil, encore engourdie de sommeil.

Comme elle allait décrocher, la sonnerie s'arrêta. Avec humeur, Sandrine retourna s'allonger, mais elle ne put se rendormir.

Pourtant, son court repos lui avait été bénéfique. Elle se sentait mieux. Son nez était toujours bouché et sa gorge encore sensible, mais elle n'avait plus de fièvre. Elle resta immobile, éprouva le désir d'avoir une boisson chaude mais n'eut pas le courage d'aller la préparer. Elle pensa que Laure, si elle avait été là, la lui aurait faite. Chaque fois qu'elle avait été malade, Laure l'avait soignée avec une tendre sollicitude. Elle eut besoin, soudain, d'une présence féminine et attentive à ses côtés.

Elle s'apitoya sur son sort. Elle était seule, personne ne s'occupait d'elle, Patrice lui-même l'avait renvoyée et ne s'était pas soucié de son retour sous la pluie. Celui-là, pour qui l'avait-il prise, aussi ? Etait-il si sûr de lui, de son charme, et du fait qu'elle lui tomberait dans les bras ? Elle ne voulait plus le revoir, jamais. Finalement, ces vacances s'avéraient décevantes, et Sandrine n'était pas loin de regretter son coup de tête.

Dans le milieu de l'après-midi, oncle Tom et Brigitte revinrent. La jeune femme réclama une tasse de café, et oncle Tom se dirigea vers la cuisine pour le préparer. Peu désireuse de rester seule avec Brigitte, Sandrine l'y suivit.

— Tu vas mieux ? lui demanda-t-il.

Il semblait contrarié. Sandrine se dit qu'il avait dû essuyer les reproches de son amie. Elle l'aida à faire le café et, lorsqu'il fut prêt, emplit deux tasses qu'elle posa sur un plateau avec le sucre et quelques biscuits secs.

Prenant le tout, elle retourna dans le living, précédée d'oncle Tom.

Tandis qu'elle s'approchait de la table, un chatouillement insupportable dans le nez lui donna envie d'éternuer. Elle voulut se retenir, n'y parvint pas et, dans le mouvement qu'elle fit, une tasse de café glissa du plateau. Son contenu se répandit sur la veste en cuir de Brigitte, posée sur un fauteuil. Celle-ci bondit, furieuse :

— Ma veste ! Vous ne pouvez pas faire attention, espèce de gourde ! Elle est fichue maintenant !

Hors d'elle, elle gifla Sandrine qui, hébétée, porta une main à sa joue et, avec un sanglot, fit demi-tour et courut s'enfermer dans la cuisine. Là, appuyée contre la porte, horrifiée et révoltée, la jeune fille se mit à pleurer. Où étaient la douceur de Laure, la gentillesse de Xavier ? Ses sanglots redoublèrent.

Dans le living, des cris et des éclats de voix lui apprirent qu'oncle Tom et Brigitte se disputaient. Elle ne bougea pas. Après quelques minutes, elle entendit la porte d'entrée claquer si violemment que l'appartement entier en trembla. Puis oncle Tom entra dans la cuisine, en se passant une main sur le front :

— Elle est partie, Sandrine. Je suis vraiment navré. J'ai exigé qu'elle te fasse des excuses, mais elle n'a rien voulu savoir. Elle a dit qu'elle reviendrait quand tu ne serais plus là. Je savais qu'elle avait mauvais caractère, mais là, vraiment, ça dépasse les bornes.

Il reçut contre lui le corps de sa nièce qui sanglotait éperdument. Penaud, désolé, il la berça maladroitement, essaya de la consoler. Comme elle ne se calmait pas, il l'entraîna jusqu'à un fauteuil, la fit asseoir, la força à boire un peu d'alcool. Elle toussa, s'étrangla, mais peu à peu ses larmes se tarirent.

Oncle Tom fut aux petits soins pour elle toute la soirée. Ce fut lui qui se chargea du repas, qui lui prépara un grog avant qu'elle n'aille se coucher. Elle se laissa dorloter avec bonheur, heureuse de retrouver un peu de bienveillance après la façon dont Brigitte l'avait traitée.

Elle dormit profondément jusqu'au lendemain matin, et quand elle se réveilla, elle allait beaucoup mieux. Elle passa une matinée calme avec son oncle, soulagée d'être débarrassée de Brigitte. Comme son rhume s'atténuait un peu, il l'emmena déjeuner au restaurant, et elle en revint ravie et tout à fait consolée. Alors qu'ils venaient de rentrer, trois collègues célibataires d'oncle Tom arrivèrent, joyeux et exubérants. Celui-ci les fit asseoir, leur offrit à boire, se mit à discuter avec eux. De nouveau, Sandrine eut l'impression de ne plus exister.

« Mais au moins, se dit-elle, ils ne s'occupent que d'eux-mêmes, et ne m'insultent pas comme Brigitte. »

Ils s'installèrent à la table et commencèrent une partie de cartes. Ils faisaient tant de bruit qu'il ne fallait pas songer à regarder la télévision. Sandrine essaya d'aller lire dans la cuisine, puis décida d'aller faire une promenade. Avant de sortir, elle leur apporta le café qu'elle avait préparé, ramassa les verres sales. Elle était en train de vider les cendriers quand on sonna à la porte.

— Va ouvrir, Sandrine ! lui cria son oncle, absorbé par ses cartes.

Elle obéit à contrecœur, pensant que c'était peut-être Brigitte qui revenait. Elle arriva dans le couloir, ouvrit la porte, et s'immobilisa, stupéfaite. Ils étaient devant elle, tous les quatre, et ils la regardaient, émus et souriants.

Laure portait Julie, et Xavier, juché sur les épaules de son père, tendait ses petites mains vers elle en criant :

— Dine ! Dine !

Inattendue, une joie brutale déferla sur Sandrine. Elle comprit en un éclair, en les voyant là, qu'ils étaient sa famille et qu'elle avait besoin d'eux. Elle voulut parler, ne parvint pas à prononcer un seul mot, et recula pour les laisser entrer. Sans savoir comment, Xavier fut subitement dans ses bras, tandis que son père disait :

— J'ai appelé hier, mais ça ne répondait pas. Et puis, j'ai pensé que, par téléphone, je n'arriverais pas à te dire qu'il fallait rentrer. Et que la meilleure solution, c'était de venir te chercher. C'est ce que nous avons fait, tu vois ?

Sandrine ne répondit pas. Une boule lui obstruait la gorge, quelque chose d'intense voulait éclater dans sa poitrine et lui mettait des étoiles dans les yeux. Xavier lui tira la main :

— Dine, tu vas revenir avec nous ? Dis oui, dis oui !

Les yeux pleins de larmes, elle hocha affirmativement la tête en lui souriant. Oncle Tom survint à cet instant, s'exclama avec surprise :

— C'est vous ! Mais entrez donc, ne restez pas dans ce couloir. Venez, venez !

Il y eut un moment d'effervescence. La partie de cartes était terminée ; en voyant arriver des visiteurs, les collègues d'oncle Tom s'éclipsèrent discrètement.

Les nouveaux venus s'installèrent, tandis que Sandrine restait silencieuse, surprise du bonheur qu'elle ressentait. S'ils étaient venus la chercher, c'était que, contrairement à ce qu'elle pensait, elle comptait pour eux... Avec des mains tremblantes, elle ramassa les tasses qui encombraient la table et les emmena dans la cuisine.

Elle venait de les mettre dans l'évier lorsque la porte s'ouvrit. Son père était près d'elle, et elle lut sur son visage un embarras qui l'émut.

— Sandrine, dit-il, il faut que je sache... Pourquoi t'enfuis-tu dans cette cuisine ? Est-ce parce que nous sommes là ? Nous sommes venus te chercher, Sandrine, pour que tu reviennes avec nous. Je ne vivais plus. Depuis que tu es partie, j'ai passé des jours affreux. Sandrine, ne fais plus ça, mon enfant. S'il y a un problème, viens me le dire, je te promets que je t'écouterai. D'accord ?

Elle le vit tendu vers elle, plein d'une bonne volonté si évidente qu'elle en fut touchée. Elle éprouva le désir de se jeter contre lui, comme lorsqu'elle était petite. En même temps, une sorte de timidité la retenait. Un instant, elle hésita. Mais son envie était si forte, et il y avait tant d'amour dans les yeux de son père, qu'elle fit un pas en avant. Elle se retrouva contre sa poitrine, le nez enfoui dans son épaule, la gorge nouée de sanglots. Et lui, les bras refermés sur cette adolescente qui était toujours son bébé d'autrefois, murmurait d'une voix que l'émotion enrouait :

— Ma Sandrine... Mon tout petit... Ma petite fille...

Elle releva la tête et fixa sur lui des yeux où les larmes scintillaient. Il y vit une immense joie, un immense espoir :

— Papa... Tu m'aimes encore, n'est-ce pas ?

Le ton enfantin de la question et l'angoisse qu'il révélait le remuèrent profondément. Il la reprit contre lui, enfouit son visage dans ses cheveux :

— Ma petite fille, comment peux-tu me poser une question pareille ?

Une sensation de délivrance envahit Sandrine, balayant l'incertitude, le doute, le chagrin qui s'étaient accumulés, ne laissant qu'un amour éclatant et tout neuf. Elle poussa un profond soupir, s'écarta avec un sourire plein de tendresse et de gratitude. Son père avait un regard grave, profond, et d'un ton sourd il dit :

— Tu me rappelles ta mère, Sandrine. Comme tu lui ressembles ! Tu ne t'en souviens plus parce que tu n'étais qu'un bébé, mais je l'ai beaucoup aimée. Je ne l'ai pas oubliée, même si je n'en parle jamais. Et toi, tu es tout ce qui me reste d'elle. Je veux te dire une chose, Sandrine, qu'il faut que tu saches : quoi qu'il arrive, ne doute jamais de mon amour.

Elle acquiesça silencieusement, oppressée par une violente émotion. Un élan la jeta de nouveau dans les bras de son père, et ils restèrent ainsi, étroitement unis, savourant la joie profonde de s'être enfin retrouvés.

La porte de la cuisine s'entrouvrit, la petite frimousse de Xavier apparut :

— Dine ? Papa ? appela-t-il.

Sandrine s'accroupit et lui tendit les bras. Elle eut l'impression de recevoir un vrai tourbillon, tandis que des petites mains se serraient autour de son cou et que des lèvres fraîches se posaient sur sa joue :

— Dine... Reste avec moi. Tu veux bien ?

— Allons rejoindre les autres, dit leur père. Venez, mes enfants.

Ils le suivirent en se tenant par la main. Dans le living, oncle Tom discutait avec Laure. Julie, assise sur les genoux de sa mère, regardait autour d'elle avec intérêt. La jeune femme sourit à Sandrine :

— Je vois que Xavier ne te quitte pas. Tu lui as beaucoup manqué. Il n'a pas cessé de te réclamer.

— Je vais toujours la tenir par la main, comme ça elle s'en ira plus ! dit le petit garçon en prenant un air important.

Tout le monde se mit à rire. L'atmosphère se fit joyeuse. Oncle Tom offrit des boissons et des biscuits. Sandrine s'assit dans un fauteuil, et Xavier se serra contre elle. Elle resta silencieuse, encore sous l'émerveillement d'avoir retrouvé son père qu'elle croyait, sinon perdu, du moins si éloigné d'elle qu'il en était devenu inaccessible. Mais il l'aimait, il le lui avait affirmé, et une certitude heureuse la rendait sereine.

Oncle Tom aurait voulu garder ses visiteurs plus longtemps, mais Bernard parla du retour à effectuer et de son travail le lendemain matin. Sandrine, suivie de Xavier qui ne voulait pas la quitter un seul instant, se rendit dans la salle de bains pour reprendre ses affaires personnelles et son sac de voyage. Elle venait d'en boucler la fermeture lorsque Laure entra.

— Sandrine, je voulais te dire, tout de suite, avant qu'on parte... J'ai longtemps discuté avec ton père. J'ai compris que j'avais peut-être exigé beaucoup de toi. Tu es à l'âge de l'insouciance, et moi je t'ai noyée sous mes problèmes personnels et ceux des enfants. Et toi, comme une courageuse petite fille, tu n'as jamais rien dit. Ne crains plus rien, je te promets que dorénavant je respecterai ta liberté. Au besoin, si je suis malade ou débordée, je demanderai à madame Dubois de rester quelques heures de plus.

Le sourire de Laure mêlait tant de timidité, de gentillesse et de confusion que Sandrine, spontanément, alla vers elle et l'embrassa :

— Merci, Laure, tu es gentille. Mais je ne veux pas non plus rester en dehors et ne plus rien faire. Par exemple, je t'aiderai toujours à confectionner le gâteau du week-end pour papa, et chaque soir je raconterai à Xavier l'histoire habituelle. Je suis heureuse de vous retrouver tous, et, surtout, je suis rassurée. Je croyais que papa ne m'aimait plus. Je le trouvais si indifférent ! Je m'imaginais que seuls Xavier et Julie comptaient pour lui.

— Oh non ! protesta Laure avec énergie. Si tu l'avais vu, Sandrine, tu ne parlerais pas ainsi ! Il était si inquiet qu'il n'en dormait plus. Aujourd'hui, il a voulu absolument venir te rechercher. Rien n'aurait pu le retenir.

Lorsqu'elles revinrent dans le living, Bernard était debout, Julie dans les bras.

— Eh bien, nous pouvons partir ! s'exclama-t-il.

Oncle Tom vint les accompagner sur le palier. Lorsque les autres lui eurent fait leurs adieux, Sandrine se tourna vers lui.

— Au revoir, oncle Tom, dit-elle avec émotion. Et... merci.

Il lui serra l'épaule affectueusement :

— Au revoir, mon enfant. Reviens quand tu voudras, mais plus d'une façon aussi impulsive. Je pense que tout ira bien pour toi maintenant.

Elle hocha la tête et le quitta, le cœur un peu serré malgré tout.

La voiture dévorait les kilomètres. Assise à l'arrière, avec Xavier blotti contre elle, Sandrine se sentait en paix avec elle-même. Près d'elle, sur une couverture, Julie dormait en suçant son pouce. La douceur et la sécurité qui régnaient dans le petit habitacle donnaient à Sandrine l'impression de revenir enfin au port après avoir été ballottée par la tempête.

Elle croisa le regard de son père dans le rétroviseur. Il lui fit un clin d'œil de connivence. Elle retrouva, dans ce petit signe, ses années d'enfance, celles où elle était très proche de lui, et un calme bonheur l'envahit.

Xavier, la tête contre sa poitrine, s'était assoupi. Dehors, le soir tombait. Le crépuscule nimbait d'une ombre mauve la cime des arbres. A l'ouest, la première étoile scintillait dans un ciel pur, comme une promesse de paix et d'amour. La jeune fille la fixa longtemps avant de fermer les yeux. Et, dans la voiture qui la ramenait vers le foyer qui était le sien, avec confiance elle s'endormit.

TABLE DES MATIÈRES

PRODUCTION JEANNINE BALLAND

Romans « Terres de France »

Jean Anglade
Un parrain de cendre
Le Jardin de Mercure
Y a pas d'bon Dieu
La Soupe à la fourchette
Un lit d'aubépine
La Maîtresse au piquet
Le Saintier
Le Grillon vert
La Fille aux orages
Un souper de neige
Les Puysatiers
Dans le secret des roseaux
La Rose et le Lilas
Avec le temps...
L'Ecureuil des vignes
Sylvie Anne
Mélie de Sept-Vents
Le Secret des chênes
La Couze
Ciel d'orage sur Donzenac
La Maîtresse du corroyeur
Un horloger bien tranquille
Jean-Jacques Antier
Autant en apporte la mer
Marie-Paul Armand
La Poussière des corons
Le Vent de la haine
Le Pain rouge
La Courée
tome I *La Courée*
tome II *Louise*
tome III *Benoît*
La Maîtresse d'école
La Cense aux alouettes
Nouvelles du Nord
L'Enfance perdue
Un bouquet de dentelle
Au bonheur du matin
Victor Bastien
Retour au Letsing
Henriette Bernier
L'Enfant de l'autre
Françoise Bourdon
La Forge au Loup
La Cour aux paons
Le Bois de lune
Le Maître ardoisier
Patrick Breuzé
Le Silence des glaces
Nathalie de Broc
Le Patriarche du Bélon
Annie Bruel
La Colline des contrebandiers
Le Mas des oliviers
Les Géants de pierre
Marie-Marseille
Jean du Casteloun
Les Amants de Malpasset
Michel Caffier
Le Hameau des mirabelliers
La Péniche Saint-Nicolas
Les Enfants du Flot
La Berline du roi Stanislas
Jean-Pierre Chabrol
La Banquise
Alice Collignon
Un parfum de cuir
Didier Cornaille
Les Labours d'hiver
Les Terres abandonnées
La Croix de Fourche
Etrangers à la terre
L'Héritage de Ludovic Grollier
L'Alambic
Georges Coulonges
Les Terres gelées
La Fête des écoles
La Madelon de l'an 40

L'Enfant sous les étoiles
Les Flammes de la Liberté
Ma communale avait raison
Les blés deviennent paille
L'Eté du grand bonheur
Des amants de porcelaine
Le Pays des tomates plates
La Terre et le Moulin
Les Sabots de Paris
Les Sabots d'Angèle
Yves Courrière
Les Aubarède
Anne Courtillé
Les Dames de Clermont
Florine
Dieu le veult
Les Messieurs de Clermont
L'Arbre des dames
Le Secret du chat-huant
Paul Couturiau
En passant par la Lorraine
Annie Degroote
La Kermesse du diable
Le Cœur en Flandre
L'Oubliée de Salperwick
Les Filles du Houtland
Le Moulin de la Dérobade
Les Silences du maître drapier
Le Colporteur d'étoiles
La Splendeur des Vaneyck
Alain Dubos
Les Seigneurs de la haute lande
La Palombe noire
La Sève et la Cendre
Le Secret du docteur Lescat
Marie-Bernadette Dupuy
L'Orpheline du bois des Loups
Elise Fischer
Trois Reines pour une couronne
Les Alliances de cristal
Mystérieuse Manon
Laurence Fritsch
La Faïencière de Saint-Jean
Alain Gandy
Adieu capitaine
Un sombre été à Chaluzac
L'Enigme de Ravejouls
Les Frères Delgayroux
Les Corneilles de Toulonjac
L'Affaire Combes
Les Polonaises de Cransac
Le Nœud d'anguilles
L'Agence Combes et Cie
Gérard Georges
La Promesse d'un jour d'été
Michel Hérubel
La Maison Gelder
La Falaise bleue
Tempête sur Ouessant
Le Démon des brumes
Denis Humbert
La Malvialle
Un si joli village
La Rouvraie
La Dent du loup
L'Arbre à poules
Les Demi-Frères
La Dernière Vague
Yves Jacob
Marie sans terre
Les Anges maudits de Tourlaville
Hervé Jaouen
Que ma terre demeure
Jean-Pierre Leclerc
Les Années de pierre
La Rouge Batelière
L'Eau et les jours
Hélène Legrais
Le Destin des jumeaux Fabrègues
Louis-Jacques Liandier
Les Gens de Bois-sur-Lyre
Les Racines de l'espérance
Jean-Paul Malaval
Le Domaine de Rocheveyre
Les Vignerons de Chantegrêle
Jours de colère à Malpertuis
Quai des Chartrons
Les Compagnons de Maletaverne
Le Carnaval des loups
Les Césarines

Dominique Marny
A l'ombre des amandiers
La Rose des Vents
Louis Muron
Le Chant des canuts
Henry Noullet
La Falourde
La Destalounade
Bonencontre
Le Destin de Bérengère Fayol
Le Mensonge d'Adeline
L'Evadé de Salvetat
Les Sortilèges d'Agnès d'Ayrac
Michel Peyramaure
Un château rose en Corrèze
Les Grandes Falaises
Frédéric Pons
Les Troupeaux du diable
Les Soleils de l'Adour
Jean Siccardi
Le Bois des Malines
Les Roses rouges de décembre
Le Bâtisseur de chapelles
Le Moulin de Siagne
Un parfum de rose
Jean-Michel Thibaux
La Bastide blanche
Le Secret de Magali
La Fille de la garrigue
La Colère du mistral
L'Homme qui habillait les mariées
La Gasparine
L'Or des collines
Le Chanteur de sérénades
Jean-Max Tixier
Le Crime des Hautes Terres
La Fiancée du santonnier
Le Maître des roseaux
Brigitte Varel
Un village pourtant si tranquille
Les Yeux de Manon
Emma
L'Enfant traqué
Le Chemin de Jean
L'Enfant du Trièves
Le Déshonneur d'un père
Colette Vlérick
La Fille du goémonier
Le Brodeur de Pont-l'Abbé
La Marée du soir
Le Blé noir

Récits « Terres de France »

Albine Novarino
George Sand ou l'amour du Berry

Collection « Sud Lointain »

Jean-Jacques Antier
Le Rendez-vous de Marie-Galante
Marie-Galante, La Liberté ou la Mort
La Dame du Grand-Mât
Erwan Bergot
Les Marches vers la gloire
Sud lointain
tome I *Le Courrier de Saïgon*
tome II *La Rivière des parfums*
tome III *Le Maître de Bao-Tan*
Rendez-vous à Vera-Cruz
Mourir au Laos

Jean Bertolino
Chaman
Anne Courtillé
Le Mosaïste de Constantinople
Paul Couturiau
Le Paravent de soie rouge
Le Paravent déchiré
Alain Dubos
Acadie, terre promise
Retour en Acadie
Hubert Huertas
L'Orque de Magellan
Hervé Jaouen
L'Adieu au Connemara
Dominique Marny
Du côté de Pondichéry
Les Nuits du Caire
Cap Malabata
Juliette Morillot
Les Orchidées rouges de Shanghai
Michel Peyramaure
Le Pays du Bel Espoir
Bernard Simonay
Les Tigres de Tasmanie
La Dame d'Australie
Jean-Michel Thibaux
La Fille de Panamá
Tempête sur Panamá

Romans

Alain Gandy
Quand la Légion écrivait sa légende
Hubert Huertas
Nous jouerons quand même ensemble
La Passagère de la « Struma »
Denis Humbert
Un été d'illusions
Michel Peyramaure
Les Tambours sauvages
Pacifique Sud
Louisiana
Le Roman de Catherine de Médicis
Jean-Michel Thibaux
Le Roman de Cléopâtre

Impression réalisée sur CAMERON par

BUSSIÈRE CAMEDAN IMPRIMERIES

GROUPE CPI

à Saint-Amand-Montrond (Cher)
en août 2004
pour les Éditions Presses de la Cité
12, avenue d'Italie
75013 Paris

Composé par Nord Compo
à Villeneuve-d'Ascq

N° d'édition : 7209. — N° d'impression : 043421/1.
Dépôt légal : septembre 2004.

Imprimé en France